殷国明文集 ④

作品是怎样产生的
艺术思维活动的心理美学分析

殷国明

———

著

九州出版社
JIUZHOUPRESS

图书在版编目（CIP）数据

作品是怎样产生的：艺术思维活动的心理美学分析／
殷国明著．－－北京：九州出版社，2022.11
ISBN 978－7－5225－1416－1

Ⅰ．①作… Ⅱ．①殷… Ⅲ．①文学美学—心理美学—
研究 Ⅳ．①I01

中国版本图书馆 CIP 数据核字（2022）第 218830 号

作品是怎样产生的：艺术思维活动的心理美学分析

作　　者　殷国明　著
责任编辑　王　佶
出版发行　九州出版社
地　　址　北京市西城区阜外大街甲 35 号（100037）
发行电话　（010）68992190/3/5/6
网　　址　www.jiuzhoupress.com
印　　刷　唐山才智印刷有限公司
开　　本　710 毫米×1000 毫米　16 开
印　　张　17
字　　数　236 千字
版　　次　2023 年 8 月第 1 版
印　　次　2023 年 8 月第 1 次印刷
书　　号　ISBN 978－7－5225－1416－1
定　　价　95.00 元

序

  《作品是怎样产生的》是殷国明的新作。面对这本二十几万字的书稿，我想得最多的是他和他这本书的写作。我是在 1985 年的春天认识殷国明的，那时的他刚从上海华东师范大学毕业，被分配到暨南大学工作，而我正在担任暨南大学中文系系主任，当时他在学校办完手续后就来探望我。其实在这之前，为了安排他的工作，我们通过信，我还看过他在钱谷融教授的指导下撰写的硕士论文，给我留下的印象极好。在我的想象中，他应该是一个文静、内向而又思维勃发的年轻人，及至见了面，才发现他原来是个小小的"哥萨克"。现在我依然记得他当时的样子，黑色、蓬乱、微卷的头发，身穿一件长达膝盖的黑色风衣，脚穿一双沾满泥污的长筒皮靴，完全不像是从"大上海"来的，更像是一个地地道道的边疆来客。一见面就开始"自报家门"，谈专业、谈文学、谈他正在研究的现代文学流派发展史课题，丝毫没有陌生的感觉。后来我将他分配到中国现代文学教研室，讲现代文学史课，他便利用课余时间撰写了《中国现代文学流派发展史》，并作为我主编的"传统文学与当代意识"丛书中的一种出版。近两年，听说他在研究文艺心理学，还记得，我曾要他在撰写这方面的系列论文之后，给中文系本科高年级学生开设"文艺心理学"这门选修课。今年年初，当我从出版社送来的书稿中看到他这本专著的稿子时，心里有一种说不出的高兴。

殷国明的这本书，虽命名为《作品是怎样产生的》，但实际上是一本研究作家创作心理活动的书，属于文艺心理学方面的研究成果。文艺心理学作为一门学科，是19世纪中叶以后形成的，目前世界上已有不少关于这一学科的学术成果，但它引起中国学界的注意和重视，却是20世纪70年代以后的事情了。这些年来，虽然我国一些学术刊物和出版社也刊登和出版了一定数量的研究成果，但与国外比较还有待进一步的拓展。作为一门学科，文艺心理学同哲学、美学、文艺学、心理学都有着密切的联系。在其作为一门学科形成之前，关于这方面的一些研究，是分散在上述各个学科的范围内进行的。艺术文化上积累的大量关于作家在创作过程中的心理活动资料，包括作家对文艺创作本质的思考和探索、作家的艺术构思、作家构思作品时表现出来的具有独特性的珍贵思想等，都可以看作是孕育这一学科的源体。所以，世界著名作家们关于自己"创作"的种种著作，如《我是如何写作的》《创作谈》《谈谈我的文学创作》等，对文艺心理学的研究都具有特殊的价值。半个多世纪以来，文艺心理学的研究已进入了一个新的阶段，从对分散的个别问题的研究到在系统化的基础上规律的探索和总结。苏联著名文艺心理学专家梅拉赫曾说，当代文艺心理学研究者面临的问题，是如何在哲学、心理学、文艺学和其他人文科学以及自然科学最新成就的基础上重新理解先前的问题——灵感、想象、创作动机、直觉和天赋等，并且认为"研究艺术思维的心理和由于艺术方法不同而形成的不同类型的艺术心理，具有最重要的意义。"[1] 这也就是说，我们在从事文艺心理学的研究时，不仅要研究作家一般的创作心理，还应当研究以不同艺术形式、不同艺术方法进行创作的作家，他们在表达思想、创造形象、进行艺术幻想和联想时表现出的不同特点。在这种情况下，对学者各专业知识的要求就比较高，要做得好也就比较困难。殷国明的专业是中国现代

---

① A. 科瓦廖夫：《文学创作心理学》，程正民译，福建人民出版社，1983年，第168页。

文学，但他对文艺美学、文艺理论和心理学也有着浓厚的兴趣，在他已经出版的著作中，就有关于美学和心理学方面的。现在的这本书，正是他运用了自己这些方面的知识所结成的一个"网"而写成的。

过去，我读欧美和苏联的一些文艺心理学著作时，总感觉有点"隔"，不能"止渴"。我一直期望着能有我们自己民族特色的文艺心理学出现。在我国古代文艺理论中，本来就有关于文艺心理方面的丰富资料。在现代文学史上，许多著名作家都写过他们的创作经验，他们还留下了手稿、日记、书信以及同时代人的文字见证等，这些都是我们研究民族文艺心理学的依据。掌握这些资料，对我们理解作家艺术思维的规律性，总结处于动态之中创作活动的经验，具有十分重要的作用。殷国明的这本书在理论框架上有不少借鉴了西方的成果，但也结合了许多我们民族的东西，特别是结合了我国现代文学史上著名作家鲁迅、郭沫若、茅盾、巴金等人的作品创作史资料，他们对作品的自我分析和认识，进而揭示了他们在"创作实验室"里的许多隐秘的心理活动，通过他们主观意识在客观现实基础上折射出的特点，探索他们那种中国式的文艺心理。我认为这是这本书最大的特点。

殷国明在暨南大学教了六年书，撰写了七本著作，这与他的刻苦钻研和勤于笔耕是分不开的。对于他这种苦学、苦思、苦写的精神，我一向是赞扬的。尽管在一些具体问题上，我们常有争论，年龄差距形成的"代沟"也始终存在，但是我想，他今年才 35 岁，只要他坚持不懈，在人生道路上不断总结自己的经验，他的学术之"网"一定会越结越多，越张越大，学术的路自然也就会越走越宽。我这样想，也这样期望着。

饶芃子

1991 年 9 月 8 日于暨南园

目　录
CONTENTS

导　言

一

在现代文艺理论的发展格局中，文艺心理学占据着十分重要的位置。这不仅表现为它对文艺创作和其他文艺理论领域的巨大影响力和广泛渗透，而且表现在其自身理论创造的丰富成果上。

这本身就隐含着某种"秘密"。在现代文艺理论发展中，各种理论标新立异，各种潮流此起彼伏，有的虚晃一下，有的有名无实，有的有始无终，有的半途而废，有的甚至始就是终，而文艺心理学则日益完备，成了一门学科，一种理论系统。为什么？

对于文艺心理学来说，了解其产生和发展的外部和内部原因，就是为了发现隐含着的"秘密"。而这种秘密的发现也是了解和掌握这门学问和理论的钥匙。

如果把文艺心理学放在一个发展着的历史空间中进行考察，我们就会惊奇地发现，它的产生不仅与现代心理学的诞生有关，更重要的是还与现代人类精神发展的趋势相一致，这种一致为文艺学的产生和发展提供了历史契机，营造了有利的时代意识氛围。

很多人把文艺心理学的产生归结于西格蒙德·弗洛伊德（Sigmund Freud，1856—1939），因为他是最早用现代心理分析理论来解释文艺创作问题的。然而，这只能是一个大概的说法。只要注意一下西方近代以来人文科学的发展，就不难看出，对于人的心理表现出的极大关心，在弗洛伊德之前就已形成一种共识了。如果说，从文艺复兴开始，西方人文科学的主要焦点是从神转移到了人，那么从近代向现代的转移则体现在一个更深的层次上，突出了对人的精神状态和心理发展的关注。从叔本华、尼采、柏格森、威廉·詹姆士到弗洛伊德、胡塞尔、海德格尔、萨特等，都可以看到人文科学研究对象上的趋同。至于在探讨人的心理中分析文艺现象，或者在谈论文艺时分析人的心理，在卢梭、拜伦、叔本华、尼采等人的著作中时有所见。就此来说，我们不得不接受一个有关文艺心理学产生的模糊概念。但是这种模糊性并不妨碍我们去理解文艺心理学产生的意义，反而开阔了我们的视野，把文艺心理学的产生与整个思想潮流联结起来。

从 19 世纪开始，人们对于人本身，特别是人的心理的探求，逐渐进入了一个新的层次，这显然与社会生产力的发展有密切关系。大工业生产的发展，科学技术的进步，社会生活中的都市化、商业化程度的加深，一方面给人类生活开辟了新的境界，另一方面也带来了许多新的问题，加重了人对自身存在和发展状态的危机感。

这种危机不是故弄玄虚，而是由人们直接体验和耳闻目睹的现实问题与灾难构成的。比如，人类在短时间内亲历过两次灾难性的世界大战，而且自身一直处于核战争的威胁之中；在物化生活中人性的异化以及被扭曲、被压抑；在享乐主义盛行的情况下信仰的沦丧，人文精神的虚空和失落等。尽管人类在科学和生产的各个领域取得了从未有过的进展和胜利，但是人们并没有因此而感到更多的幸福，相反，怀疑主义、悲观失望的情绪、朝不保夕的危机意识却非常流行，因为人们不可能过于相信科学技术的进步。人类可以利用它们建造现代化的摩天楼、奇迹般的宇航飞船、无奇不有的游乐场，也会利用它们制造出新的战争。环境污染、地球温室效应、物种退化和绝灭、从未有过的艾滋病等新的病症……这一切都不能不使人类重新思考自己的现在与未来，在痛苦中一次又一次地向自己发问：我们到底在做什么，要走向何方？是在发展自己，还是在毁灭自己？是在创造幸福，还是在制造痛苦和灾难？

在此，人类第一次遇到了这样的难题：人类与自己的创造成果之间出现了裂痕和矛盾。人们在急速变化的社会面前，在自己设计和制造的无所不能的机器面前，感受到了自己的无能为力，对自己的创造成果失去控制能力从而感到恐惧。正是在这种情况下，人类自身的弱点也就充分显露出来了，不能进行自控，急功近利，内部机制涣散，对于养育自己的自然忘恩负义，在生产和生活很多方面显得极不明智等。显然，由此造成的危机比人类以往任何时候都更为严重，更为残酷无情。比如恶劣的自然环境、贫困和饥饿，也曾经使人类面临挑战，但其并不带有根本毁灭的性质。而今天的危机却预示着一种根本毁灭的可能性。它属于一种整体性的，谁也无法脱逃的毁灭。所以很多站在人类发展前沿的知识分子都有一种危在旦夕的感觉。假如人类不能在 20 世纪末和即将来临的 21 世纪有效地控制住人口的增长，控制住地球环境的急剧恶化，战胜残暴的病态心理，避免人类在高度现代化条件下大规模的相互残杀，后果就会不堪设想。

无疑，这一切都是人类自己创造的。人类创造了给自己带来灾难的东西，创造了自己本性不愿接受和不喜欢的东西，这其实说明人类并没有真正地了解自己，因而不能在新的环境中把握和控制自己。从这个意义上来说，人类需要再次认识自己，尤其是认识过去很少被注意的人的深层意识，从而更好地把握自己，创造美好的未来，而不是导致自我毁灭。把人类从危机状态中拯救出来的只能是人类自己。

也正因此，人的心理及其研究被推向了一个引人注目的位置。人们渴望知道自己，了解自己的内心，这就成了解除自我精神困惑状态的需要，也是人类把自身发展推向一个新层次的需要。因为人类的发展本来就是在发现自然和发现自我的双向过程中实现的，人类在不断发现自然的同时也在不断发现自我，使二者得以协调地发展。所以，每当生产力和科学技术获得一次大的发展，就意味着人类获得了重新认识自己的一次机会。

包括现代心理学、文艺心理学在内的整个现代精神意识的发展说明，人类没有放弃这一机会。放弃，也就意味着自我毁灭。人类的前途就会在一种盲目的"旧我"支配下被断送。就拿现代心理学来说，它在现代社会获得的迅速发展，就显示出了人在认识自然和探索自我方面的双重胜利。它在科学和人性之间搭起了一座桥梁，体现了一种新的人文精神，即人类发展需要科学，但必须是合乎人性的科学；人类发展需要人性，但可以借助科学认识和发展人性。二者应该互相糅合，互相促进，而不应该相互分离，相互对立。

这一新的人文精神也加速了自然科学研究与人文科学研究相互交融的趋势，一方面是运用科学方法去研究人及其社会关系，表现为自然科学对人性、人的思维方式的影响；另一方面则是有关人性、心理学的思想向自然科学研究，甚至生产领域的扩散，使有关物质的发明创造更具有人性化色彩。

二

于是，在现代心理学与文艺学的互相影响和促进下，产生了一种新的理论——文艺心理学。文艺学和心理学所关注的主要对象都是"人"，而且都最直接表现为人在精神方面的自我探索和认知。

我们可以举出许多心理学和文艺学在研究中不谋而合的例子。例如弗洛伊德在分析人的病态心理成因时，不知不觉地进入了文艺学研究领域。再如叔本华在研究人的表象、意志等诸种精神现象时，牵涉到很多重要的艺术问题。又如托尔斯泰在描写人的心理活动时出色地表现出了"心灵辩证法"。陀思妥耶夫斯基则表现得更为突出——在文学创作中，他把人作为终生探索的"秘密"，为了更好地把握人的心理，他对当时心理科学的发展很感兴趣，收集并读过许多有关生理学、心理学的书籍。因此，我们经常能够在文艺创作中发现心理学，或者是在心理学研究中发现文艺学。

所以，就文艺心理学的发生来说，我们无法追究心理学与文艺学谁前谁后，因为它们是不谋而合的。就文艺学发展来说，它日益需要用心理学方法来透视自己、解释自己，一定有其深刻的内在原因。应该说，文艺心理学的发生和发展是和现代艺术日益"心理化"的潮流相一致的，正是因为这种"心理化"文艺实践的需要，文艺心理学才有了用武之地。

已有许多人讨论过了传统艺术向现代艺术的转机问题。其中最引人注目的，就是从表现人的外部世界逐渐转向表现人的心理世界，探索其深层意识内容。关于这一点，我们从托尔斯泰、陀思妥耶夫斯基的创作中就已看出端倪。随着工业现代化的发展，越来越多的艺术家被人的心理世界所吸引，它犹如深不可测的海洋，广阔无垠的天空，神秘朦胧的黑夜，珍藏人类本身一切秘密的暗箱，是发挥艺术创造力和想象力的新的天地。很多艺术家由此放弃了他们驾轻就熟的艺术方法和题材，急不可待地奔向这一新世界，以满足自己艺术探索和冒险的欲望。

这种欲望的实质，是一种精神渴求，是期望能真正地了解人和理解人。当然这一渴求并不独属于艺术家，而是属于一种普遍精神现象。置身于现代社会中，每个人都会感觉到心灵沟通的困难性，这不仅包括一个人和他人之间的心灵沟通，而且还包括与自己心灵深处的沟通。每个人都不能不承受难以捉摸的机械化、标准化、商业化力量的冲击，丧失了自己的"故乡"和过去所拥有的稳定的心理标记，内在的真情实感已被各种各样外在的东西所遮蔽；每个人的心灵就如同一座"孤岛"，漂浮在生活的大海里，他人不会来光顾，自己也无法去光顾他人。因此，人的孤独感、失落感、陌生感等各种痛苦情绪油然而生，时常使人陷入焦躁、尖刻、忧郁、悲观、绝望的状态之中。

最可怕的是，现代人越来越深地陷入了一个"物化"的"复制"世界，已无法显示也无从看到人的心灵。越来越精致的照相、摄影、传真及其他一些技术手段在不断"复制"着人及其世界，而且人也在被迫不断地按照标准进行自我复制。也就是说，每一个人都在处心积虑地按照流行的服饰、气质，甚至举止言谈装扮自己，使自己以一种合乎标准的"形象"出现，而把真实的心灵和自我隐藏起来。久而久之，有些人甚至会习惯于"复制"的自我，并把它误认为那就是真实的自我，反而把真正的自我给遗忘。

当"复制"成为现代社会的一条规律，一种无法抗拒的做人观念的时候，社会也就变成了一个"蜡像馆"，我们每个人不管是否愿意，就只能生活在这一巨大的、复制的"蜡像馆"里。我们无论是从电视屏幕上，还是日常交流中，所面对的都如同"蜡人"——外表上真实可信，而在心灵上则相去甚远。

在这里我们能够更深刻地理解现代艺术家对于依靠外在描摹或写实来表现人的怀疑态度。因为现在很容易被这种"复制"所迷惑、所蒙骗，而不可能表现出人深藏的、内在的自我。所以，当科技的发展已开始向开发地球外层空间进军的时候，艺术却在向纵深的人的心理世界掘进，这既是为了满足人们的一种心理渴求，也是作为一种精神补偿。在充分"物化"和"复制"的世界中，艺术为人们创造了心理自由展示的空间，使真实的心灵能够突破"复制"的遮蔽，获得互相沟通和交流的可能性。

显然，在表现人和塑造人的过程中，20世纪的艺术较之前任何时代都更注重人的心理探索。如果我们今天回望近一个世纪的艺术发展，就不难发现这一点，这几乎是一个"心理的时代"。属于这个时代的几乎所有重要的艺术创新和卓越的艺术创造，都带着浓厚的心理意味，无不在探索和表现人的心理世界方面有独到的贡献。

理论上的创新往往与创作实际相关联。文艺心理学的发生和发展本身就带着这一独特的艺术时代标记。不过，这个标记不仅显示了艺术发展方面的丰富成果和独特的开拓性，而且也表现了艺术本身所面临的深刻危机。

人类普遍的精神失落现象包含着艺术的危机。人们在日益膨胀的物质享乐的引诱下，身心都受到各方面挤压，一方面难以得到心灵自由舒展的机会，另一方面也越来越不重视心灵的创造和享受。现代人越来越鄙视或不理解艺术追求的精神价值。艺术，除了在拍卖中成为少数收藏家炫耀自己财富的筹码之外，其本身价值显得越来越低下。真正的艺术追求者正在失去人们的理解和尊重，成为这个时代最不识时务和不合时宜的一类人。

　　可悲的是，现代社会利用各种日益精良的传播媒介，创造了一个自欺欺人的、所谓"五光十色"的艺术时代，它充斥着各种各样的"封面人物""美女""男子汉"，不断有新的"影星""歌星""舞星"的出现，而其背后则是人的精神的日益平庸、沦丧与苍白，以及由此而产生的吸毒、卖淫、环境污染、军火贩卖等丑恶行为。在被金钱和物欲所操纵的、如汪洋大海般的、所谓的"流行艺术"面前，真正的艺术只能痛苦哭泣。

　　这就是现代艺术的困境，其实质是人的困境，人的心灵的困境。科技的迅速发展，改善了人类物质生活条件，但是却没有相应地注重精神素质建设。在大多数人文化艺术修养还非常低的情况下，科技的升降机已快速把人们带入了一个丰裕的物质世界，他们的选择只能是低层次的满足，所以造成了当今世界向物质方面的巨大倾斜。在物质财富上的"贫富悬殊"问题还未解决的情况下，人类在精神修养方面的"贫富悬殊"问题正在日益加剧。真正的高层次艺术作品只有少数人才能欣赏，而大多数人没有机会提高自己的艺术素质，只能沉湎在低俗的艺术之中。

　　上述种种，都使我们不能不留恋早已过去了的艺术时代，同时对20世纪以来艺术的处境深感忧虑。这也给现代艺术"心理化"趋势蒙上了一层绝望的阴影。它不仅是为了满足人们对心理的渴求，而且也是为了自我拯救；不仅是为了追寻和肯定在现代社会迷失的心灵，也是为了在新的条件下追寻和肯定自我。然而，这些都为文艺心理学的发展提供了广阔天地。在对艺术创作的阐释中，文艺心理学能够把艺术的心灵和心灵的艺术二者密切联系起来，并把"心灵"作为一个独立对象来加以研究和肯定。这本身就带着一种绝尘拔俗的品质，这就是对纯粹精神活动的关注和崇尚。

三

　　由此可见，文艺心理学在21世纪得到迅猛发展不是偶然的。艺术家对于人的心理的关注和表现，自然要求理论批评来分析和阐释这一现象，而这种分析又推动了理论批评的心理化，使文艺心理学得到不断发展。

但是在中国，文艺心理学的发展并非那么简单，而是经历了一个曲折过程。应该说，中国传统艺术历来十分重视人的心理因素，古代文论中亦有许多有关心理美学的精彩论述，是很容易和现代文艺心理学沟通的。比如很早就和西方文艺理论接触的王国维，对于叔本华的美学思想很推崇，这就与他深厚的传统艺术修养有关。叔本华的理论基点在于人的生命意识本身，长于对人内在的透视，在某种程度上和王国维有不谋而合的共鸣之处。

然而，王国维自杀身死后的很长一段时间内，真正热心于文艺心理学的人一直处于研究边缘，西方有关这方面的理论并没有受到欢迎和重视。在五四时期的文艺理论批评中，文艺心理学只有一些并不引人注目的蛛丝马迹。直至20世纪30年代，才有朱光潜真正潜心于文艺心理学的研究。但是，这样的人太少，几乎是凤毛麟角，而且其理论成果当时也并没有引起太大反响。从20世纪40年代到20世纪70年代，文艺心理学的命运如"王小二过年，一年不如一年"，几乎呈现出濒临灭绝的状况。

这种有目共睹的现象确实值得人们思考。

首先一个问题就是，原因何在？

显然，把这种现象归结于不合乎中国传统艺术意识是站不住脚的。就创作而言，我们古人历来是强调"心动"基础的，至于"气""神游""寂静""神韵"等古代文艺理论学说，都极富心理意味。

如果说20世纪以来，中国的艺术创作一向就不注重对人心理的表现，文艺心理学自然也难以发展。这就值得我们怀疑了，就拿鲁迅的创作来说，其非常注重表现人的灵魂。他在挖掘人内心的意识活动方面表现了出色的才能。他本人不仅受到弗洛伊德思想的影响，而且非常欣赏陀思妥耶夫斯基的心理描写。郭沫若和茅盾在自己的创作中，对表现人深层心理意识方面，都有过尝试。而且，很多作家对评论界没有对他们的尝试作出反应，或者没有注意到这方面的发现还有所抱怨。

这说明文艺心理学在中国发展缓慢有其更深刻的原因。

　　创作和理论本身就存在某种差别，特别是在中国这样一个封建意识还很浓厚的国度里。创作是一种选择，理论也是一种选择，但是创作的选择更贴近心灵本原的需求，所以较少受到时代的制约，而理论则有一种倡扬的性质，所以需要贴近整个时代的价值取向，适合时代精神要求，才有可能产生和发展。

　　正因如此，文艺心理学在21世纪初的中国有些"生不逢时"，因为当时整个时代的精神导向并不在人及人的心理，而是在于如何摆脱中国的贫困状态。"穷怕了"——作为一种最深刻的心理刺激——是自清末被打开国门之后形成的一种根深蒂固的心理定势，它积淀到了每个中国人的意识之中。由于几千年灿烂辉煌的传统文化和历史文明的支撑，素来具有高贵民族自尊心的中国人，不得不忍气吞声处于过去被看作是"蛮夷"之邦的外人之下，从而感到巨大的屈辱感。所以中国长期稳定的文明精神陡然失衡，出现了向物质方面的倾斜。为了恢复往日的自尊心，一个世纪以来中国人集体精神最突出的表现就是"强国梦"，而单个的中国人则经常做着某种"发财梦"。

　　这种心理渴求一方面构成了中国人变革现实的深刻动力，另一方面也造成了思维和思想的错觉和偏颇。外人的侵略和干涉，激发了中国人集体的反抗意识（因为他们抢走了我们的银子，所以我们才会贫困），并且推动了消除国内封建剥削和资本剥削的斗争（因为他们与外国势力有联系，瓜分走了财富，所以我们才会穷困）。

　　显然，这种心理倾斜造成了很多错觉，例如对中国传统文化的评价就是如此。从五四时期开始，经常会出现两种截然不同的观点：一种观点认为中国传统文化历史悠久，博大精深，根本不容半点否定；另一种则认为中国传统文化非得彻底否定不可。两种观点，表面上针锋相对，但当与中国实际联系起来进行分析时，却有共同的物质主义倾向。前者认定我们的精神文明无可指责，中国落后主要是物质上不如人，所以改变现状就是改变物质状态。后者则觉得所谓的"精神文明"不仅一文不值，而且对发展生产力非常有害，只有全面引进西方科学技术才能摆脱贫困。这两种观点都很容易在有意无意之间把"精神文明""传统文化"和"封建主义意识"混淆起来。

这种情况说明中国人在自我精神意识的认识和辨别方面存在明显不足。换句话说，在寻找中国贫穷落后原因的时候，往往忽视了从自我本身寻找原因，比如中国人的教育水平和文化素质，中国人的精神结构和心理状态等有关人本身的问题。相反，往往有意或无意地回避这些带有根本性质的问题，反而把目光集中在一些比较外在的环节上。实际上，也许是因为一种紧迫感的压力，中国人一直未能获得一次真正的精神反省的机会来认真思考自己的历史和现状，从而真正地面对自我和世界。

这在很大程度上造就了中国理论选择和创造的局限性。这尤其表现在对于人本身的忽视。虽然从 20 世纪初就有人倡导发现人、尊重人和解放人，但是由于各种原因，有关人的建设和发展意识逐渐趋于淡化，以至于到了 20 世纪六七十年代，这方面的倡导竟成了一种忌讳。在一种急功近利思想支配下，很容易形成一种忽视人的建设、重物质生产速度的倾向。国家愿意在一些大型工程和基本建设方面大显身手，但是在文化教育方面却重视不够。这确实说明中国人是"穷怕了"，急需在物质方面得到补偿，另一方面使得在实现现代化过程中必然要付出代价——其中最沉重的就是要付出人的代价，特别是人的个性、情感和自我选择的代价。

文艺心理学在中国发展缓慢，显然与整个时代的精神氛围有关。文学是人学，文艺心理学又深了一层。在"谈人色变"的语境中文艺心理学的发展，不但与中国人民追求自我解放和完善的主体精神相连，而且有赖于一个思想解放时代的到来。

四

无疑，粉碎"四人帮"后，一个思想解放时代到来了。这是中国文学发展的春天，也是文艺心理学崛起的春天。

　　进入新时期，文艺心理学的迅速发展几乎和文学创作的潮流相一致。这个潮流最明显的特征，就是文学一步步地从过去僵化、单一的思维模式中解脱出来，重新回到了"人"及其丰富多彩的形态。

　　这也许是一种巨大的历史反冲力造成的结果，所以文学醒来首先就是呼唤人。因此，从最早产生的"伤痕文学""反思文学"到之后的"改革文学""寻根文学""文化心理小说"，无不贯穿着文艺呼唤人、探索人、表现人的主题。对于人生存状况和命运的探究，追寻失落的人性，维护人的尊严和理想，探索内在精神的历史渊源，成为文学创作普遍关注的问题，在这个过程中，文艺创作明显表现出两方面的趋向，一方面是越来越向人的主体性靠拢，越来越注意表现人的内在心理；另一方面是越来越注重从中国历史文化的深层结构中去探索人、认识人的心理。这两方面都没有脱离对具体的、活生生的人的发现，也没有回避人独特的现实状态和文化传统，所以获得了深广的历史回响。

　　注重人，才会注重人的心理。所以，钱谷融先生在20世纪50年代提出的"文学是人学"的命题，在新时期得到了时代的回应。这种回应不仅表现在创作上，很多艺术家都自觉或不自觉地把这一命题当作自己的文学追求，而且也表现在文艺理论之中。这种现象并不奇怪。钱谷融先生的《论"文学是人学"》包含着对于人的主体性的极大热情。这是一种对理论的热情，更是一种对文学的真理、对人的理想追求的热情。在漫长的批评道路上，它成了连接新时期与五四新文学传统的唯一理论基石。由于它的出现，历史没有在震荡中断裂。这种理论的连续性决定了新时期文艺心理学最大的特征就是"人学"，也使得文艺心理学的发展有了深厚的思想基础。在新时期文艺理论界兴起的名目繁多的新方法、新学科中，文艺心理学取得了引人注目的成就，不仅出版了大量有关这方面的专著，而且形成了一支人才济济的队伍。像钱谷融、鲁枢元、金开诚、陆一帆、滕守尧等人的成果，已为文艺心理学发展打下了稳固的基础。至于文艺心理学向文学批评的渗透更为广泛，几乎影响到了每一个批评家，这也使得新时期的文艺批评带有较浓厚的心理色彩。

但这并不是说文艺心理学研究状况已完全令人满意。相反，它的迅速发展意味着必然会暴露出许多问题，这些问题可以归结为两方面：一方面来自理论现状。由于缺乏必要的循序渐进的准备，新时期文艺心理学过多依赖于外国文艺理论的成果，所以容易流于空泛、浅薄，造成概念上的混乱，也使得宏观研究和微观研究显得很不协调。关于这一点我很同意鲁枢元先生的看法，十年研究，犹属草创。科学建设中存在着明显的急性病，急于求成，急于划地块，急于建体系。概论、通论性质的著述多，对于具体问题的研究少；全面梳理多，深入开挖少；耙地多，挖井少。许多研究只是停留在浅表的层次上。由于缺乏对于具体问题的深入研究，一些著述流于对西方现代文艺理论的简单模拟乃至照搬。

与之相连的另一方面问题来自研究者的素质。在文艺心理学研究方面，我们明显存在着知识准备不足的问题，这必然会使理论创造的科学性受到影响。如果研究者不能保持持久的理论探索热情，很容易在取得一些成果之后就认为"差不多"了，也就不可能在持续探索研究中不断提出新问题，不断把研究引向深入。据说，目前文艺心理学研究已进入"低谷"，很多人经过前几年的"热"之后开始退出这一领域。这种情景不仅使文艺心理学学科面临考验，更重要的是对研究者的考验。既然理论的现状并不令人满意，文艺心理学的许多基本问题还没搞清楚，那么未来的探索之路就还在继续延伸。而文艺心理学的前景关键取决于研究者探索的胆识和创造的热情。

第一章

艺术思维活动的心理潜质

一

从思维领域探讨创作奥秘，首先要把我们的视线从艺术家的外部世界转向内部世界——艺术家主体的心理世界。这是一个目前还无法用任何精密仪器测量的神秘王国，里面的居民以及他们丰富多彩的活动，还不可能和我们直接见面，一切都仿佛在保守着某种永恒的秘密。尽管如此，有一点是确定的，艺术创作的一切活动都是在这个神秘王国中，并且依靠着它进行的。在这个神秘王国里演出着人类生命创造的精彩剧目，包藏着艺术创作的最终秘密。也许正因为如此，要探讨作品是怎样产生的，首先要潜入艺术家的心理世界，揭开它神秘的面纱。

这是文艺心理学产生的原因所在，也是它的魅力所在。秘密造就了科学，并吸引着无数探索者。就艺术创作来说，其最高意义是为了表现人、塑造人、完善人、理解人而存在的。这一切凝结着人类自我追踪、自我探索的结晶，必然是建立于人对自身更深刻、更完整的把握的基础之上的。从某种意义上可以说，艺术的终极目标之一就是人类的自我理解，最后揭开人之为人的全部秘密。这种秘密隐藏在无限的自然和社会生活之中，人类在发展中又不断创造着新的秘密，使艺术在永恒追求中获得了无限发展的可能性。显然，如果说艺术创作隐含着对人的秘密的探究，那么在人的一切活动中，心灵就代表着一种最高秘密，是无数艺术家不断探求的对象。在这里，文艺心理学无疑比文艺理论其他领域更接近这个秘密。在对于人的心理探求中，理论家和创作家也许从来没有这样靠近过，尽管他们的方式、方法不同，但是这种区别只是一种形式表象上的，从内在意义而言，他们都在向同一目标迈进。

从一般意义上说，艺术心理学是借助于现代心理科学而建立的新的交叉学科，但是对一个艺术探索者来说，重要的不在于文艺理论与心理学的交叉，而是这种交叉的契机——这里隐含着艺术对于人心理世界独特的探求欲望。在这个基础上，艺术探索者借助心理学，来满足对于人的心灵世界的探求欲望。文艺心理学的建立，首先基于艺术发展内部的必然要求，心理科学的发展为它提供了重要条件。在有关心理学的研究成果中，我们首先关注的是对于人的心理世界的认识。

科学心理学至今还是一门年轻学科。如果从德国威廉·冯特 1879 年正式开始把实验心理学作为一门独立学科之日算起，心理学只走过了一百余年历史。文艺心理学并不局限于这段历史，因为对于人的心理世界的探索可以追溯到很古老的年代。据已有文字经典可以看出，人类很早就开始把人的心理世界当作一个特殊对象来认识，如古希腊的亚里士多德和柏拉图就产生过很大影响。柏拉图论述过人的感觉、知觉和记忆等心理过程，亚里士多德认为人的心理主要是由欲望（主要是性欲）、情绪（由于血热而引起）、知识（发源于头部）构成的。中国古人对心理世界的有关论述可能更早些，并且带有东方神秘主义色彩。《左传》就记录了古人有关人五味、五色、五声的论述。荀况（约公元前 313—前 238）在前人的基础上指出，人的心理首先是从感官中来的（心有征知，必缘天官），他认为人的天性、感情、欲望是互相联系的，它们互为表里，支配着人的行动。中国最早的音乐理论专著《乐记》，就是从人心之动来解释音乐的。从一些材料的比较中可以看出，如果说西方古人对人的心理世界的认识偏重于理性和知识，那么中国古人则更重视于人的天性和知觉，二者可以说是互补的。就这种古老的心理学与艺术创作的关系来说，在中国古代艺术创作中显得更为密切一些。

　　显然，在科学时代没有到来之前，人们对于心理世界的看法是比较原始的。但是，文艺复兴之后，随着人本主义思想的传播，人对自身秘密的探究欲望也更加强烈了，在哲学和自然科学（特别是生理学）的基础上加深了对心理世界的认识。从法国勒内·笛卡尔（1596—1650）等人开始，人们把人的心理和一般客观物质对象区别开来，为现代心理科学的产生铺平了道路。这时，人们开始从各个层面来认识人的心理世界。英国的托马斯·霍布斯（1588—1679）、约翰·洛克（1632—1704）等人强调人的经验的意义。洛克在《人类理解研究》一书中有一个著名的比喻，即认为婴儿的意识就如一块蜡版或白纸，经验在上面写字。大卫·休谟（1711—1776）则把心灵看作是一个代表观念、记忆、想象和情感运动的名称，他的《人性论》可以说是哲学和心理学联姻的产儿。在经验论和联想主义的基础上，人的心理被看作是由感觉经验构成的。但是很多哲学家和生理学家并没有满足这一点，开始对人的精神现象中的理性、意志、判断和脑机能进行更深入的探讨，一步步走向人的心理世界的更深处。这些心理学方面的发现无疑对艺术创作产生了很大影响，例如达·芬奇的绘画理论就是一个很明显的例子。但是，也许更重要的影响是促使艺术家对于人的心理世界的进一步关注。格奥尔格·勃兰兑斯就曾经以大量的文学事实为基础，指出浪漫主义文学家所理解的人的心灵和休谟的心理学原理有不谋而合之处，"……自我就是由心灵的图画和观念构成的"，"在合理的状态下，自我是联想的艺术品。"① 这似乎成为浪漫主义文学家普遍认同的观念。甚至勃兰兑斯本人对文学史的理解也是建立在心理学基础之上的，他认为从根本意义上来说，文学史是一种心理学。

　　随着现代科学心理学的建立和发展，各种心理学学派也相继涌现，形成了林林总总的心理学理论。但是，在多种多样的研究工作中，一个古老

---

① 勃兰兑斯：《十九世纪文学主流》（第二分册），刘半九译，人民文学出版社，1981年，第170—171页。

的问题——什么是人的心理——始终是纠缠着所有心理学家的基本问题。构造主义学派把意识经验当作自己着眼的主题。冯特的学生爱德华·布雷福德·铁钦纳（1867—1927）把意识分解为三种基本元素：感觉、表象和感情状态，认为由这三种建筑材料构成人的高级心理过程。机能主义心理学家则把注意力放在心理活动机制和能力上，把心理看作是一种使生命有机体适应环境的机能，实际上是从人本身生命机制出发，把意识作为一种不断发展的过程和涌流来进行研究的。例如哈维·卡尔（1873—1954）把心理活动定义为从事经验的获得、巩固、保持、组织和评价，及其以后在指导行动方面的利用，他特别强调人的心理中学习、注意、知觉和智力等主动倾向。行为主义心理学不喜欢"心理""意识""表象""感情状态"等概念，认为用刺激与反应概念，习惯形成、习惯整合等一类概念来阐释人的心理更为合适。从德国兴起的完形心理学学派则对人的心理活动采用了一种新的观点，希望通过一种整体的、动态的"场"的观念来解释人的心理世界。他们认为心理构造就是一个磁场，各种元素都处于一种整体的、互相联系和牵制的关系之中，因此心理作为一个整体不同于各个部分元素的简单相加。而这种观点认为，经验永远带有整体性。

以上这些学派的观点，反映了人类对自身心理世界的新的发现，从不同角度揭示了心理世界的一些秘密，使人们能够更深一步地意识到自我，它们在不同程度上对艺术创作产生了影响。现在我们对于人的心理世界的很多知识都来源于他们的辛勤探索。但是，就艺术创作来说，这些心理学派的理论远远没有心理分析学派的影响那样直接和深刻。20世纪以来，几乎整整一代艺术家受到了西格蒙德·弗洛伊德心理分析学说的影响，或者说从心理分析学说中获得了某种认同感，把艺术的触角伸向了人的心理世界的隐秘之处。

二

　　这不是偶然的。对于人的心理世界来说，弗洛伊德的心理分析学说确实告诉人们不少东西。这位奥地利的精神病医师对于其他心理学家所关心的感觉、注意、知觉、学习等现象并不感兴趣，而是从治疗精神病临床经验出发，对人整个心理意识进行了分析，提出了自己独特的看法。他首先从分析人的人格构成开始，把人格结构看作是由自我、本我和超我三部分构成的。而决定这三部分的中心环节是人的性本能。如果说本我主要指本能的原始状态，那么自我则执行着对本能的抑制和控制，超我是本能理想的升华。另一种理解是，如果说本我是进化的产物，是人的生物禀赋的心理代表，如果说自我是人与客观现实之间相互作用的结果，是比本我更高级的心理过程，那么，超我则可以说是社会活动的产物，是文化传统的传播媒介。① 自我出自本我，超我又出自自我，三者不断相互作用，浑然一体。与之相关的是，弗洛伊德通过对梦的解析，把人的心理分为意识和潜意识，认为人的心理如一座冰山，意识只不过是整个心理的很小一部分，而大部分都存在于意识的表面之下，大脑的内部究竟是意识的还是潜意识的，取决于对这个内容投入的能量多少和抵抗力量的强弱，当痛苦或欢乐的能量超过某种限度之时，人就会感到痛苦或欢乐。弗洛伊德进而还把潜意识分为两种，一种是前意识，在适当条件下很容易变成意识，另一种则是潜意识本身，由于和语言没有建立任何联系而不可能成为意识。这样，弗洛伊德从自己独特的角度出发，为人们了解自己的心理提供了一个模式。

　　应该说，尽管弗洛伊德学说有很大的局限性，但他首先把人的心理世界看成是一个多层次结构，这对人们是一个极大的启发。在这个基础上，

---

　　① 卡尔文·斯·霍尔：《弗洛伊德心理学与西方文学》，包华富、陈昭全、杨莘燊译，湖南文艺出版社，1986年，第34页。

人们不再局限于在某一方面或者某一层次上来理解人的心理活动，也不再满足于对人心理表层结构的认识和探求，而开始寻求人内心更深刻和隐蔽的答案；人变得更复杂了，或者说人们对自身的看法更深入了，不再会简单地下结论，满足于一般社会道德和理性观念的评价，而是发现了背后隐藏着的更深远的秘密。这正如卡尔文·斯·霍尔所评价的那样，"弗氏心理学理论的最突出长处是，它试图正视一个复杂的人，这个人有血有肉，既生存于现实世界，却又出没于虚无缥缈的幻想境界；一方面遭受各种社会冲突和自己内心世界的矛盾的困扰，另一方面又具有理性思维和理智行为的能力；在他本人一无所知的某些力量和他高不可达的某些欲望的驱使下，这个人时而陷于大脑的混乱之中，时而又神态特别清醒，时而心灰意冷，时而又对一切感到满足，时而充满希望，时而又悲观绝望，时而私心膨胀，时而又慷慨助人，对许多人来说，这幅画像应是挺逼真的。"[①]

可以设想，这正是弗洛伊德心理学说和 19 世纪以来一些艺术家心理探索不谋而合之处，早在弗洛伊德心理分析学说建立之前，很多艺术家出于对人的心理世界的浓厚兴趣，开始对人进行深入细致的心理分析，创造出了许多复杂的人物，所以对于人内部世界的渴求并非由弗洛伊德心理学说所支配，而是艺术发展的必然要求。随着艺术创作的发展，把握人的心灵成为完整地表现人、塑造人、反映人整体面貌的中心环节，因此使艺术表现的重心逐步从描写人的外部世界转移到人的心理世界成为必然。在这个过程中，很多艺术家意识到，人的心理世界并不只是外在世界表达出的那部分，还有许多意识深处的内容被阻挡在某种障碍之前无法表达。正如勃兰兑斯曾经说过的，人心并不是平静的池塘，并不是牧歌式的林间湖泊。它是一座海洋，里面藏着海底植物和可怕的居民。

这"海底植物和可怕的居民"并没有阻挡住艺术家探索的步伐，相反，很多艺术家正是为了能够表现它们才深入到人心海洋深处的。例如陀思妥耶夫斯基就是一个典型的例子。非常奇巧的是，如果用霍尔评价弗氏

---

① 卡尔文·斯·霍尔：《弗洛伊德心理学与西方文学》，包华富、陈昭全、杨莘燊译，湖南文艺出版社，1986 年，第 6 页。

心理学说的那段话来评价陀氏小说中的人物，倒也有很多相切合之处。例如《罪与罚》中的拉斯柯尔尼科夫就是具有双重性格的人，他时而清醒，时而在无意识状况中行动，良心和罪恶的欲念交替互换，一个身躯在制造痛苦，同时又在忍受痛苦，显示了其心灵深处的冲突；他确实是一个既生存于现实之中，却又出没于自己虚幻境界的人，一方面遭受各种社会冲突和内心矛盾的困扰，另一方面却又具有理性思维能力。应该说，早在弗洛伊德精神分析学说建立之前，在艺术创作中就已酝酿着对人心理世界的突破，在某些方面也开始运用类似心理分析的方法。而陀氏的创作只是其中比较突出的例子。

　　其实，弗洛伊德在建立自己学说的过程中，不仅受到了达尔文进化论的影响，不只是完全依靠临床经验，而且还明显受到当时艺术创作的影响。且不说他的很多观点都建立在对艺术创作分析的基础上，就他本人而言也深受浪漫主义文学的影响，在歌德的著作中就受到很大启发。而歌德本身对于人的神秘心理一直怀抱一种探索的态度。因此，从某种意义上来讲，与其说弗洛伊德的心理分析学说对艺术创作产生了巨大的影响，不如说是艺术家对人心理世界的开拓促进了弗氏心理学说的建立。这两者之间有内在的相通之处，而这种相通之处反过来又使得弗洛伊德学说对艺术创作产生了巨大的魔力。在今天看来，弗洛伊德的精神分析学说本身就带着一种浓厚的美学意味，他的心理分析过程也表现出了突出的想象力。

　　由此说来，弗洛伊德对现代艺术创作产生如此大的影响不无道理。但是，对于完整地把握和理解人的心理世界来说，弗洛伊德还远远不能满足其需要。他似乎把我们引向了这个神秘王国的更深处，似乎为我们描画了心理世界一个大致的轮廓，但同时又设计了一个固定模式，把某种既定的观念作为这个王国的终极，中断了探索的道路。若我们沿着弗洛伊德设计好的梯子，一阶一阶走下去的话，不久就会感到途穷道尽的危险。假如陷入弗氏设计的迷宫里不能自拔，那么就会被一个人工的、虚假的心理世界所迷惑，而不能进入一个真正的心理世界。

　　当然，关于人的心理世界，弗洛伊德告诉了我们许多东西。但是很明显，弗洛伊德对人心理的探究，基本是建立在病理临床经验基础上的，这在一定程度上局限了理论的普遍性。如果说其理论对于一些精神病人是适宜的话，那么把它延伸到一般正常人的心理世界中就难免会出现偏差。然而弗洛伊德就是这样做的。于是，弗洛伊德所昭示的心理世界，必然偏重于病态的、个别的，或者是畸形的、发育不全的、精神受损伤的人的，而难以看到正常人所应具有的创造性的愿望，正常的感情追求和满足以及健康的思维能力。而这一切正是一个艺术家应具有的心理素质，因为我们并不能把创作力建立在精神病人的心理基础之上。事实上，弗洛伊德的整个心理分析理论都受到了其分析对象性质的牵制，因此在行为的心理根源上就笼罩上了一层浓厚的悲剧色彩。也就是说，人的心理最根本的性质是自私、恶劣和令人害怕、恐惧的，而冲动和本能又是强有力的。无法控制的人的心理成了人必须时刻提防、控制的危险根源，时时有可能制造罪恶和仇恨，由此造成了人最深刻的自我恶惧和自我厌弃。显然，我们在探讨美的创作过程之时，难以接受这样的心理世界。

与之相关的还有另外一种现象。弗洛伊德虽然指出了心理是一个多层次结构，但是过于单一地确定了它的内容。就拿他的力比多（Libido）论来说，实际上是把人的潜意识内容固定化和简单化了。本来，把人的本能看作是人格心理的基础就有一定的局限性，进而把生殖本能（性意识）看成是决定一切的东西，就显得更为狭窄了。显然，这种理论本身和弗氏考察的对象有极大关系。在一部分精神病患者的病史中，因性意识被压抑而造成病态心理，是符合实际的，但是这只是一种特殊情景中的心态，并不能推广到一切人身上。应该说，在人的心理中，性意识并非永远躲藏在黑暗深处，在很多情况下它会堂而皇之地出现在人心理的表层结构，成为一种自觉的心理意识，否则人就不会有意识地繁殖自己的后代。由此可以说，在人的心理世界中，所谓深层意识和表层意识是交替出现的，它随着人们注意力的集中而突出某一因素，排斥或抑制另一种因素，因为没有任何一种理论可以证明性交是人的一种非理性行为。

如果进一步考察这个问题，弗洛伊德的这种过失也许和他所处的时代条件有关。实际上，性压抑是一种社会造就的病态心理，存在于传统的性爱道德还没有被完全打碎之时，人们还不能正确地认识自己的本能要求，因此形成了内在的压抑，这时候，性意识被囚禁在内心，只能出现在阴暗的角落，不可能在大庭广众面前获得公正的待遇和合理的地位，人们也不可能在光天化日之下谈论夜晚所做的事情，就如谈论一种美餐一样。随着社会文明的进步，性意识在现代生活中已不再是"禁区"，所谓潜意识之说也必然不能成立了。性意识不再是潜意识，而越来越成为人的日常意识内容。在这方面，现代生活中日益增多并已普遍化的对性感的追求和欣赏就是最明显的例子。扑面而来的充满性感魅力的广告画，就是性意识从黑暗王国中解放出来的外在心理标记。弗洛伊德学说之所以被当时人们视为"反传统"的理论，实际上是因为它触动和揭穿了当时一些既定的传统观念。

但是，这种理论在客观上启发了我们从另一个方向去了解人的心理世界。既然在某种独特的心理背景下，性意识可能会成为心理意识的动机，那么在不同的情况下，支配人意识的动因因素也是不同的。换句话说，人的心理是一个整体，具有多种需要，如果只有一种决定一切的心理动机是不能设想的。例如在饥饿的条件下，食欲将会带来比性欲更大的满足感，相反，假如一个人满足了性欲之后并不意味着不再有更高的追求。也许正因为如此，弗洛伊德的学说在理论上遭到过很多心理学家的质疑。其中弗氏早期的合作者卡尔·荣格（1875—1961）就是如此，他不认为性本能是最重要的，而是认为在原始社会中，饥饿驱力扮演着比性欲更重要的角色；在文明社会中权力欲在许多人看来比性满足更重要；在人的心理世界中，除了人与动物的生物本能外，集体无意识的原始意象（archetypes）在个人行为中起着重要的作用。从这里引申出去，很多艺术家便开始把心理看作是某种文化冲突的产物。

在这方面，从20世纪50年代开始兴起的人本主义心理学在某种程度上纠正和弥补了弗洛伊德学说的不足之处。亚伯拉罕·马斯洛（1908—1970）在前人探索的基础上，对人的心理做了新的解释，他认为弗洛伊德对人的描述是不恰当的，因为他剔除了人的理想、可以实现的希望以及人身上所具有的上帝般的品质……他为我们提供了心理病态的一半，而我们需要把健康的另一半补上去。马斯洛说过，如果一个人只潜心研究精神错乱者、神经症患者、心理变态者、罪犯、越轨者和精神脆弱的人，那么他对人类的信心势必越来越小，他会变得越来越"现实"，尺度越放越低，对人的指望也越来越小。因此对畸形的、发育不全的、不成熟的和不健康的人进行研究，就只能产生畸形的心理学和哲学。这一点已经是日益明显了。一个更普遍的心理科学应该建筑在对自我实现的研究上。在他所呈现的心理世界中，人有成长、发展和利用潜力的心理需要，动机是不断变化的，是不断追求高层次的心理满足，追求更加完美的自我实现。基于对富有成就的、健康的人的考察，马斯洛把弗洛伊德所确定的心理世界翻了一个转，并给予重新评价，在他那里潜意识内容是创造性的、友爱的、积极的和健康的。

三

无疑，20 世纪以来心理学的发展，让人能够更好地理解人的心理世界，理解艺术家主体心理的一般特征。我们之所以对以往心理学家的学说感兴趣，目的并不在于评断其是非功过，而是为考察艺术思维活动提供一个比较坚实的台基。显然，至今我们对人的心理世界依然是所知甚少，更不能期望当今任何一个心理学家为我们提供一个完整明确的心理世界，相反，这些心理学成果的发现与其说揭示了人心理世界的真相，不如说其为理解和把握这个世界提供了一种参照，或者一种方法，从而使我们在科学基础上认识人的心理世界。正因为这个原因，尽管在人的心理世界中隐藏着无限秘密，但是却并不能使人们无可奈何。至今为止的认识成果已告诉我们，人的心理世界是一个动态的、多层次的意识结构，它自身也是在不断发展和变化中的；要完整地把握它，必须首先从人类自身的起源和发展过程中去考察，从历史学、社会学、生理学、生物学等各个层次和侧面去分析，充分理解人与自然、人与人之间的密切关系——一句话，了解人的心理世界实际上和理解把握人自身的历史紧密相连，探索人心理的秘密最终也是为了完成对人本身秘密的探究。

从这里出发，我们获得了一个历史起点，那就是和人的起源一样，人的心理世界也是一种自然与社会交汇的产物，正如对人一样，宇宙和大自然同样是人心理世界的母亲。如果说人是大自然中的一种最高生命形态，其本身和大自然保持着密切的一致关系的话，那么人的心理世界同样是建立在这种一致关系之上的，而且自身只是代表被人已经意识到了的那部分的一致关系。还有很大一部分尚未被人类意识到，它与前一部分共同构成了人的本体存在。正因为这样，人的心理世界也成为一个有无限发展可能性的世界。

因此，人的心理世界，不仅需要作为一种自我发展的现象来研究，而且正要作为一种更广阔的自然创造来理解。一方面要深入研究其内部构成的最基本的因素，另一方面则需要在它与外部的联系中，甚至扩大到整个宇宙范围内去寻求答案。因为人的产生、心理世界的形成，是不能仅仅从人和人的心理世界本身去认识的。

不错，自然世界一向是人类改造和认识的对象，但同时大自然又是人类产生的真正母体。人，包括它改造自然的权利和能力，首先都是宇宙自然进化的产物，因此作为一种更高层次存在的整体，人以及人心理世界的一切本质和特点，都是由先期存在的母体所决定的。应该说，地球上没有一种现象可以孤立于地球，甚至是同银河及外空间中宇宙其余部分相互联系之外的，生命现象也不例外。所以把人心看作是"小宇宙"非常恰当。如果把地球描述成一系列圈层，如岩石圈、水圈、大气圈等，那么只是在有限范围内是有效的。这些圈层和生物相互依存，共同又构成了一个整体的有机系统，和宇宙的其他部分发生联系。而就每个圈层来说，又是一个多层次的结构。如果说生物圈是高于无机圈的自然形态，那么在生物圈里从单细胞到高级动物——人，所显示出的一系列自然造化的结晶，在它们之间并不存在着天然的隔绝现象。人的心理世界也是依赖于整个物质世界存在的，它的基础是骨血、肌肉和神经膜。它是一种精神现象，又是一种高级的生物现象，它的密码就藏在先天造就的血肉躯体之中。也许是由于这个原因，马克思才会指出五种感官的形成是从古到今的全部世界史的工作成果。依靠这种成果，人可以通过遗传自觉适应自己生存的环境和信息。可以想象，从人类进化的角度来说，人的心理也存在着两种过程，一种是肉体世界上升到精神世界的升华过程，另一种是从心理世界积淀为肉体世界的还原过程。肉体进化为精神，精神还原为血肉，造就着人的世界的发展。

因此，人的心理世界本身和自然界不是绝缘的，它是一个能动的、活泼的开放系统，与其周围事物不断进行接触，而且川流不息地交换着物质、能量和信息，与自然界和社会生活存在着各种各样的共生、共鸣现象。可以说，人的心理世界的产生就是人对这种共生共鸣现象的自觉。当自然界的其他生物依然以本能和在无意识之中接受大自然安排之时，人就以自觉的方式摆脱了原始的自然状态。

人的心理，从最基本的意义上来说，首先是对自然界信息的接受，比如耳之于声，眼之于色，躯之于物，口之于味等，但是一般来说，这种接受并不是漫无边际的，总是反映着人与自然相对稳定的那部分的一致关系。就拿人的感觉系统来说，人的感官只能接受某一阈限内的信息，而对越过这个阈限的信息就会显得无能为力。例如视觉能够在白天起作用，在黑夜却失去了作用；听觉只能在一般声波中有效，在超声波或微声波中就不行了。由于这种局限，我们才获得了相对动与静的世界。在人的周围，也许有一个更为复杂和美妙的世界，但我们仅仅依靠感官是无法感知的。

然而，人的心理世界首先就是建立在感觉基础上的，这些感觉反映了人与大自然前期存在的某种内在统一性，最直接地和大自然进行交流，并且打开了人认识自然与社会的大门，形成了人意识发展的动态结构。

这种动态过程造就了人心理活动多层次的内容，而每一层次的内容都和滋养它的母体发生着这样或那样的关系。人们不仅依靠感觉和自然、社会打交道，而且运用思维和超越感官的那部分与自然和社会交流，不断开发新的感觉领域。而这种开发又会把思维推向更深的境界。因此，人的心理世界是不断从已知世界向未知世界扩张的。这种扩张最根本的就是人对自身与自然、社会内在一致关系的自觉。由于这种关系中有很大一部分人类尚无法感知，也不能认识和理解，所以人类还不能进入完全的自由境界，全面地自觉地回到他自己，即回到一种社会性的（即人性的）人的地位。①

这也许是一个无限发展的过程，因为宇宙的秘密是无限的，人的心理世界发展也是无限的。但是正因为我们意识到了这种无限性，人的心理世界才不再是实验室中的展览模型，而成为一种活的存在。

因此，人的心理世界不仅包括人自觉意识到的感官世界，还存在着一个超感官世界，它的潜力是无限的。事实上，人的感官能力只有相对的限度，没有绝对的限度，但人可以通过训练，或者可以依靠某种天赋达到惊人的境界。就味觉来说，专业品酒人员可以有更细致的分辨能力；经过训练的音乐家，可以提高对声音的分辨能力。最有趣的事实是对"特异功能"的发现和研究，更加肯定了在人的心理世界中，存在一个有待开发的超感官世界。人只是起用了自己感觉能力极小的一部分。从心理学角度来说，这种超感官世界不仅表现在超凡视力、听力等方面，而且还包括思想直接感应、心理预感等直觉能力。至今为止的心理学研究虽然刚刚接触到这个领域，但对于艺术创作来说，这个世界具有更现实的意义。因为艺术家常常表现出某种超凡的感觉和知觉能力，他们使心理世界中的一些潜质得到了实现。

因此，我们所说的超感官世界，一方面是人的感官还未能达到的境界，指造就人的自然宇宙的无限丰富性，另一方面指的是人心理活动中某种潜在机能。正因为这种潜在性的存在，人的心理才会通过各种思维方法来实现这种潜在性。应该说，在人的历史发展过程中，这种潜在性的实现

---

① 马克思：《1844 年哲学经济学手稿》，朱光潜译，上海文艺出版社，1980 年。

大多数不是靠直觉来完成的，而是通过科学思维、艺术思维等间接方式完成的。因此，建立在感觉系统上的其他心理层次，例如理性，确定了人心理的目标感，有意识地去肯定这种潜在性。再如人的视觉有限，但人创造几百万倍的望远镜和显微镜，实际上延展了人的视觉，用间接的手段实现了人视觉的潜在性，进入了一个超感官世界。人的发展，就是不断在更高形态中延展和实现着人的感官及四肢能力的潜在性。如果说人的科学思维活动总是通过间接方式实现着这种潜在性，那么人的艺术思维活动则是更依赖于人的感觉系统，期望更直接的方式。

综上所述，我们对人心理世界的探索并没有完全遵循经院哲学或者现代心理学家的路径。我们并没有忽略他们，但是探索心理世界最终实在性的唯一线索，是人与宇宙自然的关联以及自身的能力。人的心理世界和自然宇宙一样，是由圈层构成的，其中各个层次的内容对于人类自身来说，都具有无限的潜在性，它们联系着一个人们已经把握和认识的世界，同时又联结着另一个尚未认知和把握的世界，在两极之间潜伏着巨大的心理能量。无疑，艺术思维活动就是在这样一个世界中进行的，而且，它本身就体现着这个世界，肯定和显现着这个世界的潜在性和丰富性。从某种意义上可以说，我们对艺术思维活动的一切探索，都是在最终证实人心理世界的无限魅力。

第二章

艺术思维活动的动因结构

一

从心理学角度来考察和研究艺术现象，其重要课题之一就是揭示艺术活动在人的本体活动中的本原意义。艺术作为一种人类内在需要的本能而与世长存。

显然，生活中已经产生和正在产生的各种艺术作品，除了体现出客观生活本身的丰富形式之外，同时显示出人类主体思维活动中包孕着的神奇创造力。艺术思维活动当然是建立在与客观生活交流的基础上的，但同时又作为一个相对独立的心理世界而存在，能够在某种条件下形成一个持续的自给自足过程，源源不断地"生产"出精神产品。这说明艺术思维活动本身源于客观自然生活，同时又独立于客观自然生活，其内在蕴含着一种动因结构，焕发着人类生命活动中的冲动，它以巨大的力量调动起艺术家全身心的力量，把客观生活中一些片段的、零乱的、陈旧和僵化的现象卷入到一种生命涡流之中，在思维的高速旋转中滤清它们、分裂它们、更新它们、锻造它们，最终创造出新的完整的生命形态。

但是，在艺术思维活动中，到底是什么决定了这种生命动力呢？它又是怎样驱动艺术创作持续进行的呢？这是一个隐藏更深的秘密。艺术创作是一种特殊的心理活动，存在于广阔的客观生活磁场中，它持续不断地运动着，随着生活一起进行运转。我想把它比作地球的"公转"，围绕着太阳，随着时空流逝，斗转星移，持续着自己的行程，这是由一般的心理活动规律所决定的。但是每一种独特的思维活动，又都有自己自成一体的运动轨迹，就像地球同时不停地在"自转"一样，围绕着自身的轴心旋转。我想，当人们一旦把体验和创造某种艺术生命作为思维轴心的时候，一个特殊的心理王国的运动才真正形成。这时候，艺术家会暂时忽略，甚至忘却自己和生活交互作用的日常关系，把自己的身心投入艺术生命的创造之中，形成一种忘我、忘情、摆脱一切现实日常关系纠缠的独特心境。

在这种情况下，如果只是把赤裸裸的外在现实作为艺术思维活动的动力，就显得过于空泛也过于简单了。作为一种独特的心理过程，艺术思维活动蕴藏着客观自然和社会生活的丰富内容，它本身就体现为宇宙自然所造就的一个"小宇宙"，构成了一个能够与社会自然"大宇宙"相互交流而又分庭抗礼的动力系统。因此对于艺术思维活动来说，宇宙自然和社会生活的运转及其所产生的动量，一部分体现为一种单纯的外在力量，它们是作为和艺术家日常生活没有直接关联的事实存在；而另一部分则直接表现为艺术家内在的原生能力。对于人类来说，这种原生能力和肌肉运动所产生的体力连在一起，弗洛伊德称之为"心力"，并且指出心力进行的是心理工作——如思维、知觉、记忆等。心力和体力通常是互相转化的，这种转化一直不断地进行着。基于这种不断的转化，我们还是把推动艺术创作的动力系统称为"原生能量"更好一点，因为它往往综合了灵与肉运动的结果，这种原生能量决定了艺术思维活动最初的动因，也是推动艺术思维活动持续发展的生命源头。从这个意义上来说，对于艺术思维活动的探索，首先是对一种宇宙自然现象的探索，它是第二性的（指的是作为自然和社会生活产物的心理结构，其内容是客观生活的反映），同时又是第一性的，它本身就是一种自然和生活，是宇宙万物和社会生活中的一种原生现象。在对整个艺术思维活动的探索中，所谓客观和主观、灵与物、决定者与被决定者等一切事物之间，并没有明显界线，社会科学和自然科学、思维运动和物理现象纠合交融在一起，互相依存互相转化，由此构成一门需要从多学科角度研究的科学。

艺术思维活动的动因结构同样包含着多方面的因素，但是最终都体现为一种"原生能量"的转化形式。在这种转化过程中，我们能够更深刻地理解艺术思维活动的特质。

这里，我们首先需要揭开的是艺术思维活动和人的本能密切相关的奥秘。显然，艺术思维活动并不是人类思维活动的唯一形式。正因为如此，阐明艺术思维和其他思维活动，例如科学思维的关系和区别，成为人们长期争论不休的问题。按照思维的一般特征，人们习惯性地把思维活动分为形象思维（或感性思维）和逻辑思维（或理性思维）二种。从艺术角度出发，很多人把形象思维看作是艺术思维活动的形式，并进行长期广泛的讨论。但是这种讨论一直没有获得满意的结论，因为没有人能够全然否定艺术思维活动中某一因素的存在。而二者的中和（把艺术思维活动看作是形象思维和理性思维的有机统一）也并不能揭示艺术思维的独特性，而只是又回到了思维的一般特征上。事实上，这种结论最终也只能导致三种互相包容的观点：

1. 艺术思维活动基本上是一种形象思维。［（1）排除逻辑思维；（2）以逻辑思维为辅。］

2. 艺术思维首先是一种逻辑思维。

3. 艺术思维活动是形象思维和逻辑思维的有机统一。

这三种看法都具有一定道理，但对于揭示艺术思维活动整体性特征来说又都不能自圆其说。因为这些看法都基于同一个思维层次，也就是借助艺术活动中某一个独特的因素，作为自己阐释整体性的出发点。基于这种情况，有些人意识到了这种讨论囿于一隅的局限性，企图把问题从形象和逻辑所构成的夹角中解脱出来，寻找艺术思维活动中更普遍的特征。于是，有人在推动艺术思维的形象运动和逻辑推理之外，又发现了一种更接近于艺术家人格的力量——感情。钱谷融先生据此提出了"有情思维"的观点，把过去陷入困境中的讨论引导到了一个新的层次。很多人都接受了这一新观点。

二

实际上，所有使我们陷入迷津的观点，都是由于仅仅只在艺术一般表象范围内徘徊，并没有深入到艺术思维的人格世界之中。而只有在人格世界之中我们才会发现，艺术思维活动和人类其他形式的思维活动的根本不同之处，不是表现在形象和逻辑思维的差异上，而是表现在更直接的原生能量的骚动和宣泄上，因为它比人类其他任何思维方式都更愿意接受来自本能的推动，艺术思维得以持续的所有能量有赖于从本能中获取。如果说其他思维活动，例如逻辑思维，只是间接地受到本能驱动和间接体现本能的意志和欲望，那么艺术思维活动就是直接体现着本能的意志和欲望，它行使着生命存在和发展中具有正当要求的根本权利，支配着知觉、记忆、判断、思维等一系列心理过程，在艺术创作中达到生命需要的满足。

本能需要包含着艺术思维活动最深刻的动因。从心理学角度来说，本能来源于人类生命活动中的需要和冲动，它总是和人体某一组织和器官的激动过程连在一起，其最终目的是使人自觉意识到生命持续的自然需要，并通过一定的方式获得这种满足。当某种本能要求在现实生活中不能实现或不能完全实现时，就会打破心理原来的平衡，形成一种心理定势，造成对某一特定过程的关注。例如饥饿的状态会使人的思维关注食物，甚至形成某种与之相关的想象和幻觉。艺术思维活动中所包含的"原生能量"就源于此。

在人的生命活动中，本能是多种多样的，一切与生命存在和发展要求有关的目标都是本能的表现，例如饥饿、御寒、性欲、安全感、感情需要等，都是本能的表现形式，它们在不同条件下显示着自己，表现出对人的思维活动的引导作用。显然，如何理解本能的存在形态，对于理解艺术思维活动的动因有着直接关系。很多心理学家意识到了本能对思维活动的统治作用，但是对于本能的认识却各有不同。例如弗洛伊德就认为本能是一种给心理过程发布指示的天生条件，但是他和很多心理学家一样过于拘泥于人的生理需要，并且过分地强调了性本能对于心理过程的支配作用，似乎性本能的满足是艺术思维活动的最终目的。由此弗洛伊德陷入了自己设计的某种终极的思维"死角"内，他想找出艺术思维活动唯一的基因，反而忽略了多种本能在事实上对艺术思维活动的影响。人的生命存在发展需求既然多种多样，艺术思维活动就不可能被"唯一"的本能所支配，它会体现出多种多样的意志。

　　只有从人类存在发展的角度，而不是从静态观点出发，才能对人的本能给予比较完整的理解。我认为，人的生命是不断发展着的，而人类的本能是在这种发展中体现出来的，所以它本身具有多层次含义。人类作为社会高级生态的主人，其本能有着向更理想、更完善境界跃进的趋势。对此，鲁迅曾经有过精辟论述，他说人的需要主要表现在三个层次上，一要生存，二要温饱，三要发展。我很愿意把这三点都看作是对社会人的本能的要求，因为它们更完整地体现了人的本质。人的生命活动首先是求生的本能，这主要指的是维持人生命存在的基本需要，例如衣、食、住、行、性（体现为传宗接代的意义）。其次，在前者的基础上，人类还有选择的本能，吃得更好，住得更方便，获得更大的性快感（包括感情满足的要求）等。最后，人类还有要求发展的本能，包括人类对事业、权力、荣誉、理解、爱情的向往和需求等，[①] 由此在一定物质基础上构成了向无限遥远境界的延展。应该说，对于艺术思维活动来说，本能的力量代表着一个整体，其中包含着某种永远无法完全实现的人格要求——也就是人类自我发展的内在需求。总之，人的本能虽然最接近于人的自然属性，但是仍然不能仅仅从生理构造上理解，如果真是这样，人和动物就会失去本质差别。很多艺术家和心理学家都忽视了这种差别，他们把本能局限于"身体的基本需要"，实际上所完成的是一种对一般生物活动的解释。

---

① 　J. P. 查普林、T. S. 克拉威克：《心理学的体系和理论》（下册），林方译，商务印书馆，1984 年。

弗洛伊德对本能的解说就存在这种危险性，由此他还认为本能在满足之后会随之消失。实际上这是一个永远无法企及的目标。在人的生命活动中，本能永远存在，只不过是不同形式的存在。而且，即使人满足了"身体的基本需要"之后，仍然存在本能的冲动，反过来说，人类即便在维持最低限度的生存条件下，其活动也绝不仅仅是为了身体需要。关于人类内在需要和动机理论，现代心理学家马斯洛的动机心理学理论值得参考。他提出人的需要层级，设想人的动机是安排在力的层级中的。在一定时刻具有最大力的需要驾驶着行为并要求得到满足。这样人就被一种要求优先满足的需要所"驱策"。当这一需要得到满足时，一个高一级的动机（或一类动机）便开始出现并要求得到满足，这样持续下去直到层级之顶。假如生理需要中有一种没有得到满足，人就会被那一需要所控制。于是，饥饿的人受饥饿控制，他或她的情绪、知觉、思维过程，以及一般行为都离不开取得食物和吃饱肚子。同样的，一个性生活缺乏的人受性欲"驱策"，这一压倒一切的需要会使其他考虑都变得不重要。为了生存，正是由于这种本能的优越性，人类才能够从低级动物世界中解脱出来，一步步从低级向高级发展；人类才能在自己的历史活动中进行艺术创造活动。

把本能说成是艺术思维活动最初的动因，不仅基于人类对于艺术的需要，而且基于人类艺术起源的一些基本事实。这些事实从不同方面说明人类艺术活动和本能的渊源关系。实际上，要真正揭开艺术思维动因结构的奥妙，必然依赖于对艺术起源的探究，这不仅是一个现实课题，而且也是一个历史课题。很多探索艺术起源的学者也意识到了这一点。著名德国艺术家格罗塞（1862—1927）在《艺术的起源》中就说过，"艺术科学课题的第一个形式是心理学的，第二个形式却是社会学的。"另外一部《艺术的起源》的作者，中国的朱狄指出："对艺术起源问题的探讨，不仅应该指出那种导致原始艺术能够发生的技巧上的可能是什么，创作动机是什么，而且应当指出原始艺术的创造者最初可能是在怎样的一种心理状态下去创造出这些作品的。无论艺术起源于交感巫术也罢，起源于季节交换的符号也罢，起源于情感交流也罢，起源于劳动生产也罢，这些行为的心理过程仍然有其独立的意义。因此，为了使这些问题不互相混淆，对艺术起源的解释必须包括艺术这一行为的心理学基础。"

尽管这些艺术家并没有专门讨论过有关艺术思维活动的动因问题，也很少注意到本能在原始艺术中的意义，但他们的研究打开了我们的眼界。我们注意到，虽然原始艺术的形式多种多样，但是都包含着一种对本能需求的满足和期待。在最早的原始艺术中，有两种内容是最普遍的，一种是对于动物的描摹，另一种是对于性行为的表现。例如19世纪末发现的史前壁画西班牙阿尔塔米拉（Altamira）石窟壁画和20世纪40年代在法国发现的拉斯科克斯（Lascaux）洞穴的壁画，主要形象都是动物。关于动物形象在原始艺术中的意义，普列汉诺夫在《没有地址的信》中有过精彩的论述。他列举了大量装饰和舞蹈的事例，说明了这些艺术活动和原始人劳动生活的联系。如果我们稍微抛开一些现成的观念就会发现，这些原始的艺术活动更直接地来自本能的冲动，有些甚至是一种本能的宣泄和演绎。如果说这些艺术活动源于劳动的话，那么必须首先肯定劳动是人的一种本能，而且是一种极其重要的本能。在原始艺术中之所以出现很多动物形象，是因为这些动物和原始人的生存发展有密切关系，是人们获得心理上满足的对象。无疑，原始人的物质生活水平极低，这些原始艺术活动并不能给他们带来任何实惠的东西。如果不是出自本能的要求，找不出任何更恰当的理由。而作为最初的艺术活动，其内容也更接近于原始人本能的活动。

三

这一点在另外一种事实中也能找到根据。很多史前遗留下的原始雕塑中，对性器官的重视表现得尤为突出，而对于性器官的崇拜，在近代尚存的原始部族生活中仍有遗风。例如在欧洲出土的一些女性裸像，都明显地夸张了性特征。关于原始艺术中的性内容，也是普列汉诺夫难以说清楚的一个问题。他在自己的论著中说:"原始民族的恋爱舞,在我们看来,好像是极其猥亵的。不用说,这类舞蹈同任何经济活动都没有直接联系。他们的表情是基本生理需要的毫不掩饰的表现,大概同大的类人猿的爱的表情有不少共同之点。"① 其实,与其说原始民族的恋爱舞"极其猥亵",不如说更接近于本能的表现。在这里如果愿意接受格罗塞在《艺术的起源》中的一句话:"对于艺术活动的首要条件是艺术冲动",并且愿意在原始活动中擒住共通的东西,那么这种艺术冲动本质上是人的本能表现,它和人类最普遍的原生能量一样与生俱来,在各种艺术活动中显示出极度的一致性。各种本能的活动中心构成了艺术创作内在的力量源泉,从那里挥发出思维的能量,造就着创作过程中种种痛苦、欢乐、激动、亢奋、紧张和快感,完成一种独特的心理过程。

于是,在原始艺术中能够看到完美的艺术形态,这就是人类的本能作为艺术的直接对象和艺术作为一种本能的完全结合。也许正是因为这样,原始艺术的魅力使后人感到惊讶,有些人据此不仅看到了艺术和科学创造的巨大差异,甚至认为艺术自摆脱了原始阶段后,就不再具有进化的性质。对于这一点,一直把生产力的发展当做一切社会意识变化依据的马克思有不同的态度,他在对待古希腊艺术的评价中指出:"困难不在于理解希腊艺术和史诗同一定社会发展形式结合在一起。困难的是,它们何以仍然能够给我们以艺术享受,而且就某方面说还是一种规范和高不可及的范本。"②

如果我理解得不错的话,马克思在这里所说的困难性,并不是揭示希腊艺术产生的外部原因,而是其内在原因。马克思把它暂时归结为人类童年和幼年时代的产物。不过,更深刻的秘密隐藏在马克思评价希腊艺术的出发点上。马克思并不是从艺术方法和技巧上来评价原始艺术的,他始终把实现人的本质力量、创造更完整的人放在最重要的位置,而原始的生活

① 普列汉诺夫:《论艺术》,生活·读书·新知三联书店,1974年,第103页。
② 中共中央马克思恩格斯列宁斯大林著作编译局:《马克思恩格斯选集》(第2卷),人民出版社,2012年,第114页。

状态在全面发展人的方面具有某种程度的完整性，对此，马克思曾指出过，所以在古代，尽管处在那样狭隘的民族、宗教、政治境界里，毕竟还是把人看作生产的目的；这种看法就显出比现代世界高明得多，因为现代世界总是把生产看成人的目的，又把财富看成生产的目的。显然，在所谓人的本质力量中，本能是最重要的内容，它的能量被用于人自身的完善过程。在人类最初的艺术活动中，由于其目的就是直接为本能获得满足，并没有太多的禁令和规范需要服从，因此能够从本能的活动中心释放出很多能量，源源不断地注入艺术活动之中，推动艺术思维的发展。这个过程在很大程度上直接表现为重新体验人本能满足的快感，享受本能能量消耗的快感。这在原始人舞蹈中表现得最为明显，他们往往采取最自然的节奏和自己的身体运动相结合，和他们所要表达的情绪相一致。对这一点格罗塞在《艺术的起源》中有很多生动的描述。他指出，最强烈而又最直接地体验到舞蹈快感的自然是舞蹈者自己。

我们之所以对原始艺术现象如此感兴趣，无非是借助历史事实来探讨这样一个问题："第一次艺术活动的内部原因是什么？"因为在原始人生活中，几乎一切活动都和满足身体的基本需要有关，但是并不是一切活动都能直接满足原始本能的需要。例如饥饿的本能可以促使原始人去猎获、采撷、播种，但是这些过程并不能直接给他们带来本能快感，甚至会带来疲劳和痛苦。对于思维活动来说也是如此，为了获取食物而进行的冥思苦想与本能冲动满足的心理过程具有不同性质。所以艺术思维和其他思维方式的差异最根本地存在于最初的动因结构之中，而不是其他个别特征。

但是，对于艺术思维活动动因结构的探索至此并没有完成，因为我们如果仅仅停留在本能活动中心的境地，并不能完全说明问题。显然，并不是全部"本能的需要"都是由艺术来完成的，也并非本能的冲动就一定能够导致艺术思维活动的产生和发展。事实上，在大部分情况下，本能所产生的原生能量是通过非艺术形式得以宣泄的，有一部分甚至会采用强暴的形式，形成对正常生活的破坏力。例如长期受到压抑的人会铤而走险，用毁坏他人或毁坏自己的方式来宣泄。因此，本能的冲动并不一定构成艺术思维的冲动,探究艺术思维活动的动因必须考虑到本能冲动得以宣泄和满足的方式和过程。而这种方式和过程首先表现为一种对人的生命活动极度的尊重。

正如前面所谈到过的,本能之所以成为艺术思维活动中重要的能量来源,首先在于人的本能活动体现着人生命发展最深刻的欲望。这种欲望一部分是在一定的社会形态中所能够实现的或正在实现的,而还有一部分则是不可能实现的,属于人类生命活动中某种"永恒的期待"。正因为如此,人的本能的满足虽然也是建立在不同层次上,但并不一定每一种方式都能获得整体的满足。相反,这种本能的满足是不可能用某种日常具体生活方式来完成的,必然要寄寓于与这种欲望相吻合的形态结构,这就是虚拟的艺术现实的出现。这时候,思维并不满足于简单的物质享受需要,而是企求超越这种满足,实现人格全面扩展的需要。由此人的本能的各个部分也不再是各取所需、各行其道,而是综合化,形成了一个完整的整体,共同享受再造现实的快感。这种快感已经脱离纯物质境界,进入了一种精神境界。因此,从心理学角度来说,人们摆脱单一的本能要求的物质困扰,实现多种本能能量的融合,并在此基础上实现人原生能量整体的转化,是艺术思维活动的内在原因之一。一个人如果只纠缠于饥饿或者病痛的困扰中,而且把自己的目标仅限于此,还能够投入或持续某种艺术创作活动,这种现象是我们很难设想的。

四

在这个过程中,本能冲动还必须完成自己独特的对象化过程,把能量从单纯的物质对象身上转移到一个全部身心都能为之投入的非功利的对象上去,实现人的本质力量的对象化。因此能量的转移就成了艺术思维活动生成和持续中的关键一环,当本能活动中心发出的原生能量在一定条件下转移时,本能的目标已经开始发生种种变异,从现实的、物质的、个别的境界上升到理想的、精神的、群体的形式，而对象存在方式也相应发生变化，从单纯的物质形态转化为人感情的标志和载体。所以列夫·托尔斯泰才会有这样的论述："艺术起源于一个人为了要把自己体验过的感情传达给别人，于是在自己心里重新唤起这种感情，并用某种外在的标志表达出来。"① 当一种意识到的深刻的生命需求，投入一种对象之中得到充分扩张时，一种艺术生命的创造就独立于外部刺激了，因为这时本能会产生出一种内驱力，推动艺术思维活动的延展。

这里不妨对鲁迅投入创作的心理动因进行一番分析。根据可信的资料，鲁迅投入文学创作的经历过程是曲折的。他原本是学医的，他之所以学医是与他父亲的死有很大关系的。他父亲患病期间，鲁迅还未成年，亲眼看到当时一些中医由于医术不高、医疗不当，没能挽救父亲的生命。这件事在他心灵上留下了深刻的伤痕，最亲近的人的死亡，显然使鲁迅感到了一种本能的恐惧感。之后，随着他社会面和知识面的扩大，他把这种个体恐惧感扩张到整个民族群体之中，他曾说，他之所以学医，就是为了改变中国人的身体状况，打仗时当军医救助伤残的人。无疑，在这个过程中，一直贯穿在鲁迅生命活动中的是对生存发展的深刻欲望，这种欲望从亲族关系向整个民族的扩张，包含着他和自己国家与民族之间共同的东西——某种道德和感情上的认同感。但是，鲁迅并没有满足于学医。其原因之一就是这项事业并不能直接表达鲁迅这种本能的全部欲望。最简单的事实就是，他必须割舍自己的强烈感情，或者把这种感情转移到一个间接的工作上，甚至需要压缩到一种理智和科学思维中，然而鲁迅无法忍受这一点。当鲁迅看到电影中出现自己无法容忍的一幕时，他意识到，健壮的中国人如果不在精神上觉醒，仍然不可能逃脱被毁灭的命运。也就是说，这个事实迫使鲁迅承认，学医并不能满足人生存发展的本能要求，也不能使他自己在这种目标对象中获得满足。

于是，鲁迅放弃了学医而投身于文学创作。作为满足鲁迅生命要求的

---

① 列夫·托尔斯泰：《艺术论》，张昕畅、刘岩、赵雪予译，中国人民大学出版社，2005 年，第 5—6 页。

新的对象，文学创作显然具有和医学不同的特征。第一体现在所代表的目标上。医学体现了一种实用价值，满足人的物质（生理）生命需要，增强体魄，救助病人，而创作则是为了"医治人的精神病症"，改造人的精神状态。从学医到从事文学创作，从心理学角度来说，表现了一种从物质到精神的升华过程。第二，就对象中所包含的本能要求来说，文学创作体现得更为完整，也更为高级。改造人的精神是在疗救人生理病症基础上产生的，其中已经包含了对于人健康体格的要求，体现了更高级的生命要求。第三，文学创作比医学更能够表达鲁迅对人生的追求，能够集中他的兴趣、习惯、情感、知识、价值观及性格中各种因素，整体地表达出他对人的理想。也就是说，在文学创作中，鲁迅各种本能的欲望，通过表现人这一活动能得到更充分的肯定。这里需要补充说明的是，在任何具体的社会形态中，作为人生命过程中的全部欲望都不可能全部实现，因此，所谓完整的理想的人生只是借助一种非现实的方式存在——这首先是艺术。艺术家的创作价值首先在于从自己的真情实感出发，表现出人生命最深刻的欲望，表现出对生命本原意义的尊重和理解。假如这种欲望完全毁灭，那么也就是艺术家生命的终点。在这种情况下，艺术家的自杀往往构成了生命追求中最惊心动魄的篇章。

不过，上面对鲁迅创作动因的分析，还是极其简略的，其省略了社会生活对鲁迅走上文学道路的巨大影响。实际上，鲁迅的人生追求始终被限制在一个具体的界定之内，在社会可能允许的条件下，文学才成了鲁迅表现自己全部身心追求的唯一通道。而这里所强调的主要是鲁迅进行文学创作的内在动因。同一些最优秀的艺术家一样，推动鲁迅走向文学创作的内在动力，首先来自对生命生存发展本能欲望的强烈觉察。他是从体验生命最严峻的事实——生与死——的反抗和挣扎中起步的，在这个过程中，学医并不能表现他对生命的全部欲望，其本能能量的一部分，不能够使其全部投入这项工作，完满地实现自己，因此促使他最终走上了文学之路。

当然，在此不能否认外在生活对艺术思维活动巨大的，也是根本的能动力量。相反，我倒很愿意做这样的比喻：艺术思维所具有的自给自足的动因结构，其能量的根本来源是在同自然生活的交互作用中获得的，它就像一个巨大的、奇妙的蓄电池一样，在它尚未开始自我旋转之前，是自然和社会生活给它充足了电力，一旦艺术家激发了创作欲望，接通了艺术家心灵和某个具体对象之间的联系，艺术思维就会一触即发，按照艺术家的美学意志旋转起来。而艺术家对生命体验得越深刻，所获得的生活经验越多，他创作的内驱力就越强大，思维动力就越充分，也就越能创造出更丰富的艺术作品。反之，艺术家生活贫乏，体验不深，对于生命活动中各种本能欲望也就必然缺乏深刻体察，艺术创作也就缺乏丰富的能量，难以进行下去。

但是这并不影响对艺术思维活动的内在动因进行单独的、更深入的探讨。因为仅仅具备了深厚的生活和感情经验基础，并不能构成艺术创作进行的必然性。一个人可以用多种渠道来运用和排遣这种感情和经验，并不一定要进行艺术创作。英国诗人威廉·华兹华斯（1770—1850）在《〈抒情歌谣集〉序言》中说过："诗人和别人不同的地方，主要是在诗人没有外界直接的刺激也能比别人更敏捷地思考和感受，并且又比别人更有能力把他内心中那样产生的这些思想和感情表现出来。"这说明艺术思维活动不仅要有深厚的生活和感情经验作为基础，而且要有一种独特的力量和方式为自己开辟道路，体现出艺术家生命的内在要求。这种要求当然不是赤裸裸的本能，也不是抽象的观念，而是表现为艺术家独特的生活和美学理想，表现为具体的艺术形象的存在方式和特色。艺术思维的动因正是在具体思维活动中实现和完成自己的。因此要完全揭开这个秘密，就不能只是站在艺术创作活动的起点上，还要深入到艺术思维活动的具体过程中去，从动态结构中考察其心理机制的特点。

第三章

艺术思维活动的痛苦与欢乐

一

对于艺术思维动因的分析，会把我们带入一个真正的心理迷宫之中。在诸种心理元素之中，我们选择了本能这一原始能量作为十字交叉点。我们并不想进入原始的迷津，而是想从艺术的起源和个别的创作活动中获得一条路径。

这条路径首先告诉我们，艺术思维活动并不是远离人类活动本质的一种行为，它是一种本能，是和人类一起起源和发展起来的，并不存在什么因素在先什么因素在后的顺序关系。换句话说，艺术思维是人类的一种心理潜质，是先前的宇宙自然造就的最高成就之一。随着生产活动的发展，人类不断在挖掘、发现和实现着这种心理潜质。这种心理潜质每个人都具有，它与生俱来，具有实现自己的本能要求，只是实现的方式和程度由于不同的生活环境和教养而有所不同。但是，对于一个探索创作心理秘密的人来说，首先就是使人都能自觉地意识和发现自己这种本能的潜质，从而对自己成为一个艺术家，永远怀揣着一种自信。每个人都是不同程度上的艺术家。

从现实生活意义上来说，艺术思维过程是艰苦甚至痛苦的，需要付出大量心血，消耗很多能量，而艺术家却得不到太多好处。艺术家为了完成自己的作品，常常搜肠刮肚，冥思苦想，为自己的形象担惊受怕，付出的不仅是体力上的劳苦，还有感情上的波折。拿王国维《人间词话》中的话来说，不仅要"独上高楼，望尽天涯路"，还要"衣带渐宽终不悔，为伊消得人憔悴"，才能有所收获。当艺术形象血肉丰满、呼之欲出之际，常常也是艺术家精疲力尽之时。中国古代早有"苦吟"诗人的说法，有"吟安一个字，撚断数茎须"的谈话；李白曾这样讥诮过杜甫："借问别来太瘦生，总为从前作诗苦。"外国著名画家塞尚对艺术表现出了异乎寻常的献身精神和毅力，他有时画完一笔后要犹豫20多分钟才画下一笔。他说他有时一连几天都在观察自己要画的对象，直到自己的眼睛要流出血来。朱光潜曾经提到过福楼拜在创作过程中的疲惫不堪，并引用了这位大作家书信中的一段话，"我今天弄到头昏脑晕，灰心丧气。我作了四个钟头，没有作出一句来。今天整天没有写成一行，虽然涂去了一百行。这工作真难！艺术啊，你是什么恶魔？为什么要这样咀嚼我们的心血？"

令人惊奇的是，尽管艺术创作像"恶魔"一般，常常给艺术家带来的是痛苦，是贫困，是流放，是妻离子散，但还是有很多人甘心情愿地把自己奉献在艺术祭台之上，和这位"恶魔"终生厮守在一起。黄苗子在《生命之火长明》一文中回忆沈从文时写道：

……1923年冬，郁达夫冒雪到北京城的一个小公寓去看他，这个青年沈从文，那时住在冰冷的小屋子里，没有人知道，也没有钱，没有生炉子，没有棉衣，正把一件旧棉被包围着脚和腿部，还用一双冻僵肿红了的手在写点什么。

这种艰苦的情景自然还会使我们想到巴尔扎克、高尔基、鲁迅等一些艺术家的创作生涯，他们当时的生活处境和创作成就是不能相提并论的。

但是，为什么要创作呢？这是一个简单的问题，同时又是艺术的根本问题。我们必须从艺术思维本身的运动中去寻求它的答案。

　　当然，促使艺术家创作的心理因素可能是多种多样的，其中有很多来自艺术家的物质生活需要。陈西滢曾谈到，司各特早年为了要支持他高贵奢华的生活，晚年为了要还债，日夜不倦地工作。约翰逊因为要葬母，用七个晚上，写成了一本 *Rasselas*，*Prince of Abyssinia*。有人游历西班牙，他的引导者指着一个乞丐似的老人说，那就是写 *Don Quixote* 的 Miguel de Cervantes Saavedra（米格尔·德·塞万提斯·萨维德拉）。听者惊诧道："塞万提斯吗？怎么你们的政府让他这样穷困？"引导者道："要是政府养了他，他就写不出 *Don Quixote* 那样的作品了。"①

　　平心而论，经常处于生活困顿的艺术家，有时为了生活需要而写作，是很难简单地被指责为动机不"纯"的。贝多芬在失去听觉之后，曾在谈话本上写道："我不止是在写我自己想写的东西，有时也为了必要的金钱而写作。但是也不是因此而意味着只为金钱而写作。"因为这并不意味着现实的金钱、名誉和权力是艺术家献出自己的根本原因，否则他们会选择更为实际的方式，而绝不会像托尔斯泰那样放弃爵位，像巴尔扎克那样放弃获得更多金钱的律师职业。相反，对一个真正的艺术家来说，为一些外在物质去写作，总是带着一种被迫的性质，往往造成对艺术家本能的伤害，在心理上引起一种对自我的厌弃。

　　实际上，真正伟大的艺术家和平庸的艺术家的区别只有一个，前者的创作首先是出自一种本能要求，表达自己对生活全部真诚的感受和理想，而后者则把艺术看作是满足某种本能欲望的一种纯粹的手段。

　　这种艺术的真诚并不是捏造的，而是真实地隐藏在艺术思维活动的过程之中的。

　　作为一种特殊的心理过程，艺术思维活动本身不仅是艺术家的一种自我消耗，一种能量的付出，同时也是艺术家心灵上的一种自我享受和满足过程，它常常不是由于外在原因而"不得已而为之"，而是由于一种内在需要不能不去创作的结果。这种满足不是艺术思维活动的结果——以艺术

---

① 陈西滢：《创作的动机与态度》，陈西滢《西滢闲话》，新月书店，1931 年。

品社会价值的实现为条件，而是由这个过程本身完成的。

原始艺术已经告诉我们这一点了。那时候，还没有形成艺术活动和其他人类活动的分离。艺术作品，例如原始舞蹈、音乐等，直接表现在人的行为之中，它们的艺术价值——给人以美感和快感的享受——是和它们发生的过程一道完成的。在这个过程中，艺术思维和表现是那么浑然一体地合在一起，以至于我们无法把它们分开，其中显然包含着艺术思维过程中最重要的特征。这种原始艺术创作把人类的身心需要永久地联结在一起，令人从中感受到本能的欢愉。假如有一天这种艺术过程的快感能够全部熔铸到劳动过程中的话，也许将是人类自身完美的理想境界的实现——用马克思的话来说，劳动就将成为人类生活的第一需要。

因此，过程本身是艺术思维活动最引人注目的事实，艺术家之所以愿意把自己的身心投入其中，是因为能够在生命消耗中体验到生命的意义。西班牙诗人希门尼斯（1881—1958）曾经说，由于我们的冥思默想，创造出了我们认为了解的现实，和我们认为我们所不了解的超凡之物，这就使得诗成为我们内心的一个亲密而深邃（既崇高又深远）的融合体。它既是我们无法估量的损失，又是我们无法估量的收获。这段话也许说出了艺术思维活动持续的内在意义，它与一切有机的生命过程一样，充满着新旧生死的交替。

二

这种交替再现和表现着人的生命流程。艺术思维活动不仅依赖于人的生命存在，而且是这种生命的自我表现形式。换句话说，模仿和表现自己，是人生命过程中的自然欲望和本能。人需要把自己内在的情绪、欲望和感动通过外在形式表达出来，并且使这种表达具有普遍认同的效果，这就造就了一种生命内在消耗和满足的形式——艺术思维过程。

对此，除了能够举出很多艺术家沉醉于创作过程的例子之外，我还想对于艺术家的"即兴表演"进行一些讨论。很多艺术家都对于即兴表演很感兴趣,特别是音乐、舞蹈等方面的艺术家,即兴表演能够给予他们很大的满足感。因为这时候他们免去许多规则的束缚,不再为表演时所剩余的、隐藏的、激昂的但无法自由发泄的情感而苦恼。近卫秀麿就谈到过,贝多芬最得意的是即兴演奏,这虽然是一种习惯性的演奏行为,但贝多芬即兴演奏远远超越了音乐所具有的娱乐性及技巧的炫耀。它的情感直接向人们的心灵深处倾泻,动人的灵感如泉涌永不枯竭,使人难以自持。从一种心理流程来看,所有艺术创作都有一种"即兴表演"的性质,只是所表现的程度和性质不同罢了。这不仅在原始艺术形态中表现得很明显,还能够在现代一些艺术表演中看到这种气氛在逐渐增强。有人曾这样描写日本歌星西城秀树 1987 年 3 月 8 日在广州的演出:"……演唱会上,西城秀树时而跃身转体,时而舞姿翩翩,他每一个动作都是一个音符,充满着韵味和节奏感。他时而操起鼓槌,甚至击打着爵士鼓及乐师手中上的低音弦,如暴风骤雨,如珠落玉盘。台前的木箱和麦克风,都成了他敲打的对象,他火一样的激情在鼓点中跳跃,有一种使人坐不住的震撼力。他的歌声,他的鼓点,撩拨起观众阵阵欢呼的狂潮。"20 多首歌唱完,西城秀树简直像从水中捞起来似的。歌迷失态地欢呼雀跃,有的眼里面闪着激动的泪花,中山纪念堂掌声经久不息。①

在这种表演中,我们会感觉到艺术行为和艺术思维之间的间歇和迟滞被空前地缩短了,以服从艺术家内在冲动的需要。这一点在现代艺术中得到了普遍重视。现代绘画中的表现主义、自动主义无不强调主观即兴式的冲动,在创作过程中体验自我的存在。当然,现代艺术中这种即兴创作是在技巧纯熟的基础上进行的,是为了达到一种充分表达自己的无技巧境界。从原始艺术中的即兴表演到现代艺术中强调主观即兴式的冲动,我们或许能够发现艺术思维活动的秘密,这就是艺术思维活动为了完成艺术家

---

① 陈志锋:《西城秀树义演台前幕后》,《百花园》1987 年 4 期。

感情（本能在不能直接表达自己之时，会转化为一种心理期待，表现为多种多样的感情内容）的呈现。艺术思维的痛苦和欢乐就是在这种克服障碍的过程中表现出来的。

艺术活动不同于其他方式的独特之处，还在于它是通过艺术家生命和对象的交流实现的。交流本身会产生一种快感。因为每个人本身就有一种经常和人，甚至和整个人类、整个大自然交流交谈的内在需要。在一般的生活中，人们也在通过各种方式和手段持续着这种交流和交谈，例如交际场合的寻欢作乐，运动场上的你争我夺，深山幽谷的旅行探险，海滨湖畔的排愁解忧等。但是人们并不以此为满足，而是期望更普遍的交流，更深刻的交谈。在某种情况下，艺术就提供了这种交流和交谈的途径。在艺术思维活动中，社会生活、大自然和各种各样的人，都是艺术家交流交谈的对象，艺术能够容纳人类最伟大的激情和最细腻的感情。

艺术思维活动首先给予艺术家的是这种交流交谈的喜悦。当人在积郁很久、心事很重、非说不可的时候，能够"说"出来本身就是一种满足，甚至不会顾及反应和效果。艺术家面对大海，面对草原，面对社会和人等特定对象时，会沉浸在默默无语的内心交流中，倾诉自己的情怀，能够得到一种身心的愉快。这时候，现实中一切人为隔阂和陈规戒律，都可能会暂时消失，他可以把自己全部的内在情感坦露出来，在感受和理解对象过程中获得一种理解，在付出生命的过程中创造着一种生命。我们在很多优秀艺术家的创作过程中，都能感受到这种真诚的、娓娓动听的交流，卢梭、歌德、托尔斯泰、鲁迅、王蒙等人的创作都会提供这方面的例证。在这里，我们如果愿意翻开郁达夫的《沉沦》，我们就会直接被带入一种亲密无间的交流之中。艺术家把自己的心灵赤裸裸地坦露在自然和人物面前，彼此找到自己真诚的知己。郁达夫通过艺术表达出生活中无法完全表达的思想感情，得到了精神上的解脱。也许正是因为这样，艺术创作在人与人、人与自然之间搭起了一座感情交流的桥梁。尤其当人与人的隔阂很深，人们愈发感到直接交流交谈的困难之时，艺术在人的精神生活中就愈会成为一种必需的活动。

　　这在艺术思维活动中能够得到印证。一位现代画家贝克曼曾说过这样的话，全部艺术的最后目的就是自我享受。当然，这种自我享受并不那么容易获得，在艺术思维活动中，艺术家必须付出心血和劳动，通过燃烧自己、获得自己和证明自己，渡过各种各样阻碍和限制自己、表达自己的难关，创造出物我交融的"第二现实"。

　　也许艺术思维活动的"自动性"，就在于不断延续着这种挣扎的痛苦和享受的愉快，它们互相期待和彼此消长，新的痛苦常常包容着新的满足，新的满足又会带来新的痛苦，心灵意识的环流一直处于不断运动的状态中，直到精疲力尽和最后满足的出现。

　　如果说艺术思维活动不仅表现为一种自我消耗，而且也是一种自我满足，那么它们各自又是由于受到压抑而产生的心理上的"饥饿"感，和由于生活张扬而在感情上产生的"充溢"状态所造成的。也就是说，艺术创作中包含着两种因素，一种是生命力的缺憾，由于人受到社会生活种种牵制和制约，心灵受到压抑，生活遭到不幸，一些正常的要求和欲望无法实现；另一种则是生命力的充溢，艺术家从生活中获得了很多理想的力量和热情的想象，积累了很多感情和生活经验，情满自溢，不能自禁。这二者是糅合在一起的，有了缺憾，才去追求理想；而有了理想，才能更意识到缺憾。换句话说，有了生命力的充溢，才能投入创作去弥补这种缺憾，而某种缺憾又在积累感情，显示着人生命力的追求。而饥饿感往往是痛苦的根源，满足感则是激情的胚胎。

　　对于痛苦和挫折对于艺术家创作的作用，人们早已注意到了。《史记》的作者司马迁（约公元前145—?）就认为，历史上的优秀作品都是由于作者遭遇重大不幸而创作出来的，他指出："夫《诗》《书》隐约者，欲遂其志之思也。昔西伯拘羑里，演《周易》；孔子厄陈、蔡，作《春秋》；屈原放逐，著《离骚》；左丘失明，厥有《国语》；孙子膑脚，而论兵法；不韦迁蜀，世传《吕览》；韩非囚秦，《说难》《孤愤》；《诗》三百篇，大抵贤圣发愤之所为作也。此人皆意有所郁结，不得通其道也，故述往事，思来者。"（《太史公自序》）司马迁对于屈原的评价，可以说是最早从心理学角度的评述之一："离骚者，犹离忧也。夫天者，人之始也；父母者，人之本也。人穷则反本，故劳苦倦极，未尝不呼天也；疾痛惨怛，未尝不呼父母也。屈平正道直行，竭忠尽智，以事其君，谗人间之，可谓穷矣。信而见疑，忠而被谤，能无怨乎？屈平之作《离骚》，盖自怨生也。"（《屈原贾生列传》）

　　经过一段很长时间的循环，痛苦在艺术中的意义在心理学方面重新被强调。例如叔本华把艺术看作是对痛苦的超越，厨川白村把痛苦称为艺术的"酵酶"，把艺术看作是苦闷的象征。弗洛伊德对艺术创作的看法也是基于某种受压抑的苦恼症状而言的。他在《创作家与白日梦》一文中还说："我们可以断言一个幸福的人绝不会幻想，只有一个愿望未满足的人才会。幻想的动力是未得到满足的愿望，每一次幻想就是一个愿望的履行，它与使人不能感到满足的现实有关联。"

　　人不能在现实生活中实现自己的全部欲望，这些欲望返归于自身，造成在思维境界中的滞留和回旋，这也许是形成艺术思维活动的最好胚胎。艺术家在人生中遭受不幸和挫折，失去了爱情，失去了家庭，或者远离亲人，远离祖国，心理上萦绕着某种难以排遣之苦，造成人生的某种缺憾和不足，同时这种缺憾和不足又使他精神世界负荷加重，经验更为丰富，感情触角更为敏锐。这些生活和情感印象、经验聚集在胸中，如浪涛，如潮沙，拍打着艺术家心扉，要求喷涌而出，去冲击现实生活的岩石，这就是艺术痛苦的满足所在。叶尔米洛夫在谈陀思妥耶夫斯基创作的时候，就指出作家的心灵体验足以使其创作成为独特的、痛苦的、复仇的、陶醉的源泉。他谈到他自己也是被可怕的现实残酷地侮辱与损害了的，这个现实使他的人物成为满身疮痍的人。他的生活与文学的道路是一种最深刻的悲剧，那内容是人的灵魂被敌视，天才、自由、艺术和美被现实所压制和毁损。在这位极度主观的作家永远采取个人形式的、充满阴沉的忧虑、热病似的彷徨和动摇、对生活的混乱与黑暗的难以消除的恐惧的作品里，镌刻着一颗伟大然而病态的灵魂的悲伤的历史，这颗灵魂为人类的苦难痛苦而绝望，就是说，丧失了期待、梦想、青春的憧憬——这颗灵魂爱上痛苦，因为除了痛苦，已经没有东西可以使它活下去。也就是说，可以使它爱。

我们还可以举出更多例子，或者作出更细致的心理分析来说明痛苦（心理"饥饿感"）对艺术创作的作用。当代作家郑万隆把苦闷看作是从感受到写作、从生活到运用技巧等一个系列的过程。他认为没有苦闷就没有创作，创作是在苦闷中孕育成熟的产儿，创作就是你对生活、对未来、对人生、对理想的追求，有追求则永远有苦闷。如果你惧怕创作中的苦闷，为困难所吓倒，甚至不愿付出任何代价，你当然也就永远也不会饱尝到攀登中的幸福。

但是，在艺术思维活动中，还有另一种情况需要讨论，那就是欢乐和满足对艺术活动的推动。研究原始艺术的人告诉我们，为了表达某种喜庆和胜利，部落举行舞蹈活动通常都是在吃饱后进行的。这也正切合了墨子所说的"食必常饱然后求美"的原则。在生活中，很多创作都是在身心获得一种极大满足后进行的，比如中国汉赋中的一部分作品，大概就属于这一类。毛泽东同志的《七律·送瘟神》一诗是在听到消灭血吸虫病消息后，心情激动，"夜不能寐"的情况下写成的。其实，就一种艺术思维过程来说，这种满足感之后同样参与着一种"饥饿感"，这就是在精神表达方面出现的"饥饿感"，希望把这种满足表达出来及于他人。这时，艺术活动就提供了这种通道。可见，艺术思维活动中的满足和"饥饿感"、欢乐与痛苦，是在不同层次上交替出现的。这种交替出现也反映着艺术创作本体不同层次的精神欲望，导致不同的艺术表达特点。

三

不过，细致分析起来，"痛苦"和"满足"这两种艺术酵酶毕竟有所不同。艺术家由于人生中的挫折不幸所产生的"饥饿"更接近生命发展中本原的要求，其内容往往在现实中难以实现，因此情感积郁越醇厚越缠绵，想象就更深远细腻。而建立在"满足"上的饥饿感常常出于"表达"

的欲望，内容浅显而容易实现。这也许是产生于苦闷的作品更能感动人的原因。

这种"饥饿"和"满足"的交替出现，决定了艺术思维活动是一个向外伸展的探寻和向内心聚集的复合过程。就前者来说，艺术家要从客观生活中吸取养料，弥补自己的"饥饿"，这就需要展开想象的翅膀，在自己的经验世界中捕风捉影，把触角尽可能伸向每一个生活缝隙，探金采矿，以满足自己创作的需要。就后者来说，艺术家要把大千世界的一切生活经验熔铸到艺术特定的对象身上，装扮它、充实它、创造它，建立起一种新的"自我"，为生活提供自己内心的创造。艺术家就是在这两条运行不悖的轨道上行驶自己的思维列车的。我们可以称之为发散性思维和收敛性思维的统一过程。

在这个过程中，艺术思维活动表现出极其活泼的性格，它的踪迹并没有一定的规则，风吹四方，云游八仞，上九天揽月，下五洋捉鳖，大约正如刘勰在《神思篇》里所说的："寂然凝虑，思接千载；悄焉动容，视通万里；吟咏之间，吐纳珠玉之声；眉睫之前，卷舒风云之色。"为了创造一个小店铺老板的形象，艺术家要从自己熟悉的几十个、几百个小店铺老板及其有关联的人中去寻找和选择；为了给一个人物起个切合的名字，艺术家要翻遍记忆的字典，为选择一个字而要搬动整个词汇的矿山，甚至如巴尔扎克一样跑遍巴黎的大街小巷等。艺术思维与其他思维方式不同之处也许就在这里，它不会那么循规蹈矩地进行，而常常显示出不规则性和易变性来；它不断地向各个方面扩展着自己的思维，也是为自己的形象开拓更大的回旋天地，增强形象在艺术时空中的张力。

这种张力永远是被需要的。因为如果没有这种张力，艺术思维自己就不能持续下去。在创作中，艺术家思维向各方面扩散，似乎在织一张很大的意识之网，当它们从主体发出的时候，带着艺术家特定的感情信息，传达给广大的经验世界，寻求着一种认同，一种可能实现的美的关系。因此，当艺术家描写一个人时，这个人的身份、思想和生活发展可能会出现无数个"如果""可能"的连带关系，艺术家的思维会在很多交叉点上逗留，然后向新的方向、新的区域伸展，形成一个广阔的思维空间。这个空间伸展得越大，艺术家就越能吸取更多的生活养料，艺术形象也就越能和整体生活发生多方面的联系。如巴尔扎克在《〈驴皮记〉序言》中说："作家应该熟悉一切现象、一切感情。他心中应有一面难以明言的集中起来的镜子，变幻无常的宇宙就在这面镜子上面反映出来……"这面集中起来的镜子大约就是作者所要创造的中心形象和意境。巴尔扎克还认为，要写好一个性格，就应该分析过各种性格，体验过全部风尚习俗，跑遍整个地球，感受过一切激情；或者，这些激情、国土、风尚、性格、自然的偶然现象、精神的偶然现象，都在他的思想内出现。

艺术思维活动的这种扩散性使之带上了某种冒险的品格，而冒险常常构成艺术的快乐之一。发散性形成了一种思维的离心力会把艺术家意识引向很多偶发的事实。这些事实甚至会远离艺术家理性支配的范围，走向难以把握的无意识和潜意识之中。20 世纪初很多艺术家的创作就表现出了这种趋势。他们从客观真实描写中不知不觉地走向了心理真实，从人物表层意识逐渐走向了人心理的深层意识。陀思妥耶夫斯基的创作就表现出了这一点。当他看到自己笔下的人物，首先是穷人的命运已经不能只在理性范畴里被理解的时候，就曾经指出"理性在现实面前是破了产的，何况有理性有学问的人现在也开始教导人说，没有纯理性的论据，世界上不存在什么纯理性，抽象的逻辑不适用人类，有伊凡、彼得、居斯达夫的理性，但纯理性是完全没有的，这只是 18 世纪的没有根据的虚构而已。"于是，在他的创作中，为了表达出完整的人，从单纯的人走向了双重人格，如《双重人格》《地下室手记》等，走向了人的潜意识，如《罪与罚》《白痴》等作品所表现的那样。

但是，这种思维的扩散之所以有意义，是由于始终围绕着一个特定轴心旋转，遵循着所要表现的具体对象而展开——这就是艺术思维中相应的收敛或集中性过程。一位西班牙诗人加西亚·洛尔迦曾经说过，要使一种想象有生命，就必须有一个中心，"这个中心像一朵花一样开放"。由于这个中心的存在，艺术家能够在漫无边际的经验世界中把握形象，不至于迷失方向，误入歧途。艺术家把思想扩展到广阔的生活世界之中，就像植物把自己无数根须伸向肥沃的土地一样，在这种发散的思维活动中，同时进行着回归自我的收敛运动，通过思维扩散的巨大网络，把合乎需要的养分源源不断地输送于中心形象或意境之中。对于这一双向思维过程，可以和典型化过程联系在一起进行理解。例如当代作家蒋子龙就曾谈到过他是如何从大量有关"厂长"的材料中创造《乔厂长上任记》中乔光朴形象的，他说："我不得不动用我材料库里的全部'干部档案'。我进工厂二十多年，先后接触过十几个厂长。我在住党校、出差、开会的时候又结识了不少厂级干部。我在脑子里放电影一样把这些人都过了一遍，然后，又把这些人放在一起比较。"（蒋子龙《乔厂长上任记》）乔光朴的形象正是这样几经折腾后才确定下来的。可见，创作的痛苦和欢乐也常常表现在这种扩散和收敛的过程中。

　　显然，发散性和收敛性是一种双向同构过程，并不是分离存在的。不过，如果以作品的最后结局为归宿点，如何评价其扩散性和收敛性的作用，是否具有相应的尺度，是一个涉及更多方面的问题。在不同的创作过程中，不可能完全一致，比如在浪漫主义和现实主义创作中就有不同，它们各自的特征和一种相对稳定的美学关系有关。而艺术的发展常常意味着打破这种稳定的关系。当艺术思维的触角伸向更广阔的生活，甚至扩展到过去艺术传统模式所禁绝的表象世界之时，艺术思维就会率先打破过去艺术的疆界，动摇原来稳定的美学关系。这时候，创作也许会表现出飘忽不定、散乱自由的情形。在艺术发生变革的时候，很多艺术家的创作会显示出这种特征。这时候，艺术思维中的收敛运动将会提供强有力的力量，在新的艺术层次上巩固其扩散的成果。在这个过程中，如果说艺术思维的收敛有赖于自身的扩张，在更大的范围内寻觅材料，建造自己，不如说这种扩张表达了收敛运动更高的要求，使形象包容更多的生活意蕴。每当作品（形象）成长一步，就需要从生活中获得更多的营养，而这种对生活的要求又会回归于形象本身，使它对生活提出更广泛的要求，直到达到最后的内在平衡——即艺术作品结局的到来。

第四章

艺术思维过程的心理落差

一

艺术创作的迷人之处始终是与作品的诞生联系在一起的。一位美国美学家乔治·桑塔耶纳（1863—1952）认为："美的主要特权，就在于综合自我的种种冲动，使之集中在一个焦点上，使之停留在单一个形象上，所以伟大的和平降临于那骚乱的王国。"① 我们所说的艺术思维活动中的一切痛苦和欢乐，一切欲望和满足，都存在于特定的艺术对象之中，由此艺术家将通过一种艺术生命（形象）形态的诞生，来寄托和表现自己的主体意志。从这个意义上说，艺术创作是一种主体思想感情通过具体媒介得以客观化的过程。艺术家的全部理想都是通过一种具体可感的方式及由此造就的审美现实实现的。

因此，特定审美对象在艺术思维活动中占据着一个"中心地带"，同时联结着生命欲望的"饥饿"和满足、痛苦和快乐两个方面，或者说，其本身就是在这二者夹缝中突显出来的。也就是说，只有当艺术家在生活中遭受不幸，并且能够意识到这种不幸，有所渴望，但又未能实现这些渴望

---

① 北京大学哲学系美学教研室：《西方美学家论美和美感》，商务印书馆，1981年，第288页。

之时；当艺术家已经感受到需要满足的理想和能够予以满足的现实之间出现巨大反差之时；只有当艺术家由此已经打破了过去心理世界的平衡，并且渴望充实一种理想与现实、欲望与满足之间的"真空地带"时，艺术思维活动才能真正开始和持续，艺术家主体各种感情的负荷、思想的压力才能调集一切生活经验，让拥挤在心灵门扉之前急不可待的意识内容顺序而出，用新的生命去占据这个地带。

于是，一种心理上的"落差"构成了艺术思维活动中重要的条件之一。这种"落差"是在艺术家理想与现实的互相观照中存在的，表现了一种感受和理解上的反差效应。这种反差越大，艺术家心中聚集的感情就越强烈，其推动艺术思维持续的力量就越大。艺术家则需要通过自己所造就的审美现实来克服这种心理落差，达到心境的平衡。

这种心理落差的艺术功能，并不是近代才被人注意到的，早在古代，中国的一些美学家就已精彩呈现。例如西汉末东汉初的桓谭（约公元前23—56）在《新论·琴道》之中就有一段生动的描述：

　　雍门周以琴见孟尝君。孟尝君曰："先生鼓琴，亦能令文悲乎？"对曰："臣之所能令悲者，先贵而后贱，昔富而今贫，摈压穷巷，不交四邻，不若身材高妙，怀质抱真，逢谗罹谤，怨结而不得信；不若交欢而结爱，无怨而生离，远赴绝国，无相见期；不若幼无父母，壮无妻儿，出以野泽为邻，入用堀穴为家，困于朝夕，无所假贷。若此人者，但闻飞鸟之号，秋风鸣条，则伤心矣，臣一为之援琴而太息，未有不凄恻而涕泣者也。"

在这里，作者通过"鼓琴令悲"过程中审美主体和听众的关系，强调了"先贵而后贱，昔富而今贫"所产生的作用。作者所揭示的是一种重要的文艺心理学现象。在鼓琴过程中，雍门周非常重视和了解听众的心理作用。他知道孟尝君长期"置酒娱乐，沉醉忘归"，是很难随同其琴声进入悲伤境界的，所以他并没有先讲自己的琴声如何之悲，声调如何之凄，而是先用"足下有所常悲"的事实使孟尝君"喟然太息，涕泪承睫而未下"，然后他"引琴而鼓之"，取得了很好的艺术效果，孟尝君不得不赞赏他"先生鼓琴，令文立若亡国之人也"。

这个例子还告诉我们，所谓心理落差是以艺术家对不同生活的体验为基础的。这种体验不是对同一情景的重复，也不是平缓地渐进，而是常带有明显地转折、突变、迁移、替换的特征，艺术家通过两种或数种不同生活的对比和感受，在感情上获得新的体验。也许正是这个原因，经历动荡、人生挫折、变换环境等生活对艺术家创作有至关重要的作用，而长久居于一隅，陷入某一种生活境界，很容易造成创作的枯竭。这个问题可以举出大量的例子来说明。很多作品都产生于一种变换的生活感受。例如很多本地艺术家会感到奇怪，尽管理念上知道自己所在地有很多可写的东西，但长期熟视无睹，觉得无从下手，而外地来的作家停留三五月，甚至三五天，竟写出了大量的作品。茅盾曾从另外一个角度谈到过这个问题，他说"很难想象一个埋头在一角（例如工厂的一个车间或农村的一个生产大队，或其他生活的一角）而对一角以外的生活全无所知的人怎样进行写作。当然，并不是说他连文学素描之类的取材于当前事物的作品也不能写，不，他能写，而且也可能写得很出色。但是，如果要写典型环境中的典型人物，使作品所反映的生活具有普遍性，那么，他这一角的生活就不够了。"① 实际上，所谓心理落差的形成并不仅仅在于你熟悉了多少生活，而在于你从生活中感受了多少新的东西。这些新的东西将引导艺术家去探索和征服新的世界。

这种心理落差的形成虽然以艺术家生活环境和经历为基础，但并不完全取决于这种经历和环境，艺术家主体的素质有时会起到决定性作用，艺术家精神世界丰富的程度、承担道义责任的轻重、感情的敏感层次、理想的要求及其满足情况等，都是非常重要的因素，它们在不同意义上决定着生活在艺术家心灵上的反差效应。这就决定了在大致相同的生活环境中，不同艺术家会有不同的心理反应。事实上，生活发展总是有所变化的，总

---

① 茅盾：《茅盾近作》，四川人民出版社，1980年，第53页。

是包含不同程度的差异现象，但是在同一种事实面前，有的艺术家会无动于衷或者置若罔闻，有的心有所动，有的则已经感到无法忍受而大声疾呼，由此会构成不同程度的心理落差。

这是由于不同素质的人，他的满足是建立在不同层次上的，他感受和理解生活的幅度受到自己主观意识的限制。正如鲁迅曾经提到过的，焦大是无法理解林妹妹的爱情的，一个农民也很难想象皇帝的生活。这当然并不在于他们是否亲历过那种生活，而是他们接受的文化教养和知识程度都有很大不同。知识和教养程度会构筑艺术家心理中理想和满足的台基，与现实生活形成强烈的对比，激发其艺术创作的冲动。因此，一般客观物质条件并不能直接决定艺术家心理落差，而这取决于他们对理想的不同层次的追求。列夫·托尔斯泰身处贵族生活阶层，但是并没有因为拥有优裕的生活条件而满足，反而感到了很大的痛苦。因为这种优裕所形成的生活和农奴悲惨生活的强烈对比，正是与他的人道主义高尚理想相矛盾的。于是在他的心灵中形成了巨大的落差，感情一直无法平静。他一直不断地用自己的行动克服这种落差，以求获得心理上的一些平衡，例如他放弃自己的财产，穿着农民的衣衫，把土地分给农奴，甚至亲自耕种，自食其力等。在他的全部创作中，我们都能看到这种努力，他想用一种新的艺术在人与人之间建立同情互爱的关系——这种努力大大超越了对一般物质生活的追求。因为这种理想在他那个时代、那种生活中注定永远不可能完全实现，所以这种心理落差也一直不可能消除。1910 年 10 月 28 日早晨 5 点，托尔斯泰从家里出走，在旷野中追寻平静，因为这时家里人都开始认为他是一个傻瓜，一个只想着牺牲自己或者过完全无私生活的陌路人。当时托尔斯泰已经 82 岁，他穿着农民的衬衫，痛苦在他脸上留下了皱纹，走向了最后的平静，这是 1910 年 11 月那个清晨的到来。

当然，这并不意味着不同的艺术家，对同一种日常生活经验具有同等的心理体验。相反，由于主体条件的不同，每个作家都会有自己特定的"心理敏感区域"，使其对某一生活经验范围、某一感情层次非常敏感和敏锐，而对远离这一种区域的生活事实和经验反应淡漠。这也造成了不同艺术家创作上的特色。很多艺术家经历并不复杂，但他们生性孤独郁悒、多愁善感，对于某种生活感情非常敏感，这也使他们创造出了别具一格的作品。例如勃朗宁夫人所写的优美的爱情诗，英国夏绿蒂·勃朗特的《简·爱》等，都反映了其感受生活的特殊方向和领域。这两位女作家连同勃朗特的两个妹妹艾米莉（1818—1848）和安妮（1820—1849）寿命都不是很长，而且一直是病魔缠身，但她们的作品却显示出新鲜动人的艺术力量。

二

这当然和艺术家的个性经历有关，但有一部分来自艺术家的主体条件。例如在托尔斯泰的所有作品中，都能发现托尔斯泰对人物外表美的关注，几乎成为艺术家心理感受的一种特殊模态。他对于人物的肖像描写很精心，往往经过反复感知和修改，如对安娜、玛丝洛娃、娜塔莎等人外表的描写，都浸透着艺术家对外表美特殊模态的敏感性。在这种描写中，外表美并不只是突出某一方面，例如性感，而是表现出托尔斯泰对人的完美追求。作为创作中的一种个性描写，这无疑是与托尔斯泰的艺术表现功力和技巧有关，但作为一种特殊文艺心理现象，却牵动着托尔斯泰整个身心发展历程。研究和了解托尔斯泰传记的人发现，童年和少年的托尔斯泰曾经有过多种苦恼的事，其中最引人注目的是他由于自己外表毫无动人之处所产生的沮丧。在很长一段时间里，他没有因为自己有一个聪明的脑子而感到快乐，却因为自己有一副丑陋的外表而苦恼万分。对于他的外表，一个传记作家这样写道："他的面孔大猩猩一样丑陋，小小的凹眼睛，大大的圆鼻子，低额头，厚嘴唇，还有两个大耳朵。"为此托尔斯泰渴望别人能够注意到他，给他以爱和温情，他在日记中写道："我希望大家都知道我，都爱我……"但是又痛苦地感到，他那样相貌难看的人在世上是不可能有幸福可言的。

托尔斯泰在颇有自传色彩的《童年》中写道："我很清楚地知道我长

得不好看……因此凡是涉及我的外貌的话都使我非常难受……我常有失望的时候，我设想，一个有着我这样的扁鼻子、厚嘴唇和灰色小眼睛的人，在世界上是不会得到幸福的；我祈求上帝完成一个奇迹，把我变为美男子，我愿为了一副漂亮的面貌付出我那时候所有和将来可能有的一切。"艾尔默·莫德（1858—1938，英国文学家）所著的《托尔斯泰传》在引录这一段话后指出："事实上，这敏感的孩子对他个人的容貌非常关切，但是他所作的改善它的努力却不成功。有一次，他把他的眉毛剪短了，而这不令人满意的结果，给了他很大的痛苦。"这种痛苦曾把托尔斯泰推到了绝望边缘，19 岁那年托尔斯泰想自杀了却一生。1851 年，他把钱赌光，到高加索去当了个军官。在战场上，他曾经被一股不可理解的疯狂所冲击，表现得非常勇敢和残忍。从这种纵向的分析中，可以看到托尔斯泰心理中一种特殊的感应模态，这种模态构成了特殊心理落差形成的基础。把"希望爱我"和"相貌难看"联结起来，代表了托尔斯泰极易因此受到刺激而作出反应的心理模态，当托尔斯泰把它投向整个生活，需要在他的艺术创作中得到证实的时候，就会在更高的层次上表现出来。

如果把讨论再深入半步，就会发现这种特殊心理模态在托尔斯泰作品中留下了深远影响。他几乎从未忽略过对人物相貌特征的描绘，包括在他所写的一些传记和回忆之中也是这样。他回忆自己所爱的姑姑是和她那可爱的、和善的笑声，光辉愉快的面孔联系在一起的。例如，他在传记中曾写到过，"她有黑色卷发结成的大发辫，黑玉色的眼睛，和活泼有力的表情，她自然是很动人的。我记得她的时候，她已经 40 岁了，但是我从来没有想到她不美。我一来就爱上了她的眼睛，她的微笑和她的暗色宽阔的小手，手上有力的交叉的脉纹。"再如，托尔斯泰在谈到年轻时候最热情赞赏的二哥谢尔盖时写道："我切望能与他相似。我羡慕他的美丽的外貌，他的歌唱（他随时都在唱），他的绘画，尤其是（说起来很奇怪）他的本能的自负。"他曾经在一个以"托尔斯泰的恋爱书简"为题的集子里记录了和女友瓦列莉亚的交往，其中可以看到托尔斯泰对于外表是非常留意的。如 1856 年 6 月 26 日的日记中有"……瓦列莉亚穿了一件白衣服，很胖"。同年 7 月 1 日的日记中有"……整天和瓦列莉亚一起，她穿了一袭白衣，露出两臂，那两臂却并不好看，这使我很难过"。7 月 12 日的日记中有"……瓦列莉亚比平时更美，……"等。也许由于这种原因，《托尔斯泰传》的作者艾尔默·莫德在分析《恶魔》时，特别强调了列夫·托尔斯泰对身体特征的观察之深，记忆力之强。例如，在小说主人公结婚之前，他的意中人"修长、瘦削，她的一切都是长形的，她的脸，她的鼻子——并不高，却向下伸延，还有她的手指，她的脚，都是长长的"。当他们结婚之后，他又注意到斯捷潘尼达的结实而灵活的身段、腿、胳臂和肩膀，而莉莎，他的妻子容光焕发地前来迎接他了，"可是今天她似乎是特别苍白的，黄黄的，瘦削而衰弱"，后来当斯捷潘尼达——宽阔，有力，红光满面而欢快地——和别的农家女跳舞的时候，莉莎伴同老太太们到舞场上来，"穿着淡蓝色的衣服，头发上系着浅色的缎带，宽大的袖子底下，她那又白又长的胳臂和肘子上的棱角都看得清清楚楚的"。①

三

由此可见，艺术思维活动中的心理落差首先依赖于艺术家对某一方面或领域生活的敏感程度；在这方面或领域所发生的任何微小变化和差异，都能引起艺术家心灵的颤动，使艺术家分辨出各种相似生活现象之间具体性的鸿沟，比如某一事物彼一时此一时的状态，某个人物痛苦与快乐的变化等，并在感情上推波助澜，使艺术家用艺术创作去表现和征服它们。

当然，我们上面所论及的心理落差及特殊感应模态，大致局限在感受层次上，所以在作品构成上体现在描写表象方面。其实，这只是停留在一种浅显层面上的分析。在艺术思维中，这种心理落差更高层次表现在艺术

---

① 艾尔默·莫德：《托尔斯泰传》，宋蜀碧、徐迟译，北京十月文艺出版社，1984 年。莫德和托尔斯泰有过十多年的交往，我还从该书中得到了很多启示，这里所引述的有关托尔斯泰的资料也多出自此书。

家对于自己美学理想和人物命运的总体构想之中，也就是说，艺术思维不会停留在表象差异的层面，而会去探索更内在和深刻的内容。对托尔斯泰来说也是这样，他对于人物的外在美的敏感和观察之深是在向整体生活，向更完美的人类理想扩展中获得意义的。在这种扩展中，外在美会被更深刻、更完整的意义所支配，在不同的生活关系中形成了一系列关于美与不美的反差关系，所谓心理落差也就不仅表达为一种表象上的需求，而且包括内涵方面的追求。这正如列夫·托尔斯泰 1856 年和瓦列莉亚的交往一样，起先他是被瓦列莉亚外在美迷住了，感到自己几乎爱上她了，但不久就为她"可怕的肤浅"感到痛苦，他在日记中写道："……她把那头发梳成了最可怕的时髦式样，还为了我穿了一件紫色外衣。我感到痛苦，羞耻，过了很悲惨的一天，谈话也谈不好。然而又非常被动地处于一个未婚夫的地位了。这使我生气。"托尔斯泰在不久后的 11 月 2 日写给瓦列莉亚的信中说："……对于你，我常常只爱你的美丽而已，我刚刚在开始爱你的不朽的部分，最弥足珍贵的部分——你的心和你的灵魂。美丽是可以在一小时之内被发现、被爱上，而在同样的时间里又可以不爱上的，而爱一个灵魂却需要长时间……别以为我们只要让那'傻瓜'的感情来指导我们，我们便可以了解彼此，你是这样想的吗？如果这样，则开始的时候，我们或许会以为我们已经了解，可是我们立即会发现我们中间的大鸿沟，那时我们傻瓜的爱情的感情已消耗殆尽，再不会有什么感情来填满这道鸿沟了。"

后来，托尔斯泰痛苦地结束了和瓦列莉亚的恋爱。显然，托尔斯泰在信中所说的"大鸿沟"表达了一种深刻的心理落差，这种落差不仅仅取决于外在美，而是构筑在外在美和心灵美统一的基础上的，这里包含着更完美的追求。一些专家认为，托尔斯泰 1859 年出版的《家庭幸福》一书，就是作者根据和瓦列莉亚关系而写作的，在这部小说里，两位对于人生有不同的看法，他们一直在克服这种落差。诚然，托尔斯泰对外表美的感受一直是非常敏感的、重视的，但是这并不能满足艺术家的心理期待。关于这一点，可以从托尔斯泰的作品中看出，他对于人物的出场，总是十分注意对容貌的描写，但是很快会转移到心灵方面。其次，有关托尔斯泰的生平传记还告诉我们，托尔斯泰对自己的容貌一直保持着敏感。直到1873年，托尔斯泰一直都在拒绝别人画他的像，如果让人家照了相，他还要小心谨慎地把底片毁掉，免得别人拿出去冲洗。

如果我们对于问题仍旧感兴趣的话，可以把托尔斯泰作品中的人物纳入不同的关系之中。在托尔斯泰的作品中，这几类人物形象值得注意，第一类是属于艺术家爱戴的、喜欢的。他们的外表和心灵都是动人的。《战争与和平》中的娜塔莎，《安娜·卡列尼娜》中的安娜等都属于此类，大概《复活》中的玛丝洛娃也可以算进去。第二类外表平平甚至有点丑，但内心很美，很充实，这些人物身上大都有托尔斯泰本人的影子。例如《一个地主的早晨》和《复活》中的聂赫留朵夫，《战争与和平》中的彼尔，《安娜·卡列尼娜》中的列文等。第三类是外表美观但心灵不美的，比如《战争与和平》中的花花公子阿纳托尔·库拉根等，《安娜·卡列尼娜》中的渥伦斯基大概也属此列。第四类是艺术家不喜欢的，甚至心里厌恶的，他们的外表和心灵都一样一无可取。例如《战争与和平》中对拿破仑的描写，外貌"矮小"，具有"肥大的胸脯""圆肚子"和"短而粗的大腿"，性格上傲慢自负。《安娜·卡列尼娜》中的卡列宁，《复活》中那些可憎的官僚法官先生们都是属于此类。从这几类人物中，可以看到托尔斯托对于人外表美和心灵美之间差异、矛盾及统一的观察之深，它们在不同的场合反映了艺术思维中的心理落差。即使是他钟爱的娜塔莎那样的人物，也会被阿纳托尔那样的优美外表所迷惑，一时神魂颠倒甚至决定和他私奔，这一方面表现了外表美对作者依然存在的迷人魅力，另一方面表达了心灵的超越和净化过程。作者真正的美学理想正是在对比和反差中确立起来的。

显然，在艺术思维活动中，心理落差占据着重要地位，没有这种落差就没有创作。正是这种落差打破了艺术家原来稳固的、平衡的心理世界，使一些事物的特征突显出来，变得更为具体生动，促使艺术家通过艺术形象获得新的平衡。从某种意义上来说，心理落差是艺术家对生活异样的感觉和理解，其意义就在于发现一种与众不同、非我莫能为、独一无二的现象和状态。

对艺术家来说，这种落差一旦形成就会散落在思维的各个层面上，与艺术家整个身心发生联系。正如福楼拜所说的，只有观察达到能够发现这堆火和其他火堆不同的时候，这种落差还刚刚处于感受层次上，你必须继续追索，直到你了解它为什么是这样的，将是怎样的，争取其完整的生命之后才能心安理得。不过，应该指出的是，这种发现不仅是对客观对象的发现，而且包括对艺术家自我的发现，因此它不可能是纯然客观的，在常规意义上精确无误，而可能在感情的驱使上，包含着很大程度上主观的"错觉"成分。否则，我们不可能在托尔斯泰笔下看到黑色的太阳，在马塞尔·迪尚（1887—1968）的绘画中看到跌落的"走下楼梯的裸体"人形。

四

这并不令人感到奇怪。在艺术思维活动中，心理落差首先是一种主观事实，它固然依赖于一定的客观事实，但已经脱离了客观性，附加着主观的幻觉和想象。这种幻觉和想象很容易溢出常规，造成心理感觉和判断上的偏执和错觉。从心理学角度来说，这种错觉常常发生于前馈与反馈的比较之间，艺术家反馈的形式与过程远远强烈于，甚至相反于前馈过程。艺术家的某种感情意志和心理期待会改变和同化所面临的生活事实。

关于这方面的讨论，我很想把对艺术家病史的研究和对艺术创作的研究结合起来。这也许是一个新的课题，但是却告诉我们很多关于心理落差的奇妙事实。不可否认的是，对于艺术家，人们似乎普遍喜欢谈论某种"怪癖"。这似乎也给艺术家创作带来了很大方便，使他们一些不合乎常规的思想行为得到了适当宽恕和谅解。艺术家在品性方面总是有点"怪"，否则就不能称为艺术家，这当然是常人的理解，很多人也许会为此愤愤不平。但是这并不奇怪。因为起码有一部分事实是这样的。

在文学史上，艺术家大多生活坎坷，时命不济，或者自身生活有某种缺憾，还有相当一部分艺术家在生理状况上也并不怎么完美，一些令人头痛的疾病总是喜欢和他们做伴。这也直接影响着他们的情绪状态和思维过程。这里可以举出大量事实，例如贝多芬二十六岁就开始失聪（应该说，耳聋是贝多芬身体中其他隐疾发展的结果），郭沫若十七八岁失聪两年，勃朗特三姐妹皆因肺病而早逝，诗人拜伦从小便是跛子，画家梵高患有癫痫症，神经也不正常等，很多艺术家都由于身心状态不佳而短命。

没有理由说明疾病缠身的人比身体健康的人更有利于从事艺术创作，或者身体健康的人不能创作出优美的艺术品。但是艺术家身心状态确实深刻影响着内在感觉的敏锐程度。由于身体某种缺憾的缠绕，有些欲望不能通过客观行为实现，他们被迫在主观意识范围里，如饥似渴地寻求出路。由此，他们也会在心理上形成某种自我保护的避难所，极力地避免心灵受到伤害和遗弃，自动聚集起很多整装待发的感情因素，来对付外界的各种信息，并沿着自己主观的特定渠道加以引导。这时，特定意志的心理力量就会提供一种主观事实，造成常态的心理落差。

因此，身心某种疾病和缺憾的存在虽然不能决定艺术创作的质量，却直接影响着艺术思维活动中某种特殊感受模态的形成，在某一特定的范围增强其内心幻觉的饱和感，在微小的客观刺激面前，产生较大的主观感应效果。这里可以继续拿托尔斯泰作例子。托尔斯泰因为其貌不扬就特别敏感于他人对自己的容貌的评价，对自己的容貌也曾不免有些夸张的描写。实际上，就从现存的一些照片或者画像来看，托尔斯泰并非丑八怪。

这种内心幻觉的饱和感，构筑了心理感受和认知中的预感性，艺术家会用这种预感来解释世界，从记忆和幻觉中吸取足够的形象因素，来证实和完成这个预感，使它也成为一种存在——艺术主观现实的存在。这种情景与鲁迅笔下"狂人"的心态颇为类似。由于患有"受迫害妄想症"，所以他对社会生活的一切反应都是从主观预感出发的，心中积累了大量的"吃人"和"被吃"的幻觉，并从记忆中源源不断地产生出相类的材料，为这种预感提供着丰足的根据。"狂人"无疑是鲁迅某种意义上的代言人。

在现代中国文学史上，也许没有一个作家如同鲁迅那样，对反动派的流言、世道的残酷、刽子手的残忍、官吏的无情，体验得那么深刻。无独有偶，作为一个艺术家，让-雅克·卢梭（1712—1778）在很长一段时间里，也和"受迫害妄想症"形影相随。在他着手写《爱弥儿》和《新爱洛伊丝》期间，这种症状变得更为明显，应该说，"受迫害妄想症"并非突发，而是一直隐藏于卢梭体内的心理病症，这可能和他童年不稳定的生活有极大关系。刘扳盛先生曾在《法国文学名家》一书中介绍："卢梭10岁那年，父亲跟一个名叫尚济埃的法国陆军上尉发生纠纷。尚济埃依仗权势，诬告伊萨克持剑行凶，面对下狱威胁，伊萨克被迫亡命他乡。父亲离家后，卢梭由舅父贝尔纳监护，被送到波塞一个叫朗拜尔西埃的牧师家里学习拉丁文。两年后舅父把他接回日内瓦，给他安排在本城一个法院书记官家里学习'承揽诉讼人'业务，但过不多久，他便以'懒惰''蠢笨'的罪名被赶出这家事务所。1725年4月，父亲返回日内瓦，又把他送到一个零件镂刻师杜康曼的店铺里当学徒。这位13岁的孩子每天要做大量的家务杂役，生活十分艰苦，还经常受到店主人的责罚和鞭打。一次，卢梭镂刻了几枚骑士勋章，老板竟以制造伪币为由，把他痛打了一顿。……这样熬了三年，因精神上感到压抑，他渐渐养成郁郁寡欢、孤僻沉寂的性格，常常独自落泪叹息，或跑到城外郊野，寄情于玄思遐想之中。1728年3月的一天傍晚，他跟两个伙伴到城外散步，回城时，刚走到离城门二十来步的地方，吊桥竟升起来了。他生怕受到老板的责罚，一横心，告别了同伴，逃到离日内瓦不远的孔菲尼翁村，投奔到教区神父德·彭维尔的门下。"

由此，卢梭十分阴郁敏感，时常觉得他的朋友格里姆和杜克洛在德比内夫人面前说他的坏话，觉得"百科全书派"的人也在和他作对。他先后和伏尔泰、达朗贝尔、德比内夫人、休谟发生了激烈的争吵，变得非常敏感和不解人意。这种精神状态显然影响了他的创作。在他的全部思想中，人人平等的观点占据着重要地位。在五卷本的哲理小说《爱弥儿》中，代表卢梭理想人生的主人公爱弥儿，是在自然状态中发育的，他完全不知道什么是训话，他行动自由，具有独立精神。这种理想正是针对他所强烈感受到的社会约束和迫害而产生的。正如一位法国学者雅克·瓦齐纳所言，"卢梭身上有种令人遗憾的禀性，这使他和我们每一个人都一样，容易把自己的愿望当作现实。"① 和这种病症不无关联，卢梭后来越来越沉浸到自己的主观世界中去，不再与外界来往，他在 1764 年 12 月 4 日的信中说："人在世上越远离人事，越靠近自己，就越幸福。"为此，卢梭不仅写了惊世骇俗的《忏悔录》，晚年还写下了《一个孤独的散步者的遐想》。在这部作品中，迫害的阴影并未消失。正如雅克·瓦齐纳先生指出的，"整部《遐想》都在被迫害与拯救的感情中摇摆不定（拯救"Salut"一词不一定取传统的基督教的含义）。"在此，我们不得不承认，某种心理病症的存在会决定艺术家创作中特殊的心理落差。②

显然，我们对于病史与创作中的心理落差的讨论极其简略且肤浅，还缺乏更具体深入的探讨和掌握更详细的材料。③ 这也许是有待于今后完成的一个专门课题。作为一种心理现象，艺术思维活动中的心理落差和艺术家的主体条件密切相关，其同样参与着艺术家某种特殊的心理欲望，使艺术家去接近自然本性的内在倾向，通过活生生的形象使后者浮现出来。

在以上的讨论中，我们继续捕捉着艺术思维活动的轨迹。艺术品是在运动中建造的，而这种运动并不只是为了消遣，其包含着生命向更完美境界的追求——这也许就是心理落差之所以产生、之所以重要的依据。一位美国理论家乔治·桑塔耶纳（1863—1952）说得好，正因为世界是按照健

---

① 此言出自《卢梭和他的遐想》，由王平女士所译，本人只看到过其译稿，未见其正式发表文本。

② 据《心理学的体系和理论》所言，从人格检查表中得到的资料——如明尼苏达多人格检查表，加利福尼亚心理检查表，和以卡尔·荣格的类型区分为依据的类型指示表——表明在富有创造性的人物中，比在控制选样的成员中一贯有较多的心理病理偏差。然而，巴朗和他的合作者极其强调富有创造力的人也具有较强的自我力量（ego strength）和自制力，这样便能遏制自己的偏差倾向。没有发现有什么证据支持那种流行的论点，说什么富有创造性的人显露有精神病的特殊性或"天才的疯狂"。对此，我认为应该重视艺术思维与科学思维之间的一些差别。

③ 有关卢梭生平和创作的例子都是根据后人著述中得来的，至于病史方面的资料是难以找到的。我很怀疑卢梭是否真患有"受迫害狂想症"，因为这一精神病症的诊断含有很大的主观性，而且必然受到当时时代的限制。我希望以后有时间作专门的探讨。

全思想和自然规律造成的，它不完善（它只是一个骨架），要开始生活，必须充实，以感受这一缺陷为我们感知的时刻，正是艺术要把握的时刻。在世界分解为碎块之时，艺术来到了，并"按照心灵的规律使之恢复原状"。

正是这一时刻，心理落差也来临了。但是，为了使这一时刻经常光临，艺术家需要付出很大的代价，必须不断改变自己、充实自己、提高自己，并且永远不能屈服于生活习惯，接受熟悉生活的馈赠，保持不断变幻的、流动的生活状态。因为只有变化，人才能发现差别；只有不满，人才能感知缺憾。最后，我想引用托马斯·沃尔夫（1900—1938）一段与本文不太相干的话作为结束："为了发现自己的家乡，就要离开它，为了发现美国，就要在自己的心中、在自己的记忆中、在自己的精神上——而且在异国他乡，去发现她。"

第五章

艺术思维活动的心理定势

一

    如果说，心理落差是艺术家在某一方面积聚了过于饱满的情绪和幻象，也就是说，艺术家意识世界分裂成了两个相异部分，那么，也就意味着艺术创作包含着一种冲破压抑的拼搏。中国当代作家张炜曾说过，作家缺少了作为一个生命（人）的冲动和拼搏的欲望，就不会有创作。一切超出某种技艺的、心灵深处最直接的奔流，才是最辉煌的文学。为一种东西不停地奔走呼号，真诚地辩解和寻找，留下一串歪歪斜斜的足印，这些足印也许就是最好的诗篇。这段话或许表明了心理意识聚集的意义在于运动和奔流。于是，我们在艺术思维活动中，看到的不单是悬崖鸿沟，深潭断壁，而且还有"飞流直下三千尺"或者如"轻舟已过万重山"的运动。罗素有一段话说得好："整个宇宙是两种反向的运动，即向上攀登的生命和往下降落的物质的冲突矛盾，生命是自从世界开端便一举而产生的一大力量、一个巨大的活力冲动。它遇到物质的阻碍，奋力在物质中间打开一条道路，逐渐学会通过组合来利用物质；它像街头拐角处的风一样，被自己遭遇的障碍物分成方向不同的气流，正是由于做出物质强要它做的适应，它一部分被物质制服了；然而它总是保持着自由运动能力，总是要找到新的出路，总是在一些对立的物质障碍中间寻求更大的运动自由。"① 艺术思维活动就类似于此，其重要内容不仅是形成生命活力的冲动，而且需要在一定的时空之内保持自由运动的能力并为这种能力寻求出路。

这就是心理定势的产生。当心理落差把艺术家的意识世界分裂成了两个相异部分，打破了过去平衡的同时也就意味着造就了高山，造就了峡谷，于是一种思维运动的自然趋势就形成了。

关于艺术创作中的心理定势问题，理论家鲁枢元先生曾专门进行过讨论，其论文《作家的艺术知觉与心理定势》至今仍然是国内最有建树的文章。在这篇论文中，鲁枢元引用了美国心理学家克雷奇等人所著的《心理学纲要》和苏联心理学家鲁利亚的《神经心理学》中有关"定势"的论述，② 并把它引入了理论之中，提出了影响和制约定势结构的五个方面的因素：1. 主体先前的经验，尤其是童年时代的经验；2. 主体的需要和动机；3. 主体的政治信仰和价值观念；4. 主体的情绪和心境；5. 主体的人格、旨趣和文化素养。作者最后还指出，"作家的心理定势，对于客观存在的社会生活所提供的信息，起着一种主动的探测、检索、贮存、加工、控制、定向的作用，它是社会生活信息转换为艺术知觉的一个必不可缺的环节。"③

当然，讨论至此并没有完结。从整个心理流程来说，心理定势总是和一定的心理落差互为因果的，首先表明了一定的知觉压力的存在。这里需要插叙一笔的是，知觉压力（perceptual press）是心理学家 H. A. 默里提出

① 这段话是用来叙述尼采哲学的。罗素：《西方哲学史》（下卷），马元德译，商务印书馆，1982 年，第 318 页。
② 克雷奇等编著的《心理学纲要》认为，知觉定势是"有机体作特殊反应或系列反应的准备。""知觉定势主要来自两个方面，早先的经验和现象需要、情绪、态度和价值观念这样一些重要的个人因素。简言之，我们倾向于看见我们看过的东西，以及看见最适合于我们当前对于世界所全神贯注和定向的东西。"鲁利亚从神经生理剖析的角度指出"现代心理科学是从完全不同的立场来分析知觉的，将知觉看作是一个能动的过程，寻找所需要的信息，分出重要的特征，并把它们加以互相比较，建立适当的假设，再将这些假设与原初的条件进行核校。"
③ J. P. 查普林、J. S. 克拉威克：《心理学的体系和理论》（下册），林方译，商务印书馆，1984 年，第 279—280 页。

的，指的是"物或人能对主体或为主体所做的——所具有的以某种方式影响主体利害的力量"。这种压力作为知觉过程，确切地说并不直接代表环境中的物和人，而是和人的需要程度互相联系的，或者说，需要是这种压力的根源。这个概念弥补了稳定的主体人格和不稳定的心理过程之间的空隙，把关于心理定势的讨论引导到具体意识进程之中，从属性的静态转入过程的动态之中。此时，在艺术创作中，心理定势不仅是一个环节，而且成为一种贯穿始终的态势，它源于艺术家内心的不平静状态及由此产生的心理上不平衡的势差，由一部分意识因素开始压迫、挤压另一部分因素，迫使心理意识进入某种特定的、连续性的活动之中，完成其艺术生命的创造。

显然，就思维活动来说，一种心理定势的形成虽然和心理落差有互补关系，但是也有自己特殊的规定性，具有自己多层次的心理内容，因为它不再只是和生命的欲念有关，而且要和具体的思维形式发生联系，依靠某种具体的艺术语言来体现自己。

在艺术思维活动中，首先引起关注的是专业定势，这种定势取决于不同艺术类型的思维形态，是和特定的艺术方式（或语言）纠缠在一起。当心灵一端聚集起巨大的感情意识力量的时候，这种定势就已开始形成。艺术家感情表达的欲望被纳入一定的物质轨道，具体表现为"想写""想画""想演奏"等要求，形成独特的思维态势。显然，不同类型艺术家在艺术思维活动中，构成心理定势结构的元素不同，往往各自偏重于不同的心理领域，例如音乐家偏重于听觉领域，画家偏重于视觉领域，文学家则依赖于语言文字因素等。由此所形成的心理定势结构也有极其显著的差异。因此，虽然有时引发艺术家创作冲动的刺激因素是相同的，但也可能导致不同类型的艺术思维过程。

尽管在很多情况下，对不同类型艺术家来说，这种专业心理定势似乎是自然形成的，但是不能忽视它在艺术思维活动中极其重要的意义。因为这种专业定势是把一般的心理能量转化为艺术势能的必要环节，从而使艺术思维活动成为一种自动和自主行为。它并不是偶然的心理成果，而是借助长期艺术训练和专业修养产生的。事实上，并不是所有的人都能够把心理冲动和一定的专业定势统一起来，也不是每个艺术家都能达到完美的统一程度。例如一个不太成熟的艺术家并不一定能够把内心感受全部诉诸艺术表达，有时甚至是在"勉强"的情况下进入艺术思维的。在这个过程中，其心理感受中的很大一部分不得不在进入艺术创造状态之前消耗，相对减弱了艺术思维活动的势能。相反，成熟的艺术家能够迅速地把生活感受转移到特定的艺术思维活动中去，形成一种知觉的反射，把全部身心投入创作。

二

因此，所谓艺术思维活动中的心理定势，包含着动机和认知过程的一种融合。这种融合的重要特性表现为一种特定的表现客观生活的艺术心理结构，在艺术方式和功能上具有产生多种心理冲动和刺激的能力，有引起和导致适应特定方式的艺术思维过程的能力。

这种能力在很大程度上并不只是取决于艺术家在生活中的原始冲动，还依赖于艺术家长期工作所形成的思维习惯。习惯使艺术家按照艺术方式去观照和表现自己的感情，更接近本能地去从事创作活动。但是，尽管如此，影响专业定势形成的因素也不仅仅取决于习惯。对于自己所从事的艺术的热爱程度，以及艺术家心理状态的单纯与否，都对专业定势的形成具有很大影响。就积极意义而言，专业定势赋予艺术家动机和行为的自我统一性，使艺术家自我连续性的思维成果和自己的美学理想相一致。

在艺术思维活动中，专业定势还表现了艺术家对方式的选择，因此重要性不仅在于艺术方式的确定，而且在于追求艺术活动中的心理定势是否贯穿于整个艺术创作过程，是否伴随着具体形象的构成过程。如果说专业定势在艺术思维活动中是一种外显的、表现生活的态势，那么形象的运动则表现了一种内化的、艺术思维的态势。艺术思维活动中的心理定势是贯穿于整个艺术创作过程中的，总是伴随着特定的艺术生命的发展变化而存在。假如我们暂时舍弃了对艺术思维方式（语言）的考虑，心理定势的核心内容就自然转入了艺术家所创造的艺术生命的生成过程中。

其实，对艺术思维活动中的心理定势，中国古人早已有所体察和研究。刘勰《文心雕龙》中就专门有《定势篇》。刘勰在这篇专论中不仅深刻注意到定势在创作中的独特意义，明确指出了定势和作家主体条件的密切关系（"所习不同，所务各异，言势殊也。"），并且始终把定势和感情联系在一起。他说："夫情致异区，文变殊术，莫不因情立体，即体成势也。"还说："形生势成，始末相承。"也许刘勰是第一个把定势纳入具体的艺术创作之中，着重于其在整个创作过程中的运动机能的人，因此他指出"势者，乘利而为制也。如机发矢直，涧曲湍回，自然成趣也"。刘勰所发有关创作定势的议论距今已有近一千五百年的历史，早在科学心理学产生之前，其精辟的眼光和叙述角度至今仍使我们惊叹无比，他甚至比当今很多心理学家更有效地避免了只对心理定势的静态和定性分析，而是在一定程度上进入了动态和定量分析。

刘勰所论述的定势无疑是具有心理学意味的，这也许和中国传统艺术重视气韵情势等主体意识，讲究把情感冲动融入艺术创作中有关。例如中国绘画构图就非常注意"取势"，这个势包括章势（从整个画势来考虑）、形势（造形之势）、笔势（用笔贯穿纵横）、气势（形态魄力）、情势（在各种形态的倾向中传情）等因素，实际上是对艺术思维活动中的心理定势、种种内隐的运动行为的具体化表述，是为了把心理动作与适应的各种艺术因素联结起来，达到取势传情的效果。所以清人王概谈花鸟画创作时说："画花卉全以得势为主。枝得势，虽萦纡高下，气脉仍是贯串；花得势，虽参差、向背皆不同而各自条畅，不去常理；叶得势，虽疏密交错而不繁乱。"又说："故所贵者取势。合而观之，则一气呵成。深加细玩，又复神理凑合，乃为高手。"（《画花卉草虫浅说》）

这种情形在文学创作中也相当明显，中国古人历来讲究"文势""笔势"，同样包含着对心理定势的动态描述，毛宗岗在评点《三国演义》时指出，“凡文之奇者，文前必有先声，文后必有余势”，显然是把“势”看作是艺术作品连续性的重要因素。从心理操作的意义上来说，中国古典小说讲究故事的突破纵横，变异奇险等，都隐藏着艺术家的心理定势。它不断地构成心理上的悬念和期待，使创作过程和状态不断得到强化，其功能是引起连续发生的心理期待。这里不妨引用金圣叹评点《水浒》第三十六回时的一段批语，足见其对心理效果的注重：“此篇节节生奇，层层追险。节节生奇，奇不尽不止；层层追险，险不绝必追。……如投宿店不得，是第一追；寻着村庄，却是冤家家里，是第二追；掇壁逃走，乃是大江截住，是第三追；沿江奔去，又值横港，是第四追；甫下船，追者亦已到，是第五追；岸上人又认得艄公，是第六追；舶板下摸出刀来，是最后一追，第七追也。一篇真是脱一虎机，踏一虎机，令人一头读，一头吓，不惟读亦读不及，虽吓亦吓不及也。”

中国古典文论有关“定势”的论述远不止这些。这些论述虽然并非建立在科学心理学基础上，但是也给予了我们很多方面的启示。艺术思维活动中的心理定势贯穿于具体的艺术创作过程中，必然要和对象、形式、语言等各种艺术因素发生联系，它的内涵不仅具有“定”的方面，即由各种主体先决条件所决定的具体态势，更重要的是“势”，即它具体的运动变化轨迹。就前者来说，决定了心理定势具有某种“既定性”特征，它受艺术家各种主体条件的制约和规定，总是表现出相对稳定的模式和形态，艺术家有时需要不断地从这种“既定性”中冲脱出来；而就后者来说，心理定势在思维运动中又具有很大灵活性，会以各种不同方式消耗自己，例如中国古典小说中追求奇险就是一类，在整个创作过程中有奇妙的变化。如果说在具体创作过程中，艺术家一开始就受到一种既定力量的推动，这种力量随着整个创作过程的完结而消耗殆尽，那么心理定势就不单单表现为一种抽象的、无所变异的过程，而是随着艺术形象的运动而呈现出阶梯性变化。

在具体的艺术思维活动中，一种动态的心理定势是在不断消失，同时又在这种消失过程中不断更新的。这种消失和更新表现在艺术作品从构思到完成的各个环节之中，伴随具体艺术形象的成长而进行。心理定势根据艺术家所创造的整个形象系统的变化而变化。

三

应该说，艺术思维活动是一种具体艺术现实的生产过程，它成长的每一步都意味着艺术家既定美学理想和欲望的某种程度的满足，也意味着艺术家把一些新的因素加入里面，因此必然造成艺术家心理结构的变化，艺术家主体与所创造的形象构成一种新的关系，心理定势也将出现新的势态，使艺术思维活动持续下去。当代作家王蒙说得好，"我说过创作之所以是创作，就在于它不仅仅是对读者是新鲜的，对写作者本人来说也是新鲜的。"（《创作是一种燃烧》）因为这种"新鲜"造就了新的形象，也造就了新的欲望，新的可能性，能够激起艺术家经验世界中更深层次的系列反应。在章回体小说中就能体验到这一点，环环相扣的故事线索自身构成一种刺激，它是由艺术生命需要的状态引起的，是持续引起特殊的心理活动的延展。这时，艺术家的心理定势本身产生于艺术生命的需要，它包括构成艺术生命形态的种种感情、意志、理性等细节，直到这个生命达到相对满足的情境。现代行为主义心理学家克拉克·赫尔（1844—1952）在对人类行为的解释中，把内驱力假定为行为与生物需要中的一种中间变量，认为内驱力有两种，分别是原始内驱力和继起内驱力。他还认为学习体系也涉及对心理活动继起的强化作用，如果继起内驱力或习得内驱力引起了刺激强度的降低，那么它就作为继起强化而起作用。① 在艺术活动中，作为继起强化而起的作用正是作品艺术构成的内驱力，心理定势是为转换为各个层次（方面）的艺术要求而存在的。可以说，一直和各种艺术因素联结着的心理定势，将通过这种联系而逐渐增强，并且获得相适应的思维延展的态势。这种态势通过作品构成本身这一中介显示出来，和艺术家最初的原始内驱力有所不同。

随着艺术构成这一思维中介的出现，我们对于心理定势的讨论也进入了一个更为明朗化的层面。我们开始接触到创作的实体，并从对实体的分析中探讨心理定势存在的特征。在具体的艺术思维活动中，心理定势虽然和心理落差有着天然的亲缘关系，但是存在状态上的分野，心理落差可能是一种原始自然状态的不平衡状态，给予创作以活力，而使得这种心理落差趋于序列化，赋予紊乱的心理意识以目的，进入具体的艺术创作中的是心理定势。艺术家通过这个艺术中介完成创作心理从不平衡向平衡状态的过渡。

在这种过渡中，艺术家完全有可能沉浸在艺术形象之中，让形象发展构成艺术思维运动的势态。一个艺术家要创造一个活生生的艺术形象，这个形象必然要熔铸多种心理意识的因素，才能构成一个完整的生命有机

---

① 关于赫尔有关内驱力的理论，《现代心理学史》中有这样的介绍，"在赫尔的体系中，内驱力主要有两种，原始内驱力和继起内驱力。原始内驱力同生物的需要状态相伴随，并和有机体的生存有着直接而密切的关系。这些内驱力产生于身体组织需要的状态，它包括饥、渴、空气、体温调节、大便、撒尿、睡眠、活动、性交、解除痛苦等。这是有机体的基本的先天的作用，是维持生存所必需的。此外，赫尔认识到，人和动物是由于不同原始内驱力的力量引起其动机的。据此，他假定了继起内驱力或习得内驱力。继起内驱力这个概念系指情境（或环境中的其他刺激）而言，这种情境伴随着原始内驱力的降低，结果就成为内驱力本身。这意味着，以前的中性刺激由于能够引起类似于由原始需要状态或原始内驱力所引起的反应，而具有了内驱力的性质。被火炉烧伤可以作为一个简单的例子。痛苦的烧伤（组织的损伤）产生了一种原始内驱力（解除痛苦）。同这种原始内驱力相伴随的其他刺激，如看见火炉，当作为视觉刺激被感知时，就可能使手缩回来。因此，看火炉可能成为引起恐惧这种习得内驱力的刺激。这些继起的内驱力或动机作用，是基于原始内驱力而发展起来的。"对这种观点进行全面、准确的评价是相当困难的，但我认为这对于我们在艺术思维活动中把形象创造和创作动力系统联系起来考虑，具有相当大的启发作用。

体。但是在这个过程中，艺术家并不可能一下子完全把握和完成这个形象，况且艺术家创作往往是从某一个或数个鲜明特征开始的，这就必然会造成形象构成中各种因素的不平衡或者"失落"现象，往往此一因素的增长会引起彼因素的欠缺，彼因素的增长又会引起对其他因素的需求，艺术家需要不断克服这种"失落"现象，使形象趋于完整。例如，对一个艺术形象来说，其理性（思想）、情感（包括意识和潜意识）、肉体（包括生理欲望、外在面貌等）等共同构成一个整体，但是艺术家常常为它们不能完美统一而苦恼。当艺术家从生活中领悟到某种思想的闪光，但思想本身并不会单独存在，它要索求活生生的肉体，需要在生命形态中找到自己；反之，一种感性的生命形态，任何时候都需要某种思想和理智的承担或者认同来构成艺术形象生命的完整性。如果说艺术思维活动本身意味着形象不断增新，趋于完整的话，那么构成形象本身的各种元素也处于共同增新的状态。情感因素要斟满理智的酒杯，理智因素要充实情感的胸怀；各种心理因素的交相作用和增减，造成艺术思维活动前趋的心理定势，迫使艺术家去追寻。陀思妥耶夫斯基曾谈到他写《白痴》的创作过程，刚开始他从生活中感受到一种思想的震撼，很多具体细节也在加深着这种震撼。这时他萌发了更强烈的欲望：而整体呢？而主人公呢？因为在这里是以主人公的姿态出现的。在这里，我们可以感受到艺术家的愿望和形象的完形过程纠合在一起。艺术家需要调动经验世界中的全部储存——在其储存中具有各种不同的因素，它们一部分可能相互沟通，另一部分也可能是互相陌生——达到自己的艺术目的。

从某种意义上来说，心理定势在艺术思维中存在于各种不同的经验因素的互相对比、冲突和沟通之中，并在这种情势中不断发生变异和变化，因为往往在整个形象构成中，一种因素的变化会造成一系列其他因素的变化，造成新的思维态势，因此在具体的艺术创作中，谁也无法确定一种完全无法更改的心理定势。作为一种运动的态势，心理定势实际上是在思维过程中确定自己的。这一点也许如"测不准"定理一样，给我们带来分析上的困难性在于，当一个粒子位置确定的时候，就难以确定它的动量，反之亦然。不过我们完全没有必要纠缠在这种抽象辨析中，最好是从具体创作中来考察这种变异。

一个简单的例子，著名画家保尔·高更（1848—1903）是这样回味一幅画的诞生的：

我开始画一个坎纳肯女子的裸体卧像，没有别的目的。只是要画一张裸体画，但这女子的某种惊恐的表情吸引住我的兴趣，使我想到坎纳肯人的精神和性格。而这又暗示给我一种敷色的方式，这色须阴暗，悲哀和可怕，触动着人们，像丧钟的声响。在卧床上的黄色衬布获得一种特殊的性格，它象征着夜里的人类光亮的联想，而由此代替了一盏灯，画这盏灯将会令人感到庸凡（坎纳肯人整夜亮着盏灯，由于怕鬼）。黄色也构成两种颜色中间的过渡，因而完成着画幅的音乐的合奏。装饰的意识使我在背景上撒上细花。这些花获到的色彩夜里的磷光，现在显出这幅画的文学部分来了：对于土著，磷火意味着死人的灵魂在那里了。女子惊恐的内容现在得到解释。

音乐的部分，横行的线条，橙子黄的，青与紫的合奏，以及它们的，被绿色的光点照亮着，将成为文学部分的"等值"，一个活人的精神和一个死人的精神结合着。①

不管这段自述在多大程度上肢解了思维过程的原始面貌（包括艺术家主体的选择），我们依然能够看到一种具体思维态势的变化过程。在这个过程中，高更原来的意图（只是要画一张裸体画）已经被新的意图（特殊的性格）所代替，在具体的形象中已经参与了一种抽象的意味（一个活人的精神和一个死人的精神的结合）。我们发现，之所以发生这种变异，是因为艺术家在创作对象中发现了更深刻的因素，或者说艺术形象本身唤醒了艺术家的某种意识（女子的某种惊恐的表情吸引住我的兴趣，而使我想

---

① 宗白华：《宗白华美学文学译文选》，北京大学出版社，1982年，第233—234页。

到坎纳肯人的精神和性格）。这种情形强化了原来的心理定势，继而把艺术家引导到一种新的艺术境界之中（暗示给我一种敷色的方式），以更深刻地把握色彩和人物性格之间的关系，直到形象完全表达了画家的意图（女子惊恐的内容现在得到解释）。这时我们才看到艺术家心理趋于一种平衡状态。

如果我们继续深入分析这个例子就会发现，即便在艺术创作过程中，心理定势在某种程度上仍然在得到强化。这种强化一方面来自形象成长过程的自然要求，另一方面来自艺术家持续不断的探索，以及对对象理解的不断深化。艺术家不会满足于对对象表象的把握，也不会满足于对个别特征的感知，而会企求着在内涵和整体方面的更多应答。

四

值得注意的是，这种探索建立在艺术家主体与所描写的对象前馈与反馈基础上，也就是说，正在形成过程中的形象构成具有持续强化心理定势的能量。因此我们看到，画幅色彩的变化和线条的延展，引起了艺术家有关生死观念的联想（黄色衬布获得一种特殊的性格，它暗示着夜里的人类光亮的联想）。很多艺术家创作都有类似情况，他们艺术意图的真正确立并不是在投入创作之前，而是在投入创作之后，往往由于某一人物或情节的出现，导致了艺术思维整个态势的变化。屠格涅夫有关小说《罗亭》的创作经历的叙述在这方面有典型意义，他说每个作家都有自己的写作方法。他的写作方法也是各不相同的。多半是形象纠缠着他，而他却长久不能掌握住它。奇怪的是，他往往首先弄清一个次要人物，然后才弄清主要人物。譬如，在《罗亭》中，他脑海里首先浮现出毕加索夫，接着浮现出他如何开始同罗亭争论，罗亭如何把他批驳，——在这之后，罗亭就在他面前显露出来了……

由此可见，在具体的艺术思维活动中，即便是艺术家已经完成的"半成品"也不是他完全能把握和理解的。在某种程度上还存在着艺术家自己尚未完全认知和把握的东西，潜伏着可能被挖掘的心理势能。因而艺术思维活动本身是一种能量消耗的过程，同时存在着某种聚集能量的意义，艺术家通过对于具体对象更深刻的把握和理解来增强主体的艺术能力。艺术思维过程同时也是艺术家增加知识和智慧的过程。创作才能需要创作实践来培养，而创作实践首先是一种艺术创造的心理体验。

这种体验不仅是对艺术对象的感受和理解，而且还要接受来自艺术本体形式——艺术语言方面的挑战。如果说在具体艺术思维过程中，艺术家所期望表达的内容最终必须和具体的艺术形式及语言发生关系，并通过它们来实现自己的最终目标，那么艺术家所期望表达的（内在形象）和艺术家能够表达的（外在形象）之间，就必然存在一种常见的、不可避免的距离和落差，克服这种距离和落差的创作过程，又必然体现为一定的心理定势。实际上表达什么和怎么表达是纠合在一起的，艺术家内在形象从朦胧逐渐变得清晰，从主观走向客观，都需要用特定的艺术形式和语言来实现，两者在思维过程中是互相依存的统一过程，艺术家内在形象的成形伴随着形式和语言的确定，而后者又为形象的表达提供桥梁。在很多情况下，艺术家在创作中痛苦地辗转反侧，都是由于一时无法实现内在形象和外在艺术形式及语言的统一，因此无法把自己的全部感受表达出来，它们云集在心灵门扉之前，甚至无法达到一种组织化状态，造成心理上的压力。

当然，在这里必然牵扯到思维和语言的关系问题。虽然对这个问题的讨论和争论已旷日弥久，但几乎所有心理学家都不会否认两者之间的密切关系。朱智贤等人著的《思维发展心理学》指出："活动的发展过程是一个内化的过程，是活动的量在逐步简化和减缩。这种'内化'和'简化'过程，与内部语言发展是直接联系的。内部语言，就是和逻辑思维、独立思考、自觉行动有更多联系的一种高级的言语形态。"显然，艺术思维活动同样和独特的艺术"内部语言"有关联，尽管它不能完全代表思维本身，但是其心理定势的消耗和强化都与之有密切关系。

这种独特的"内部语言"对艺术思维活动不仅具有规范性和限定性，而且造成了思维活动内部新的心理势差——因为艺术思维活动进程实际上是借助内部语言与外部语言同时进行的，因此艺术本体的建构与艺术家主体意识会出现不和谐的状况。一个艺术家，不仅要有虚拟和想象完整内在形象的能力，而且应该善于用最生动的方式体现出来，把一切心理因素统一于一种外在的艺术规范之内，形成最终的本体建构。这种建构正是艺术家心理状态获得安宁的场所。这也许正如歌德所说的："把那些使我喜欢或懊恼或其他使我心动的事情转化为形象，转化为诗，从而清算自己的过去，纠正我对于外界事物的观念，同时我的内心又因之得到宁怡。因为我的天性常常把我从一个极端抛到另一个极端，我需要有这样的才能比任何人更为迫切。"①

综上所述，我们可以做一个暂时了结，对于艺术思维活动中心理定势的分析，我们希望遵循一条动态的思路，在过程中体察它真实的存在及特征。作为一个动态的概念，心理定势实际上显示于艺术创作的各个具体转换环节中，并且随同着艺术冲动的激发过程，艺术形象的完形过程以及艺术本体的建构过程而存在。它显示出一种生命冲动的动量，通过千回百折的艺术思维渠道，最后汇集为一片平静的湖水，把艺术家所有的冲动和愿望重新贮存在这里，以供后人受用。

---

① 歌德：《歌德自传》（上），刘思慕译，人民文学出版社，1983年，第287页。

第六章

艺术思维活动的定向性

一

艺术思维活动是一个充满活力的创造性过程，从来就不那么安分守己和循规蹈矩，这也许是艺术创造和一般工艺劳动的重要区别。在这个过程中，艺术家真正体验了一个艺术品从萌生、孕育到成熟的一切痛苦、折磨、喜悦和欢愉。艺术的思维活动，作为一种精神"生产"过程，并不同于一般的遐想与想象，也不同于梦呓和幻觉，可以无边无际，魂飞魄散，而总是显示出一定的方向性。这种方向性是从整个艺术思维发展势态中体现出来的，它虽然并不代表艺术创作既定的归宿，但是体现了特定的组织化、序列化趋势。对于这个问题，很多人试图从逻辑思维和形象思维关系中寻求答案，很少有人从心理学美学的角度来考察它。

其实，艺术思维活动中的定向性，是与艺术家主体对艺术独特的心理需求及长期形成的、比较稳定的审美意识紧紧联系在一起的。

艺术创作总是由生活来启动的。中国古代《乐记》中"凡音之起，由人心生也。人心之动，物使之然也"说的就是这个道理，但是此"人心之动"，并不是人人皆同、千篇一律的，不同的人在不同的情况下，其反应亦有不同，所以古人又有"境一而触境之人之心不一"之论。叶燮

（1627—1703）曾发表言论："逸者以为可挂瓢植杖，骚人以为可登临望远，豪者以为是秋冬射猎之场，农人以为是祭韭献羔之处，上之则省敛观稼、陈诗采风，下之则渔师牧竖取材集网，无不可者。更王维以为可图画，屈平以为可行吟。"以上观点，毫不奇怪。从心理学角度来说，每个人的特性首先表现在对客观刺激的主观反应中。心理学家戈登·威拉德·奥尔波特（1897—1967）据此认为，特性即一定类别的刺激情境所唤起的机能上自主的反应倾向，他把反应倾向看成是每个人独特个性的重要环节。[1] 在人的心理活动中，这种反应倾向来自主体心理需求，并且代表着多方面的意义。从主体思维始发的意义来说，其包含着某种心理意向，反映主体本能的适应能力。从客体的意义来说，反应倾向又包含着某种选择的含义，主体总是在无意识之间对某些事物或者事物的某些方面产生反应，而忽视其他事物或事物的其他方面。这种反应的选择性同时表明了主体对生活感觉的敏感程度和分辨能力。这一切都必然对可能继起的思维活动产生影响。

对一个艺术家来说，这种反应倾向不仅同具体客观事物发生密切联系，而且本身就体现出某种特殊的审美注意。这种最初产生的审美注意，对于自己所关注的某种事物或者事物的某一方面，不仅具有某种特殊的敏感性和"偏爱"，而且在很大程度上具有"排他性"，掩饰或忽视其他事物或者其他方面的特征，尤其是那些相反方面的东西。欣赏黄河之水汹涌澎湃、摧枯拉朽之力的人，往往忽略了它可能产生的对美好田园的破坏力；赞赏大漠风情、洪荒旷野的人，常常不会想到飞沙走石、灭绝生机的可怕。这时，人们所产生的创作冲动或者心理上的快感，总是沿着审美注意的方向延展，去触及和联结生活中一切相同相似的现象，造成独特的审美意境。这是由于艺术家主体主导的特性不同所决定的。它在一定的情景中决定了反应倾向。

虽然，不同的艺术家由于主体条件不同，在生活中会表现出不同的反

---

① L. P. 查普林、T. S. 克林威克：《心理学的体系与理论》，林方译，商务印书馆，1984 年。

应倾向，会导致艺术创作中个性的明显差异，但是这种区别往往由于共同的时代精神和环境因素的影响，总是在某种共同性基础上显示出来。例如，我们可以把鲁迅和郁达夫在日本留学期间的生活感受进行一番比较，就能发现他们之间对同一种情景的不同反应倾向。这二位具有浓厚爱国主义思想的艺术家，在日本都强烈感受到了作为一个弱国子民屈辱的社会地位，对于民族歧视的存在非常敏感。但是由于二人生活经历、年龄和思想气质等的不同，反应亦有不同。鲁迅对来自学习和事业方面的刺激反应强烈，总能引起他自强的对抗意识。他曾经因为一次考试成绩及格而收到其他学生匿名信侮辱后感到切肤之痛，同时他对一些中国留学生不重国事和事业，贪图轻松享受的个人生活很反感，曾因为不能忍受经常听到他人房间的跳舞声而迁到别处。还有一次，他因为看到一个朋友行李中有一双女人的鞋而对其印象欠佳。

郁达夫赴日留学期间，同样感到作为弱小民族的悲哀。但由于天性多愁善感，则对于性爱方面非常敏感。这在他的日记和作品中都有体现。他曾说："是在日本，我开始看清了我们中国在世界竞争场里所处的地位；而国际地位不平等的反应，弱国民族所受的侮辱与欺凌，感觉得最真切而亦最难忍受的地方，是在男女两性，正中了爱神毒箭的一刹那。"他又说，在和日本少女接触中，"一听到弱国的支那两字，哪里还能够维持她们的常态，保留她们的人对人的好感呢？支那或支那人的这一个名词，在东邻的日本民族，尤其是妙年少女的口里被说出的时候，听取者的脑里心里，会起怎么样的一种被侮辱、绝望、悲愤、隐痛的混合作用，是没有到过日本的中国同胞，绝对地想象不出来的。"（《雪夜》）我们在郁达夫1921年8月10日至8月18日的日记中，还能够看到许多对女性的感怀和感慨，和女性的接触能够引起他许多思绪。关于这一点，浙江文艺出版社出版的《郁达夫日记集》（1986）能够为我们提供比较详细的资料。在《盐原十日记》中，郁达夫记叙了自己在温泉洗澡的情景。1921年8月10日泡在温泉里，他就想起"侍儿扶起娇无力，始是新承恩泽时"的诗句，他对日本女子的身姿印象很深，并写下了二三首诗，其中有"牛女有情应忆我，秋来瘦尽沈郎躯"的句子。8月12日的日记，继续表露了这方面的情感，题诗时他想起一书中的"人生须有两副痛泪，一副哭文章不遇识者，一副哭从来沦落不偶佳人"。8月16日日记中又有"……逐渐地来了几位年轻女子。据说这里的温泉对妇女有奇效。作了一首诗，稍嫌轻薄"等语。从这几天的日记来看，郁达夫的情结状态总是和女性有关系。可见，在对于生活的反应之中，已经潜伏着艺术家不同的主观倾向，而这种倾向性在一定程度上决定了艺术家审美注意的特殊性。

在艺术思维活动中，这种审美注意的特殊性，对于再造形象和意境的方向和空间，带着某种联想和想象的规定性。艺术家自觉或不自觉地在客观生活与主观情感之间建立起相同或相类似的一致关系，确立自我艺术创作的思维基础。这种规定性会使艺术家能够在最大程度上，把自己全部的创造热情和力量，云集在某一特定的艺术对象周围，构成与艺术家美学目标有关的意识网络。

如果说，这种审美注意是艺术家创造性思维活动最初的触发点，那么，这种触发点也是艺术家美学理想的聚光点。因为从心理学角度来说，一定的反应倾向性总是与艺术家完整个性品质相互联系的，这种倾向性往往是艺术家基本个性的一种表现。这种倾向性自身的稳定与持续，同时依赖于艺术家确立的某种美学理想。艺术家只有具备某种特定的美学理想，他对某些事物或生活现象比对其他事物才更容易获得艺术上的反应性（包括注意力和识别力），对这些事物或现象产生某种特殊的、一贯的情绪经验，并且能够由此开始一种思维创造活动，在某一特定意识范围内实现自己的美学构想。

毫无疑问，并不是生活中一切事物都能引起艺术家的审美注意。恰恰相反，艺术家常常会感到困惑，在周围无数的具体事物中，很多事物有时竟然引不起自己丝毫兴趣，从而感到麻木不仁或者格格不入。这在很大程度上，取决于艺术家主体所包容的历史和美学的特殊内涵，取决于主体审美观对于生活感应、取舍、过滤的结果。创作主体的这种内涵是长期生活中以各种各样方式"沉淀"下来的，逐渐形成一种比较稳定的美学期待，影响和支配着艺术家对生活的感知。

艺术家的美学理想往往是艺术个性的成熟标志，是艺术家个性因素综合的结晶。它不光表现在艺术家对艺术独特的看法及价值观上，而且也表现在独特的艺术方式之中。艺术家的美学理想是浸透在艺术思维过程中的，它的实现过程也包括对艺术、艺术形式的选定，体现出这种理想心理特征由以下几方面组成：第一，在艺术思维活动中，艺术家趋于特定的美学目标并选择协调于这个目标的特定艺术对象。第二，在这种选择中带有艺术家特殊的情感。第三，通过特殊的艺术方式来达到这种目标的满足。第四，这种艺术方式的选择将受到艺术家艺术技巧的制约等。这种比较稳定的美学理想在创作中起到某种"审美指南"的作用，在冥冥之中引导着艺术家的思绪。

二

在艺术思维活动中，依靠这种内在"审美指南"的指引，艺术家总是和自己的艺术对象显示出某种自然本能的联系，希望把自己的心灵和对象融合在一起。杜勃罗留波夫曾经提到："……诗人的感应，常常会被某一对象的一种什么品质吸引去，于是他就到处努力呼召和搜寻这一品质，他把尽可能完全地并且生动活泼地将它表现出来作为自己的主要任务，他把它的艺术力量就化在这一点上，这样，艺术家就使自己灵魂里的内在世界跟外部现象的世界交融在一起，能够通过统治着他们的精神的三棱镜来观察全部生活和自然。"① 因此，尽管某种生活现象触动了艺术家的创作欲望，具有一定的偶然性，但在艺术家主体的美学理想中有内在的必然性。

因此，在艺术思维活动中，具体的生活现象是在艺术家先前已具备的心灵尺度条件下起作用的，已经在不知不觉之间经过了艺术家心灵的挑

---

① 杜勃罗留波夫：《杜勃罗留波夫选集》（第 1 卷），辛未艾译，新文艺出版社，1954年，第 63 页。

选，必然隐含着艺术家对整个生活的认识和评价。这种认识和评价在一定程度上会影响思维的美学方向。美术理论家邵大箴曾经谈到过，德国画家勒·黎希特尔在回忆录中说过一件有趣的事。有一次铁伏里和三位同行外出画风景。他们约定，尽量不违背客观自然，尽量地把所见到的景色精确地复制出来，结果他们四个人画出四幅完全不一样的画。道理很简单，四个人个性不同、品格不同，即使画的是同一景色也会不一样。① 这不仅是因为艺术创作中包含创造的想象、激情和创造力不相同，而且也因为对生活的认识和评价有差异。

这种对整个生活的认识和评价，有时则直接赋予表现对象以鲜明的思想意义。例如郭沫若在"五四运动"过后写历史剧集《三个叛逆的女性》，就是这样。郭沫若三个剧本《卓文君》《王昭君》《聂嫈》都取材于中国古代历史，但是作者从五四时代精神出发，与传统礼教观念对抗，给予这些历史现象以新的评价。他在谈到这三个剧本的创作时说道："女性之受束缚，女性之受蹂躏，女性之受歧视，我们中国一样的，在世界上恐怕是要数一数二的。'在家从父，出嫁从夫，夫死从子'，一生一世都让她们'从'得干干净净的了。我们如果要救济中国，不得不彻底要解放女性，我们如果要解放女性，那么反对'三从'。'三不从'的道德，不正是应该提倡的吗？'在家不必从父，出嫁不必从夫，夫死不必从子'——这就是'三不从'的新型道德。"② 因此他认为，有些个在古时候被认为"大逆不道"的女性，正是"有为的女性"，卓文君、王昭君、聂嫈就属此列。显然，这种思想认识决定了郭沫若创作的思维轨道，出现在作者笔下的人物形象，一扫以往历史作品中的遗风，显示出了无畏地反对封建习俗的斗争精神。

这时，所谓艺术思维的定向性，体现为艺术家对于生活意义独特的探求，在于艺术家思想与某种生活现象之间显现出来的内在关联。美国著名

① 邵大箴：《现代派美术浅议》，河北美术出版社，1982 年，第 82 页。
② 郭沫若：《写在〈三个叛逆的女性〉后面》，郭沫若《郭沫若论创作》，上海文艺出版社，1983 年，第 356 页。

作家乔伊斯·卡罗尔·奥茨曾说过："我们写作，是因为我们肩负着高尚的使命，廓清各种秘密，或者指出人们因为麻木不仁和不求甚解而认为很简单的那些事物的奥秘。我们写作，是要忠实于某些事实，忠实于某些情感，是为了'解释'那些表面上古里古怪的行为……一个聪明的年轻人为什么会变得暴戾恣睢，会去杀人；一个无忧无虑的女人为什么会跟人私奔，结果毁了自己的一生，一个头脑清楚的人为什么会去自杀。"① 这一系列问题，实际上也构成了艺术心理一条条独特的思路，把艺术创作引向定向的归宿。

从这个意义上来说，定向性和艺术家从事创作的自觉意识相关。这种自觉意识不仅表现在艺术家总是由于首先意识到某种问题而接近对象，在创作之前已有某种既定的意向，有时还需要某种比较明晰的思想的引导，用理性的光芒去照亮一些纷乱的、混沌的生活现象，使它们显示出意义来。因此，艺术思维过程总是伴随着一定的理性思维，没有这种理性的自觉，艺术世界也无从建立。但是，艺术思维活动由此也存在着这样的危险性，那就是过于纯粹的理性思维，如果完全排除了感性的直觉活动，艺术思维就可能滑向理性的形象演绎，使形象成为理性思想的附庸。

这样的例子在创作中有很多。例如著名作家杨沫（1914—1995）在对自己创作进行反省时，就谈到她两部长篇《青春之歌》和《东方欲晓》艺术上成败的原因。她指出："我之所以写《青春之歌》，是有一种激情冲击着我，想把过去在革命战争中牺牲的战友和同志的事迹写出来。那时头脑中没有框子，是一张白纸。那时我也不知道一定要写英雄人物，尽管书中确实有卢嘉川和其他一些英雄人物，而我只是想把自己熟悉的生活、人物写出来。"② 因为没有什么教条的限制，杨沫在《青春之歌》中写出了自己的感情，也写出了有血有肉的人物。但是，写《东方欲晓》就大不相同，据杨沫说，由于当时文艺形势的关系，她在创作中"不敢写人的思想

---

① 朱纯深译：《短篇小说的性质》，《小说评论》1987 年第 1 期。
② 杨沫：《〈青春之歌〉和〈东方欲晓〉的得失》，马尚瑞《北京作家谈创作》，北京十月文艺出版社，1985 年，第 191 页。

矛盾，不敢写人的恋爱，那时是一脑袋框子"。杨沫还说："……写《东方欲晓》时，自己曾立下一个宏图大志，认为过去写抗战的作品不够理想，水平都不太高，于是想写一部概括整个抗日战争的巨著，赋予它四大内容：写抗战时期日寇与我方的斗争；写党内和根据地干部中的两条路线斗争；写国民党第三次反共高潮；最后才是写知识分子改造。这个设想很不对头，先在主题上立了一个很高的目标，有一个大框子。这些主题先行，很不实际。同时又把自己熟悉的人物放在很次要的地位上，结果弄得乱七八糟。"① 由此可见，理解艺术思维活动中的定向性，必须从尊重艺术创作内部规律出发，不能简单地与理性的概念混为一谈。思维方向是从艺术家感情中、从艺术形象的生命活动中显现出来的，而不是单纯的理念，也不是外加的思想教条所统领的。

这个问题就需要从艺术创作过程中去考察。应该说，在最初触发艺术家创作的因素中，已经隐含着某种方向性，但这种方向性只有在从表层的感觉世界向艺术家深层的意识世界的迁移中，才能被确立和稳定下来。这时候，它将受到艺术家整个经验世界的影响和支配，同时依赖艺术家的生活和艺术经验来滋养和延展。正如高晓声谈及他创作《陈奂生上城》时所说的："我写《陈奂生上城》，不是预先有了概念，不是为了证实这个概念，而是在生活中接触了一些人和事，有所触发，有所感动，并且认为这些人和事对读者也有触发、感动作用，于是才写了它。在写的时候，我就竭力抓住最能感动人的东西来写，也就是竭力发挥艺术的功能。只有在具体的写作过程中，我才自以为理解了自己作品的意义，才意识到哪些情节应该发展，哪些情节是该抛弃的，以求得感情的充分表达和意义的完整深化。"② 之所以如此，是因为在创作过程中，已不再只是客观生活中某种类型，而是具有和读者生活打成一片、融合在一起的某种艺术情景，才能创

---

① 杨沫：《〈青春之歌〉和〈东方欲晓〉的得失》，马尚瑞《北京作家谈创作》，北京十月文艺出版社，1985年，第194页。
② 高晓声：《且说陈奂生》，彭华生、钱光培《新时期作家谈创作》，人民文学出版社，1983年，第52页。

获独特的生命。

这也说明艺术家创作最初的反应倾向和思维出发点并不能等同于思维过程的方向性。一方面，艺术家会把各种各样符合这种意向的感受、经验、意象结合起来，对在感知客观事物基础上所形成的记忆表象进行加工和改造，将它们组合成新的形象；另一方面，艺术家经验世界的不同也会导致不同的形象排列，会对原来的意象起到"修正"作用。在一定条件下，不同艺术家即使为了达到同一艺术目标，对形象的构筑也不会千篇一律。同样一个艺术家对形象的排列也并无一定之规。艺术家可以从 A 想到 B，也可以从 A 想到 C，构成不同的形象脉络。而这一切都能在艺术家先前的生活和由此构成的人生和艺术经验中找到充分的根据。

于是，在艺术思维活动中，某种思维方向的中断和改变是会经常发生的。在有些情况下，方向的迷失往往和艺术家生活经验的不足有关。有时，艺术家在某种生活的激发下，突然感到自己已经获得了什么，找到了形象创造的路子，就急切投入了创作，但是持续在这种方向上的形象塑造，很快失去了发展和延伸的环节，激情过后，思维又会陷入无所适从的迟滞状态。这时候，艺术家也许需要重新去深入生活，体验生活，补足自己经验世界这方面的链条，使思路能够继续延展下去。

在另外一种情况下，艺术家在持续方向上的形象构筑，由某种情景受到新的启发，唤起新的记忆，导致了既定的思维方向的偏离和变化。这时候，艺术家甚至会重新进行自己的艺术构思。最典型的事实恐怕是列夫·托尔斯泰写《安娜·卡列尼娜》的过程。原先，托尔斯泰想把安娜写成一个不道德的女人，她的不贞洁破坏了家庭的安宁，但是在实际创作中，他改变了过去的思路，安娜便成了一个美丽、真诚的女性形象。

三

艺术思维活动的定向性是在运动中表现出来的，反过来说，它体现了艺术思维过程的动态特征。所谓艺术思维的心理过程，就是在艺术家感情的驱使下，遵循着艺术家美学思想的指引，在艺术家生活经验世界范围内的一种定向的形象再造的运动。

在这个过程中，艺术家美学理想对艺术思维活动的引导，不是通过概念表现出来的，而是体现在对形象的追求和创造过程中，以及与所表现的形象水乳交融，不可分离。也许，当现实中具体生活和艺术家心灵碰撞出绚丽的艺术火花时，艺术家只是本能地在这闪光中感到某种趋向，朦胧地意识到有一种使他向往、迷醉的形象轮廓，它吸引着艺术家，促使艺术家不断去接近它、了解它、熟悉它，使它从朦胧状态中突显出来，直到全部占有它。于是，这个尚未清晰的形象，在艺术思维活动中就会充当引路人的角色。

在屠格涅夫的创作过程中，就有这方面的提示。屠格涅夫写《父与子》是经过长期酝酿的。据他自己说，在巴扎洛夫形象的创造过程中，最先引起他注意的是一个外省青年医生的个性（他于 1860 年去世）："照我看来，这位杰出人物正体现了那种刚刚产生，还在酝酿之中，后来被称为'虚无主义'的因素。这个性格给我的印象很强烈，同时却不太清楚；起初我连自己也不能透彻地了解它，于是我就聚精会神地倾听和观察我周围的一切，仿佛要检查自己的感觉是否真实似的。使我不安的是这个事实：我觉得到处都有的东西，在我们全部文学作品中连一点迹象也看不见！我不是在寻找幻影吧?"①

要解除这种疑惑的唯一途径，对屠格涅夫来说，就是如何使这个"幻影"转变为一个充实的艺术形象。屠格涅夫为了完全把握这个形象，在创作过程中，不仅事先制定了人物的"鉴定表"，其中有履历、简短的评价、札记和观察记录，而且还有巴扎洛夫的假想"日记"，屠格涅夫替自己的主人公记叙一些对当前社会和政治事件的思想和见解。他在巴黎感到写作不顺手，就回到俄国乡间继续创作，终于完成了一个富有魅力的活生生的

① 外国文学研究资料丛刊编辑委员会：《外国理论家作家论形象思维》，中国社会科学出版社，1979 年，第 101—102 页。

人物形象。

以上所述，虽然不能完全反映艺术思维过程的定向过程，但在一定程度上反映了这个过程的心理轨迹。被激发的艺术家会进入一种专注状态，艺术思维活动就是在追踪某种飘忽不定的形象和境界中进行的。这个形象或者境界是确定的，又是不确定的。所谓确定，是说艺术家在客观生活中有感而得，意识到它是存在的，和自己确定的美学理想产生了某种有机联系；所谓不确定，是因为这个形象或者境界还未能完全显现出来，有待于艺术家继续去追索，提供足够的条件，使它显示出自己的全部细节特征。因此，艺术家确定自己表现的形象或意境的过程，同时也在确定思维的方向，或者不如说是这二者相互统一的过程。

在艺术创作中，艺术家对特定形象或意境的渴求和追索，使艺术思维活动带着强烈的情感色彩，它形成了一种思维的内在力量，推动形象运动。艺术家的心灵时常和形象纠缠在一起，为之喜，为之忧，从而达到"神与物游"的境界。由此来说，艺术思维活动的定向性和艺术家特定的心理定势互相影响，它的意义不仅表现在作品思想、形象、表现方法的确定性上，而且表达着一种心理满足的期待以及由此形成的对某种形象或意境的预测和构想。屠格涅夫创作《父与子》的过程就表现出这一点。作者尽可能详细地了解他们的性格，写出近似人物传记的东西，这就是一种预测和构想的过程。屠格涅夫曾经在另一处谈到过相类似的意思，他说："围绕着当时我（此处指屠格涅夫，下文出现的"我"亦指屠格涅夫）所感兴趣的主题，开始浮现这个主题所应该包含的那些人物。于是我马上把一切记在小纸片上。我仿佛为了写戏似的规定着人物：某某，多大年纪，装束怎样，步态又是怎样。有时我想象起他的某种手势，也马上把这写下来，他用手摸摸头发或者理理胡子。当他还没有成为我的老相知之前，当我还没有看见他，还没有听到他的声音之前，我是不动手来写的。"

当然，对于艺术家的这种苦苦追求，艺术形象并非无动于衷。在艺术思维活动中，艺术家越是把艺术形象推向清晰和完善，就越展示出形象自身的风采和魅力，对艺术家所产生的吸引力也就越大，艺术家就可能被自己所创造的艺术幻境所迷惑，如入魔道，自动接受艺术形象或意境的牵引。这时候，一方面艺术形象或意境越来越具体，越来越显示出自己的活力；另一方面，艺术家主体的美学理想，就越来越明显地转移到了艺术形象自身运动之中，艺术家对于思维活动方向的理性把握也随之减弱甚至暂时消失。很多艺术家在完成作品之后，对自己"为什么这样去写"无法回答，大约就是这个道理。因为在某种创作状态中，艺术家已经忘却了"自我"，他的整个身心已被艺术形象或意境所占据，无暇自顾。

由此可以看出，在艺术思维活动中，有两种比较明显的互相补充，互相影响，有时也会互相冲突的力量。一种是艺术家按照自己的美学理想，对形象不断追求和创造的力；一种是形象在自己完善过程中，对艺术家越来越强的吸引力，这两种力彼此影响，相互交织，使艺术思维活动沿着一定的方向向前延展。在这个过程中，艺术形象的完善、完成与艺术家美学思想的实现总是在一起的。具体的、正在不断完善的形象，总是或多或少规定着艺术思维活动的方向，而艺术思维活动在这个方向上的努力，又使形象充满生命，从而完成自己的美学使命，这如同两条齐头并进的平行线，规定着艺术思维活动的轨道。

艺术思维活动这种定向性，表现在整个艺术创作各个美学环节上，反映了艺术创作中主观与客观、理想与现实、内容与形式之间的内在统一关系。在现实主义艺术创作中，艺术家在塑造艺术形象过程中，不仅要按照形象的特征和性格发展逻辑去思维，还要按照自己对形象的美学要求去思维，按照自己内在感情的逻辑去思维。两者在什么基础上统一，以及统一的程度如何，则是艺术形象真实性和倾向性一致的可靠程度的内在依据。

正是由于这多种因素的综合作用，艺术作品的诞生过程是有路可循的。艺术思维活动不能理解为一般的联想和想象活动，而是一种有节制的、在特定美学理想指引下的思维活动。这里，如果借用"格式塔心理学派"关于"场"的概念，把这种"定向性"放在特定的心理"场"中进行研究，也许会使这种"定向性"获得一个更具体的时空观念，因而更能体现自己的具体特性。所谓"场"是指人的经验世界原来规定好的一种情势，它依存于各种不同然而又处于统一状态的感觉和印象的排列。艺术思维活动同样具有一个"场"的界定。在这个"场"的范围内，艺术家是自由的，艺术想象可以自由驰骋，但是如果脱离了这个"场"的约束，艺术家会迷失自己的方向，想象就会脱离艺术的轨道，流入一般的心理幻想。所以托尔斯泰告诉我们："想象是一种那么灵活、轻巧的能力，以致运用它时要十分谨慎小心。一个不恰当的暗示，一个莫名其妙的形象，会破坏一切由无数美妙而可靠的描写所产生的暗示。"①

　　无疑，艺术思维活动是一种富有创造性的复杂丰富的心理活动，是异常活泼和富于变化的。所以艺术思维活动的定向性也不是由单一心理因素所决定的，而是多种心理因素综合作用的结果，它作为艺术思维活动的一个属性，并不排除其他属性的存在，相反是在和其他属性的对比中显示出来的。这种定向性的独特含义最终显示的是一种生命活动过程。我们之所以提出这个问题，一方面是由于它是艺术作品思想性、倾向性和社会作用的最初的关键点，也是艺术家、作品和社会生活三者关系的美学渊源；另一方面则是它会成为一条通幽小径，使艺术家由此深入到艺术对象的生命活动之中，体验和把握艺术形象整个生命，深入到生命的深层结构之中，探索更深刻的生命意义。对于我们来说，沿着这条小径，不仅对于我们认识艺术创作的特殊规律，从根本上反对和避免创作中公式化、概念化和教条化的倾向会有所帮助，而且引导我们深入到艺术思维活动的深层结构之中，揭示更深刻的艺术秘密。

---

① O. N. 尼季伏洛娃：《文艺创作心理学研究》，上海市心理学会编译组，1981 年，第48 页。

第七章

艺术思维活动的神秘性

一

艺术思维活动内部是一个神秘王国，要真正探索它的全部秘密，必须和艺术创作一道进行一次神秘旅程。在这个过程中，我们意识到，尽管我们能够大体勾画出艺术思维活动的方向，但是我们的思路仍然不得不突然停顿在神秘、朦胧、模糊、不确定的界线处。在这里，单纯的理性无论如何都无法抵达这个王国的深处，它只能从外面注视艺术思维活动。因为在这个王国的深处，并不允许理性观念的流行。

于是，艺术思维活动的另外一重特性——神秘性、模糊性和不确定性，作为无可回避的理论问题就摆在人们面前。我们只有大胆进入这种神秘和模糊的境界，克服繁乱的意象，找出与艺术家创作理想的内在关联，才不至于迷失和迷乱，最后才有可能真正揭示出艺术思维活动的谜底。

创作本身就是一项揭示人生秘密的工作。如果人生的秘密一切都昭然若揭，不再有神秘、朦胧、模糊和未知之处，创作也许就不再存在。艺术家希望揭示出全部生活秘密的根源和精华，就必须能够随着主人公的足迹深入黑暗的意识迷宫，接触人感情上最隐晦、最模糊的东西，他必须接近人精神上痛苦和欢乐的关键时候，聆听欲望在心胸中的搏动，领会意志在灵魂中的力量。正因为如此，艺术思维活动的神秘性和模糊性才并不奇怪，它从侧面反映了我们所面临的世界包含着无限奥秘，而艺术家的创作不只是对这些秘密的一种探索方式，而且本身还是这些秘密的体现方式，具有双重含义。所以，尽管很多艺术家都在自觉致力于创作，但是并不能完全解释自己的创作，他们把创作力量的产生看作是一种奥秘，一种远超于人的意志和认识范围的神秘力量。拥有很多读者的作家罗曼·罗兰（1866—1944）就持有这种观点。他认为每一个人灵魂中，除了一个有意识的灵魂外，还"存在着一个隐秘的灵魂，盲目的力量，每一个人都秘密带在身上一些魔鬼。自有人类以来，我们的一切努力，都是要筑起一道理性和宗教的堤坝，来防御这个内部的海洋。一旦暴风雨来临（灵魂越健全，遭受的暴风雨越多），堤坝决堤，魔鬼们就获得了自由"，"灵魂深处汹涌的波涛，不是根据意志，而是违反意志，从不自觉的、超意志的世界中席卷而来。无论是理性还是清醒的思想，都不能征服这种灵魂及其魔鬼的两面性"。① 在罗曼·罗兰看来，这种魔鬼的力量不是别的，就是来自"世界和生活的不可解之谜"，是从人的血肉深处来的。艺术创作就如同"上帝犹如雷电降临到他的头上，地狱犹如深渊开裂在他的眼前，而他却失去了理性，纵身投入崖底"。②

罗曼·罗兰所说的并非故弄玄虚，如果我们跟随他笔下的约翰·克利斯朵夫的足迹进行一番旅行，就不会感受不到这个"神秘的魔鬼"的存在，以及作家本人所受到的巨大的诱惑力。长篇小说《约翰·克利斯朵夫》是一个真正艺术家身世的传奇，在主人公身上寄寓着作者对整个艺术、宇宙秘密的探究。在作品中，小约翰·克利斯朵夫在自己意识还在昏睡之时，就有一种对音乐神奇的感应能力。在他的心灵深处，就充满着音乐，隐藏着一种神秘的冲动。当他的手指第一次触及钢琴琴键的时候，立

---

① 斯·茨威格：《罗曼·罗兰传》，姜其煌、方为文译，湖南人民出版社，1984年，第130页。

② 斯·茨威格：《罗曼·罗兰传》，姜其煌、方为文译，湖南人民出版社，1984年，第130—131页。

刻在他心灵中引起了神秘的回响，同时也为他打开了一个神秘的艺术世界，在那里他感受到了不可言传的意味。无疑，无数读者都曾经因罗曼·罗兰的描写陶醉，他们并没有追究作者对小约翰诞生过程的描写是否有充分的理性根据，是否真实，就被一种神秘的、原始的氛围所感染。虽然人们都知道这里并没有艺术和人生秘密的明确和最终的答案，但是会感觉到艺术家并没有放弃这个秘密，作品就包孕和显示着这种秘密。罗曼·罗兰用自己整个身心接近和发现着一个不可理喻的神秘世界，自始至终在人心深处探索着另外"一个隐秘的灵魂"。显然，这种秘密深深吸引着罗曼·罗兰，也吸引了千百万忠诚的读者。

沿着罗曼·罗兰创作的足迹，我们对于艺术思维活动的神秘性和模糊性不再感到过于陌生，我们虽然进行着一场神秘的旅行，但是并不会由此感到无所适从，陷入迷途，而会与艺术家一样，怀着更大的兴趣继续前行。正如我们承认人生和宇宙永远存在着神秘、模糊、和不确定的一面一样，艺术思维过程同样具有神秘性和模糊性。这丝毫不值得大惊小怪。相反，对一个艺术家来说，正因为他首先感到了人生某些方面的神秘之处，才产生了创作的渴望，他的作品才具有永久的魅力。而如果一个艺术家自以为世界不再有什么神秘之处可言，或者自认为掌握了解释一切、说明一切的信条，那么他的创作当然也不会有什么神秘和模糊之处，而产生的作品也很难超越出既定观念的局限。由此想到中国名画家郑板桥的名言"难得糊涂"，此并非一句消极遁世之言，而包含着艺术创作的一番深意。

因此，对艺术创作来说，可怕的并不是艺术家有模糊、朦胧之处，相反是一切都有了明确答案，最后不可避免地导致概念化和简单化。在本书"艺术思维活动的定向性"那部分里，我们谈及了当代女作家杨沫对《青春之歌》和《东方欲晓》得失的反思，[①] 曾给我们留下了思考余地。这两部长篇小说都是杨沫的力作，但由于处于不同的创作思维状态之中，作品的艺术效果也截然不同。在写《青春之歌》时，杨沫"头脑中没有框子，

---

① 杨沫：《〈青春之歌〉和〈东方欲晓〉的得失》，《文艺情况》1983 年 2 期。

是一张白纸"，"那时也不知道一定要写英雄人物"；而写《东方欲晓》时，作者对笔下的主人公似乎把握得更明确了，"先在主题上立了一个很高的目标，有一个大框子"，结果作品并不成功，质量远不如《青春之歌》。杨沫为此说，"我现在常常苦恼，自己有生活，为什么写不出更好一点的东西呢？这是很值得思考的问题。"显然，要回答这个问题，不仅要考虑作者当时的时代背景，更要思考作者的思维状态。本来，对一个作家来说，年龄越大，生活阅历越丰富，对创作就越有利。但是，正因如此，有些作家就忽视了另外一种倾向。那就是随着生活阅历的丰富，有些作家会不由自主地接受经验的支配，自认为对生活已看得非常清楚，生活的神秘之处、模糊之处、新鲜之处越来越少，从而造成创作力的衰退。

于是，在追随艺术思维活动神秘性的旅途中，我们应该看到，艺术思维活动中的神秘性和模糊性并不是可有可无的，而是艺术创作中一种天然的必不可少的特征，是与艺术活动确定的美学目标紧密联系在一起的。

和科学及其他性质的思维活动不同，艺术活动的归宿不是获得某种定理，得出某种结论，而是创造出活生生的美的事物和人物。正因如此，艺术思维活动的对象化过程有自己独特的内容。艺术家不是一般科学家和社会学家，将思维基点建立在生活某一领域、某一部分的事实上，而是面对和包容着整个自然和生活世界，在整个生活基础上建造自己的艺术作品。这样，艺术家的对象世界就不可能全部清晰可辨，而往往带着混沌朦胧的状况。可以说，在这个世界中，艺术家充分理解、充分把握，能够完全表达的只是其中很小的一部分，除此之外，还有一些是他可以理解但无法言传的东西，有一些可以感受但未能理解的东西，有一些知其存在但还无法感受的东西，由此共同构成了艺术家特殊的对象世界。

显然，艺术家不可能也不应该为贪图便利而放弃这个世界的任何一部分，这是艺术思维活动的美学目的所规定的。换句话说，这一切才构成了宇宙和自然生命的整体存在，艺术家所向往和创造的美的形象，首先是一种活生生的生命形态，它是从整个宇宙和自然世界中浓缩并结晶出来的，隐藏着宇宙自然进化发展以及人类生存的最高秘密。对艺术家来说，美首先是一种生命，创造美就是创造生命，而生命中隐藏着无限的秘密，表现着整个宇宙自然原生的活力和魅力。就此来说，为了充分接近和把握生命状态，艺术家在创作思维中不仅经常会陷入一种模糊状态，去追寻一些"视之不见，听之不闻，循之不得"的因素，而且还会有意识地追求这种状态，和宇宙自然进行细密的感应和交流。这时，艺术思维过程中的模糊和朦胧状态，并不是空洞的、迷乱的，而是具有丰富的美学内容的。对于这一点的理解，也许几千年前的老子比今人都聪明，正如他所说的："惚兮恍兮，其中有象；恍兮惚兮，其中有物；窈兮冥兮，其中有精。其精甚真，其中有信。"很多优美的意象，正是在这种神秘、模糊的状态中产生的。

二

这种状态常常是艺术家进行物我神秘交接和感应的时候，很多艺术家都享受过这种状态给自己带来的启迪和快感。在这方面，也许美术家和音乐家更为显著。因为他们更能把他们获得的某种瞬息万变的感受迅速表现出来，而用不着经过一番理性的思考。据说在一段时期里，著名画家雷诺阿喜欢和莫奈待在一起。面对塞纳河畔的美丽景色，他们采用点状的笔触，记录他们所感受到的明暗层次。这些小圆点和小笔触所构成的颤动的画面，并不明确刻画出任何形体，只是再现出他们对于光和自然的纯粹感觉。这种感觉不是确定的、明晰的，但它来自艺术家对大自然的心领神会，焕发着生命的气息。如果一切都处于明晰、确定的状态中，那么我们在德加描绘舞女的画面上，也不会看到舞女们那种奇妙的腿的侧影，那舞衣上一块耀眼的红点，点缀在那白茫茫的、膨胀着的云霞之中。

如果说艺术创作的最高目的是创作美的艺术现实，那么艺术思维活动的首要原则就是尊重生命和理解生命。生命包含一切。艺术家在艺术创作中并不排斥理性的分析和观念的力量，但是他并不首先向这些因素负责，为它们提供解释和参照，更不是用观念和教条来肢解完整的生命，舍弃某一部分或者突出某一部分，而重要的是为显示和创造活的生命，向完整的生命负责。就此来说，艺术思维状态的神秘性和模糊性还具有维护和发掘艺术生命完整性的意义。它将有效地抑制理性思想的利刃，保护艺术对象那部分原生的活力和原始因素不受伤害，使艺术作品富有魅力。对一个艺术作品来说，这些原生的活力和原始因素无疑是艺术生命构成的血肉。

也许正是由于这个原因，艺术家在某些方面获得了人们的宽容。他并不是，甚至也不需要对某种生活现象了解得清清楚楚，经过准确的分析，得出正确结论以后，才进行创作。很多优秀艺术家在有些方面，比如政治和思想方面、哲学和逻辑方面，也许表现得十分幼稚和片面，结论往往荒唐和不切合实际，思想充满矛盾，但是人们依然喜欢他们和他们的作品。喜欢这样的艺术家，因为他创造出了富有生命的艺术作品。这样的例子举不胜举。如果我们要求这些艺术家摆脱一切模糊意识后才去创作，实际是不可能的。相反，如果一个艺术家有明确的思想观念和创作思想，但由此照葫芦画瓢，按图索骥，未必能创造出好作品，这样的例子并不少见。很多优秀作品的创造者在回顾创作过程时，对自己的创作动机和指导思想并没有明确见地，他们往往对此无法解释，或者解释得含糊不清，有的干脆表示无可奉告，大概就是这个原因。而他们的作品也往往难以用一种明确的思想给予定性，反而给人们留下了难以捉摸的谜题。

可以设想，在艺术创作中，艺术家不可能在有限的艺术作品中解释一切，回答一切，消除人生的一切疑问，但是，艺术家可以在作品中保留这些疑问，显示于后人，引起继起的探索——这就是艺术思维活动中神秘性和模糊性留下的遗迹，也是艺术作品生命的奥秘之一。任何一个艺术的生命形态都包含着某种神秘性和模糊性，但是它们的层次有高低，内容有深浅，而越能够触及生命本原的最终的谜底，越能引起人们心灵中深远的回响，就越富有久远的艺术魅力。在艺术思维活动中，艺术家不仅应该拥有神秘性和模糊性，而且应该善于将这种神秘性和模糊性艺术地表现出来，成为自己所再现和表现的生命的一部分。尽管艺术思维的原始面目，经过特定的艺术手段定型化了，但是这种神秘性和模糊性思维特征已经灌注到了艺术作品之中，将会在人们的欣赏活动中重新复现出来。

然而，对艺术思维神秘性和模糊性的讨论不可能只在作品范围内完成，必然会牵扯到艺术思维方式的问题，也就是艺术创作特殊的心理操作和行为方面。显然，在现今文艺心理学理论中，我们还难以得到现成的满意的答案，一切都不过是探索的开始。不过，我们对于艺术思维方式特殊性的理解，不再会长久地纠缠于形象思维和逻辑思维之间，而是开始寻求新的角度。而艺术思维的神秘性和模糊性问题无疑为我们提供了一个新的视点。

任何一个好的艺术作品都不是依靠分析、推理、判断创造出来的，这已经成为常识。因为对表现和再现某种生命形态来说，单纯的理性只能够从外在注视生命，把握生命的外在存在形式，而不能把握生命的内在意志以及本原的运动。所以中国古代有见地的艺术家都很重视"神遇"和"神会"，而不仅仅是满足于外在的理性观照。所谓"神"，也许本身就难以确定它的心理学内涵，给人一种只能意会不可言传的印象，但是它确实比直觉、知觉更富有诱惑力。与之相对应的就是"悟性"的心理操作方式，在一种浑然一体的境界中体验、感知和创造新的生命。照我看来，所谓"神会"和"悟性"既是建立在人感觉意识基础之上的，同时又具有综合的超感觉的特性，表现出一种和生命内在的感应与交流的能力，或者说，这是人们从内在把握和理解生命形态的一种特殊方式。

这种方式按照心理学观点来理解起码有以下几个特点，1. 能够和自然生命产生某种直接感应，并通过这种感应达到"神与物游"的境界，追求生命的神秘性。这在诗歌创作中体现得很明显。一些优秀的诗人，往往能够和大自然进行某种神秘交感，他们能够"听懂"秋风落叶的喃喃细语，花开花落时的欢笑和叹息，能够敏锐感受到自然变化的律动，无论是细枝吐绿，还是花蕾开红，都会在他们心灵深处引起某种骚动和回响，于是才产生了生气灌注的作品。2. 在把握和表现生活过程中，并没有确定的尺度（包括观念的尺度）和标准来衡量创作过程，艺术家往往不可能用某种模式来测量一下自己笔下的人物和事物是否合乎尺寸，是否有充足的理性根据，他只能用一种"总体感受"来把握作品是怎样产生的。3. 在整个思维过程中，都表现出"虚拟"的性质，艺术家在某种程度上必须放弃客观世界的确定性，并且把一个虚拟的世界当作一个真实的世界来对待，从这个意义上来说，在艺术思维活动中，艺术家自我与艺术对象、主观与客观、现在与过去、已知和未知之间的关系是模糊的，并没有明确的界定。诗人仿佛永远生活在过去的现在之中，永远通过已知预测未知，在确定的生活中表现神秘的宇宙。4. 艺术思维活动发展的极致是灵感突发。

由此可见，艺术思维方式本身就无法摆脱一个神秘和模糊的世界，它的起因就带着神秘模糊的特点，直到其最后完成仍然不排除神秘和模糊现象的存在。在这个过程中，当艺术家所创作的形象越来越清晰、丰满、充实的时候，并不意味着其神秘性和模糊性的消失，反而往往孕育着更深远的神秘性和模糊性，由此构成了艺术家永远无法满足的内在根由。

艺术思维过程中的这种神秘性和模糊性可分为几种不同情况来理解。一种情况是艺术家并非全部意识到艺术形态本身所包含的秘密。生活和艺术中本来就有一部分是人们（包括艺术家本人）无法完全解释和理解的内容，它们甚至进入了意识背后的超感官的冥冥世界，体现着生命本原的永恒奥秘。这就是艺术生命意义的无限性。在具体的艺术创作中，犹如存在着一个永远不可企及的彼岸，艺术家看到它的光亮并奋力前行，但到达某一个定点时，它却早已向前飞去。而每一部作品的完成，只是意味着新的起点。

抽象地讨论这种神秘性和模糊性并不怎么有趣，但是另外一种情况能够把我们重新带回到具体的艺术活动之中。在艺术创作中，神秘性和模糊性就不是虚无缥缈的代名词，而是某种具体的存在意识。在有些情况下，这种模糊性是艺术家意识到的，并不断进行澄清和化解的内容。这种模糊性的存在，往往自然而然地构成了艺术思维活动的动力。由于某种模糊的欲念，由于某种朦胧的存在和神秘的感觉，艺术家踏上了艺术创作的旅程。也许他开始只是盲目追随着某种神秘，其模糊性只是表现在具体的人物面貌、情节结构或者表现手法上，并没有意识到自己靠近的到底是什么，意味着什么，而且其模糊性的内容会不断地变幻，艺术家在冲破一种模糊境界时，又会面临一个新的，在克服一种朦胧时，又在制造一种朦胧，直到作品的完成，用艺术生命显示某种永恒的奥秘。可是当确定的具体作品摆在人们面前的时候，人们对于一直伴随着创作过程的模糊性往往并不留意。

<h1 style="text-align:center">三</h1>

其实，对于热爱艺术的人来说，这是一台最丰富的戏剧。在这里我们可以看到艺术作品产生的全部历史，艺术生命的幼芽是怎样吸足生活营养破土而出的，是怎样在艺术家混沌的心理世界中获得自己的独立意志的，是怎样综合各种感情经验因素作为血肉充实自己的。艺术生命的光亮是在朦胧的意识中显示出来的。

中国当代作家陆星儿第一部长篇小说《留给世纪的吻》的创作体验，会把我们直接带入这段神秘的旅程。据陆星儿自述，她想写长篇的念头已有一段时间了，她说："1985 年过了春天，不知怎么想到写长篇，仿佛是空空洞洞地想，模模糊糊地想，十分不清楚要写什么，却想得兴奋，想得激动，就如小时候想着过年，穿新袄罩，枕头下还能摸到红纸包的压岁钱一样，有着迫不及待的盼望。但坐下来平心静气地拟起提纲，才发现那种想写的兴奋有些莫名其妙，因为所有的想，不过是一盘散沙，无论如何也捏不成形状，哪怕最粗糙的一个坯。但对写长篇的种种闪念却执拗着不肯中断。"[1]

这种模模糊糊的状态，基本上是围绕着"怎么写"产生的，是艺术思维活动的初级阶段，模糊性构成了作者进行思考、探索的重要前提，并且

---

[1]　陆星儿：《走上海堤的幻想》，《文艺报》1987 年 3 月 21 日第 3 版。

迫使作者调动起自己全身心的储备投入创作，处于执拗的追求中。正如一些完形心理学家所提出的那样，"富于成果的或创造性的思维发生于面临一个不能以惯常手段解决的课题时"，陆星儿从这里踏上了艺术思维的神秘旅途。终于有一天，陆星儿走上海堤，面对大海，产生了创作灵感：

　　天黯黯了，海和海岛都宁静了，而我的心潮和思绪却鼓荡起翻滚的波涛，那些从前的对海的种种想象，融汇了，交织了，又推波助澜地撞击着这长长的海堤。遥望着暮色冥冥的海面，我的心里越来越清晰地升腾起一幅幅画面，一个个人物，他们互相关联着，瓜葛着。我立刻意识到，他们就是我兴奋已久想写的长篇中的内容，他们在形成，在明确。在我幻想着他们各自命运的发展变化中，忽然构筑起了一部小说的框架。然而，他们似乎与海很少关联与瓜葛。但这些突如其来的"幻想"明明是站在海堤上时迸发的。

　　显然，这种灵感突发的情景给作者带来了极大快感，它消除了原来的模糊性，把创作思维推进一个新的境界。但是，这并不意味着艺术思维状态神秘性和模糊性的消失。且不说这种灵感突发本身就具有神秘色彩，还有待于心理学的发展才能揭开奥秘，就这种灵感产生的过程和原因来说，作者也处于不自觉的模糊状态，也就是说，这些清晰的画面与人物，是在无意识、不自觉的状态中凸现出来的，在这之前有一个长期的酝酿过程。其实，即便在这种情况下，也并不能说陆星儿已经消除了创作中的一切疑点和模糊之处，已经完全把握了人物面貌和全部情节、细节。对艺术创作来说，这不过是刚刚跨进特定的世界大门，只在总体上有了眉目，但是对于具体的艺术内容，必定还有许多尚未把握和知晓的内容。这些内容依然处于模糊状态，还需要付出努力使它们变得清晰。不过，这并不是艺术家的悲哀。因为正是艺术思维过程的这种神秘性和模糊性的存在，艺术家创作才不会感到是机械的、重复的，才会一路上有不断的探索，不断的发现，不断的惊喜和快乐。在具体的艺术创作中，神秘性和模糊性会诱惑和折磨艺术家，但同时又会给他们带来快感，它们是障碍，同时又是动力。

在很多情况下，思维模糊性是各种心理元素彼此矛盾冲突的结果，艺术家的各种心理经验，包括感情、思想、感受、知识等，在没有获得彼此完全沟通、理解之前，并不处在同一的有机整体中，必然存在着许多差异和矛盾。这时候，尽管艺术家有许多清晰的、明确的思想和细节，有真实可感的形象和画面，思绪中浮想联翩，但是由于没有找到这些心理因素之间某种内在的统一关系，或者一种契机，所以，尽管它们互相交叉和重叠，艺术家依然还是会感到陌生，构成创作思维中的模糊性。这种模糊性常常并不表现为艺术家的无可选择，而是难以选择，难以在纷乱的生活经验中，确定统一的美学关系。所以艺术思维过程的模糊性并不只表现于思想和意象的朦胧，而且还深深嵌刻在艺术家的自我意识之中。

这时候，模糊性不仅造成了艺术家实现自己美学意志的障碍，同时也给予了自我选择和确定的场所和机会。模糊性实际上成了心理中一个广阔的意识地带，潜伏着许多起承转合的偶然性，说明事物具有多种发展的可能和机会，期待着艺术家做出最终的选择。艺术家某种自觉的美学追求和自我意志正是在这种模糊状态中显示出来的，并借助其来确定自己。可以设想，如果艺术构思和创作中的一切都只有唯一的、独一无二的选择，艺术家也就根本无法显示出自己的美学追求。所以王蒙曾深有体会，"最大的苦恼在于结构，而相反，种种情节、生活细节、情绪抒发、人物性格、生活场景，写起来似乎倒还比较自然而且丰富。可是怎么把这些片段的东西结合在一起呢？仅仅在纸上画结构表就画了不知多少次，越画越觉得千头万结，头昏脑涨，脑袋简直要爆炸。"[1] 为什么是这样呢？照我看来，王蒙这里所说的"结构"，不仅仅是定章谋篇的问题，而是确定一种美学关系，实现预想的美学目的，"把自己的生活经验与内心感受通通倒出来"。

当然，构筑这种美学关系的因素错综复杂，况且有的艺术家偏重于依赖理性探索，有的依赖于意象扩张，有的注重于现实，有的注重于幻觉，

---

[1] 王蒙：《我的第一篇小说》，《我的第一个作品》，浙江人民出版社，1984 年，第 10 页。

但是艺术思维活动中的模糊性都在起着重要作用。如果说创作所涉及的生活面越广泛，美学关系越丰富，所创造的形象越具有丰富内涵，那么在艺术思维活动中的模糊性也就越突出。当艺术家需要从几十个、上百个熟悉的小店铺老板的印象中，最终创造出一个确定的小店铺老板形象时，其思维中所包容的感性因素自然是纷繁的，艺术家所期待的形象只能"散点"投落在脑海里，逐渐聚拢成一个鲜明的形象。由此可见，简单的思维只能产生简单的作品，艺术思维状态中模糊性的程度，常常也预示着作品的深刻程度，蕴藏着艺术家突破难关有所创新的可能性。

艺术思维活动中的神秘性和模糊性并不空洞的缘由就在这里。从生活经验的角度来说，它并不是由于艺术家生活贫乏、经验空白太多产生的，而恰恰是产生于艺术家生活积累丰富，见多识广，感觉印象负荷太重之时。它并不代表艺术家一无所知，没有见解，而是表达了一种"意识到了的未知"，显示着某种无法理喻但无法违背的真知。这个真知诱使他们踏上了艺术创作这一神秘旅程，去追寻在现实生活中的一些神秘事物。尽管很多人在这个旅途中似乎一无所获，很多人付出了代价，但是一些不可思议和不可知的事物仍然使人倾心。艺术思维活动的神秘性和模糊性并没有把人和生活隔开，也没有把已知和未知、表象和意志、感性和理性隔开，而是成为连接它们之间的一座桥梁。艺术家像憧憬一种自然宗教一样投入创作，循着种种不同的艺术途径，不断谋求与一种最神秘的东西交接，企图透过重重帷幕看到神圣殿堂中永恒的世界。很多优秀艺术家都毫无怀疑地相信这一点，这正如歌德所说的："我相信在自然里头，不管自然是有生命的还是没有生命的，是有灵魂的还是没有灵魂的——发现有一种只在矛盾中显现，因此不能以概念，更不能以言辞表达的东西之存在。这东西不是属于神，因为它没有理智；也不是属于人，因为它没有悟性；也不是具有恶魔性，因为它是善意的，又不是具有天使的性质，因为它往往使人觉得它幸灾乐祸。它与偶然相似，因为它显不出有什么联系；它又与天道神意相似，因为它暗示有因果关系。这个东西可以突破那些限制我们的一切境界；它是按照着我们的存在的必然的条件恣意处理，它把时间聚拢而把空间展开。它是只喜欢'不可能',而抛弃'可能'的不屑一顾。"①

如果相信了歌德的话,那么一切都可以理解。生活是无穷的,真理是无限的。这些无限的东西会凭着一切有形无形的事物显现出来,在人的意识活动中,特别是在艺术创作中起着作用,其形态也就更加奇妙神秘。为此,在艺术思维活动这场神秘的旅途中,我们现在完全有理由像歌德在自传结束时一样,去大声朗读爱格蒙特的道白:

孩子,孩子,不要说下去了!光阴的白驹是被不可见的幽灵鞭策那样拽着我们的命运的轻车走了,我们已没有别的办法,只有勇敢地镇定地紧握着马缰,催动车轮,时而左、时而右来闪避这儿的石头,躲开那儿的悬崖吧。到哪儿去,谁知道呢?从哪儿来,差不多也记不清了!

---

① 歌德:《歌德自传》(下),刘思慕译,人民文学出版社,1983 年,第 835—836 页。

第八章

艺术思维活动的理性原则

一

当我们探讨艺术思维活动的神秘性和模糊性时，常常担忧由此形成对艺术思维活动绝对化和简单化的理解，特别是把神秘性和模糊性当作排斥和反对艺术思维活动其他重要原则的论据。

这里，最先触及的，也是最敏感的，是艺术思维活动中的理性原则。

显然，当我们沉浸在艺术思维这场神秘旅途中时，尽管得到多次暗示艺术思维活动是一种整体的心理运动，并不排斥任何理性因素，但是对理性依然处于某种模棱两可的认知之中，对于思维活动的理性作用并没有经过认真的分析，获得比较清晰的认识。这时候，理性本身还是一个相当模糊的概念，它在艺术思维活动中的状态和功能就又成为我们探索的一个课题。

艺术创作活动不是一种漫无边际、歇斯底里的心理活动，而是在一定美学思想指导下的定向的形象思维运动。在这个过程中，理性的规范和制约不能完全否认。但是，在艺术思维活动中，到底怎样理解这种理性原则和运动方式呢？我认为，首先要对创作中理性表现形式进行多层次的分析，从意识表象运动中找到内在的线索，才不至于把创作中的理性原则与作品内容的某种因素等同起来，混为一谈。创作活动中的理性不同于作品中的思想性和倾向性，尽管它们之间并非没有某种内在联系。应该说，艺术思维活动中的理性原则是贯穿在整个创作过程中的一种人类自觉追求的思维力量，它是通过具体的艺术手段、艺术形式和美学理想综合地显示出来的。

但是，人们常常通过作品的外在形态来识别理性，例如作品中直接表露的思想认识，人物形象所显示出来的思想品格，故事发展所依据的客观规律和理性逻辑等，如果和艺术家的思想状态联系起来，那么这些无疑显示了艺术家对世界的理性把握水平和能力。在这种情况下，说理性是艺术思维活动中不可缺少的因素，不如说其是构成生命整体形态中的一种存在。这样理解毫不奇怪。艺术创作所面对的是人类的整体生命现象，理性是其生命活动中不可缺少的因素。从心理学的角度来说，理性是对人自我意识的肯定，是人在外在世界中自觉地意识到自我并形成的对生活的确定性认识。德国哲学家黑格尔曾十分重视理性在人精神意识中的地位，他在《精神现象学》中把理性当作转向智慧和精神的意识环节，认为理性是流动的、普遍的实体，能够"……将思维改变为一种存在着的思维，或将存在改变为一种被思维的存在"，[1] "理性揣测自己是比纯我之为纯我更加深刻的一种东西，因而它必须要求将差别、丰富多样的存在变成属于纯我自己的东西，因而它必须要求，将纯我自身作为现实而予以直观，并发现其自身即是现存着的形象和事物。"[2]

在艺术创作中，理性最直接地表现在不同层次之中。艺术家首先要表现出艺术对象中所包含的理性因素，使自己笔下的人物形象获得自我的确定性。显然，这种主要体现在对象生命中的理性，是艺术家对他事他物观察到的内容，具有十分具体的意义。它所包含的正是对象生命"这一个"

---

[1] 黑格尔：《精神现象学》（上卷），贺麟、王玖兴译，商务印书馆，1979 年，第162 页。

[2] 黑格尔：《精神现象学》（上卷），贺麟、王玖兴译，商务印书馆，1979 年，第161—162 页。

的思想。根据不同的艺术对象，在不同的条件下，艺术家所确定的理性含义也是千差万别的，他们通过不同的心理状态、思想追求和自我意识显示出不同个性品格，和艺术家的美学理想发生这样或那样的联系。在有些情况下，特别是在现实主义创作中，当艺术家期望通过某种具体人物表达自己的某种思想，或者在某种具体人物身上寄寓自己某种理性思考时，这种联系就显得更为直接。艺术家的一些理性思考往往就是通过具体的艺术形象表现出来的。

例如在茅盾的创作中就体现着其理性的思考，他把这种思考很自然地通过人物形象的思想状态表现出来。他的第一部小说《蚀》就贯穿着他对当时生活和各种人物深刻观察的结果。茅盾把这种观察的理性结晶表现在作品中不同人物的思想发展之中，构成了这些人物的主要思想品格。据茅盾自己回顾，他写《幻灭》《动摇》《追求》是有感于当时很多现代青年真实的思想状态，在当时的社会情况下，他们个人主义的追求都是歧途，他说写《幻灭》，就是"因为有几个女性的思想意识引起了我的注意"，"小资产阶级出身的女学生或女性知识分子颇以为不进革命党便枉读了几年书，并且他们对于革命又抱着异常浓烈的幻想，是这幻想使她走进了革命，虽则不过是在边缘上张望，也有在生活的另一方面碰了钉子，于是愤愤然要革命了，她对于革命就在幻想之外再加了一点怀疑的心情"。① 我们看到，茅盾的这种理性认识在《幻灭》女主人公身上获得了直观的表现："主人公静女士当然是一个小资产阶级的女子，理智上是向光明，'要革命的'，但感情上则每遇顿挫便灰心，她的灰心也是不能持久的，消沉之后感到寂寞便又要寻求光明，然后又幻灭；她是不断地在追求，不断地在幻灭。她在中学校时代热心社会活动，后来幻灭，则以专心读书为遁逃薮，然而又不耐寂寞，终于跃入了恋爱，不料恋爱的幻灭更快，于是她逃进了医院；在医院中渐渐地将恋爱的幻灭的创伤平复了，她的理智又指引她再去追求，乃要投身革命事业。革命事业不是一方面，静女士是每处都感受

---

① 茅盾：《几句旧话》，《创作的经验》，上海天马书店，1935 年，第50—51 页。

了幻灭；她先想做政治工作，她做成了，但是幻灭；她又干妇女运动，她又在总工会办事，一切都幻灭。最后她逃进了后方病院，想做一件'问心无愧'的事，然而实在是逃避，是退休了。然而她也不能退休寂寞到底，她的追求憧憬的本能再复活时，她又走进了恋爱。而这恋爱的结果又是幻灭——她的恋人强连长终于要去打仗，前途一片灰色。"①

从这个例子可以看出，理性在艺术思维活动中常常具有引路的作用，在特殊情况下能够触动艺术家和生活发生同感和共鸣现象，并在艺术创作中找到自己的"知音"。当然，这个"知音"并不仅仅是理性，而是某种活生生的艺术形象，而与艺术家相通的理性只是它鲜明的个性因素之一。

应该说，对一个完整的生命形象来说，理性因素不是可有可无的，而具有举足轻重的作用。在创作中，它直接显示着人物的思想力量和精神品格，在一定程度上决定着作品历史内容的深刻性；而在艺术思维活动中，理性因素不仅对于规定人物具体思想倾向具有重要作用，而且对于人物整个生命的完整性也不可缺少。因为在生命活动中，理性从来不是单独存在的，它需要感性形态的支撑和滋养，否则理性就成为干枯的筋骨和教条；同样，人物的感性形态从来也不全是非理性的，它需要一定的理性提供根据和引导，两者在表面上是相互抵触的，实际上是互为所属的，互相沟通的，这才构成了完整的艺术生命。

但是，理性在某种艺术生命中确定下来并非一件自然而然的事。托尔斯泰曾在日记中写下过一句意味深长的话，"思想家和艺术家不是我们想象的那样，永远心平气和地稳坐在奥林匹斯山之巅……。"在艺术创作中，艺术家要创造完整的生命，就意味着能够把一切相互离异的生活元素——它们带着不同的心理色彩，感性的、理性的、有意识的、无意识的，有机地组合在一起，使它们彼此认同，构成一个有机整体。但是这些元素并不都是自动聚合的，也许一开始彼此并不那么情愿，彼此感到陌生甚至会互相抱有敌意，不愿接近，只有通过艺术家的努力，通过彼此之间的冲突和

---

① 茅盾：《从牯岭到东京》，《小说月报》1928 年第 19 卷第 10 期。

搏斗，才能组合在一起。

二

很多艺术家在创作中都留下了这种感情和理性搏斗的痕迹。当代作家张贤亮就是一位对理性过分推崇的作家。他曾经说过，"我认为，思想的闪光，是形象的一个很重要的组成部分。"① 他甚至并不忌讳用"图解"方法来写小说，认为创作就是"通过内在的理性把记忆中的具体形象和个别事物再现出来，生发起来，串联起来。理性的认识越深刻，这种再现则会越清晰，生活串联得越生动"。②

但是，只要我们对张贤亮的《绿化树》进行一番心理分析，就会发现理性并非那么容易就能完全熔铸到人物的生命之中，即便艺术家用各种方式强化这种理性的融入。《绿化树》是张贤亮系列中篇《唯物者的启示录》的第一部，作品中的主人公章永璘带有明显的"自叙传"性质，其性格中的理性和作者思想有很多的相通之处。但是，作为一个活生生的人和作为一个在读《资本论》过程中深入思考的人，并不见得那么和谐和融洽。就前者来说，他需要最基本的生活资料，这种需要迫使他的人格变得卑微和下贱，他无法直接从《资本论》的政治经济学中获得满足；就后者来说，他又是一个超越尘世的思想家，他也需要某种理性观念的支撑，这种需要促使他力求摆脱自己的生活处境，因为他无法在这种非人的生活中肯定自己。但是这两重人格，感性的和理性的，在实际生活中却一直无法统一，都在躲避着对方。因此我们在作品中看到这种情景，主人公理性的自我只能在夜深人静时出现，而在白天的日常生活中，他依然是一个卑微的人，

---

① 李镜如、田美林选编：《张贤亮谈创作》，《宁夏大学学报》编辑部，1985 年，第 86—87 页。

② 李镜如、田美林选编：《张贤亮谈创作》，《宁夏大学学报》编辑部，1985 年，第 144 页。

或者是一个"非人"。这种感性和理性的裂痕在作品中损坏了人物性格的完整性。在作品中，抽象的概念并不能把人物形象提高到一个新的层次。作品感动人的力量来自那个实实在在的、血肉丰满的人物。而这一切无疑都和张贤亮艺术思维活动的理性追求有关。这只是一个小小的例子，但是涉及了艺术思维活动中理性原则的形态问题。显然，在张贤亮的作品中，主人公性格的理性思想不仅属于人物自身，而且有一部分属于作者，它不仅是人物性格中不可缺少的一部分，而且还表达了作者在创作中一种强烈的理性追求，而后者在作品中无疑又强化了前者。在现代艺术创作中，这种理性追求成为很多优秀艺术家的自觉意识，他们希望通过自己的创作表达对人生更深刻的认识，在作为一个艺术家的同时，也是一个目光深邃的哲学家和思想家。这种欲望不断把艺术创作推向了新的阶梯。

为此，我们对艺术思维活动中理性原则的分析，必须从艺术家所描写的对象生命中解脱出来，进入艺术家理性追求的层次。作品（包括具体人物形象）中包含的理性和艺术家的理性追求，互相联系但并不能完全等同。作品中的理性，人物形象的思想观念总是和艺术家的理性追求具有这样或那样的联系，但是只在极少数情况下才能达到一致。在很多情况下，艺术家的理性追求并不是通过作品具体人物的思想表现出来的，而是远远超越了具体人物的思想，通过其他艺术形态表现出来的。

在艺术创作中，有的艺术家所创造的人物形象并不具备健全人的思考能力，是生活中的疯子和狂人，他们的语言和行动都毫无理性可言，但是艺术家通过他们表现了一种深刻的理性追求，在荒诞的、非理性的艺术表达中蕴藏着对社会人生的某种深刻认识。

其实，在艺术创作中，艺术家自觉的理性追求是通过具体的美学建构表现出来的，有时甚至直接体现为一种艺术样式，一种物质表现的特殊途径。例如，在传统的现实主义小说中，艺术家理性的支配力量主要表现在追求具体形象和细节真实上，对生活的思考较多是通过具体人物表现出来的，形成创作思维中专注的特殊方向，而对于具体形象所包含的象征意蕴，却常常表示出回避或者"无意识"的淡漠倾向。有的艺术家愿意承认自己是一个艺术形象的创造者，但不愿意承认自己是一个思想的探求者，有的甚至对强大的理性和思想力量表现出某种恐惧和忧虑，唯恐其破坏具体形象的完满性。因为此，我们常常能够从艺术家对于生动具体形象的有意识追求中，发现在主观思想方面"无意识"的踪迹。然而，主观思想的力量在创作中是客观存在的，并非有意回避就能消除得了的。因此，在一些现实主义艺术家的创作中，充满活力的典型形象的塑造，一般都表现为艺术家有意识的刻意追求的结果，而这些形象所表现的思想力量，又常常是艺术家本人意料之外的，甚至是他们自己也感到恐惧的。

这种情景十分复杂。巴尔扎克的创作会促使我们在这方面有更深的思考。巴尔扎克本人是君主政体的拥护者，他毫不忌讳自己在创作中的政治倾向和思想追求。他曾称，"我在两种永恒真理的照耀之下写作，那是宗教和君主政体……"他赞成严格写实的态度，但是对创作中的思想追求亦怀抱着浓厚的兴趣，希望建立一种深刻思想。但是，在具体的艺术创作中，巴尔扎克所遵循的理性原则并不等同于他的政治思想，他并不按照宗教和王权的观念写作，而是按照现实主义的美学原则写作，这二者的差异就决定了——拿巴尔扎克自己的话来说——"作家能够与政治家分庭抗礼"。正如巴尔扎克说的："读者如果能够正确地了解这部作品的意义，就会承认我对于经久的、日常的、隐秘或明显的事实，个人生活的行为，它们的起因和他们的原则的重视，同到现在为止历史家对各民族公共生活的重视一样。"① 这种忠实于现实和历史的艺术态度，无疑才是巴尔扎克创作中所遵循的理性原则。由此，巴尔扎克作品中所显示出的理性力量也大大超越了他本人的思想观念，恩格斯曾指出，巴尔扎克虽然在政治上是一个正统派，但他的伟大的作品是对上流社会必然崩溃的一曲无尽的挽歌，说他"不得不违反自己的阶级同情和政治偏见，他看到了他心爱的贵族们灭亡的必然性，从而把他们描写成不配有更好命运的人……"显然，艺术思维活动中的理性原则，并不完全等同于艺术家某种政治思想信仰，然而这

---

① 巴尔扎克：《〈人间喜剧〉前言》，伍蠡甫主编《西方文论选》（下卷），上海译文出版社，1979 年，第 175 页。

就关系到了第二种忠诚：艺术家对特定的美学理想的艺术追求。

也许我们会感到奇怪，一个如此精细的现实主义大师的创作，竟然在作品的思想意图方面如此模糊不清，会不自觉地在思想方面走向自己的对立面。为了弄清这种模糊性，我们至今还在争论，而之所以如此，是由于我们对艺术思维活动中的理性原则并不清楚，因此极容易把创作意识中的确定性和模糊性单一化。没有看到在单一方向上的确定性，可能掩盖着其他方向上的模糊性；忽视了在某一方面的自觉的理性追求，常常也伴随着其他方面的模糊的、无意识的开拓。站在今天的思想阶梯上看巴尔扎克的小说，也许容易觉察其艺术作品中感性和理性、有意识和无意识之间的冲突和离异现象，看到这种冲突离异在艺术内容和形式方面酝酿的巨大冲突。但我们却不能不惊叹，这两方面在特定的艺术追求中，又是紧紧地交融在一起的。巴尔扎克在一定时代的艺术规范中创造了艺术的奇迹，当他精致的艺术之锤敲击在社会具体生活钟上的时候，那在深邃的理性思考回音壁上引起的轰鸣，同样属于他的创造。

由此可见，艺术思维活动中的理性原则，不能被看作是一种纯粹的思想认识和政治主张，也不是和艺术创作中模糊性的水火不相容，而是表现为一种自觉的美学追求，它引导艺术家向生活的广度和深度进军，开掘和洞察人类生活的一切秘密。

在艺术创作中，理性也许只提供了一种方向，一种探索的意志，而它的闪光只有在探索过程中才能显现出来。而这种探索永远是藐视教条和禁区的。

实际上，艺术思维活动中的理性追求，不会仅仅停留在某一种既定思想观念上，也不会满足于人物单纯的理性活动，而会不断向具体生活更深层的结构发展，透过人的意识表象，把人类活动中的一些无意识、潜意识作为自己艺术世界的一部分，更完整地理解和把握人类世界。在这个过程中，艺术家的理性正在向更广大的未知世界挺进。

三

作为一种具体美学追求的延展，努力开掘人的潜意识世界，似乎是现代主义艺术创作中的一个重要话题。就艺术思维活动来说，很多艺术家很早就注意到了这个方向。丹麦的勃兰兑斯在谈及 19 世纪德国浪漫派文学时，列举过很多例子说明艺术家对人心理世界的开掘，他说："……人心并不是平静的池塘，并不是牧歌式的林间湖泊。它是一座海洋，里面藏有海底植物和可怕的居民。"他认为浪漫主义者在创作中，"时而把自我从中剖成两半，时而把它分解成各种元素。正如它通过伸延自我把它分布在时间中一样，它还剖裂自我并把它在空间中分布开来。它既不尊重空间，也不尊重时间"，①"梦幻、错觉、疯狂，所有分裂并拆散自我的力量，都是他们最亲密的知己"。②

这种情景在 19 世纪现实主义文学创作中得到了进一步拓展，很多艺术家开始描写人的无意识、潜意识的心理世界，表现出了比较自觉的美学追求。陀思妥耶夫斯基的创作是比较突出的代表，他笔下出现了大量对人物无意识、潜意识心理的描写，出现了人物外在世界和内在世界双重叠影式的性格，人物开始从过去平面化的结构中脱离出来，显示出立体的心理世界。陀氏在完整地把握和描写人物的时候，注意到了隐藏在人物内心深层的意识，它们在日常生活中时刻被各种外在情势所掩盖和压抑，得不到正常的发挥和表现，因而不可能完全通过人的外在言行表现出来。但陀思妥耶夫斯基发现了它们，并且把自己的审美注意力关注于这个方向，创造了独特的艺术天地。应该看到，在人的心理世界深处，陀思妥耶夫斯基寻找

---

① 勃兰兑斯：《十九世纪文学主流》（第二分册），刘半九译，人民文学出版社，1981年，第 2 页。

② 勃兰兑斯：《十九世纪文学主流》（第二分册），刘半九译，人民文学出版社，1981年，第 159 页、第 171 页。

着人物存在的独特性。这是一种对人心灵世界专心致志的关注，由此他陷入了一种人物的狂热、迷乱心理状态之中。在晚年，这位艺术家已进入了一种奇特的境界，他穿过大街小巷，听着路人的谈话，从人们每一个词语，每一个微笑，头部轻微的一举一动之中，探求着背后隐藏着的秘密。在弗洛伊德的心理分析学说还没有建立的时候，陀思妥耶夫斯基的创作就已经为人们提供了关于人的潜意识、无意识心理的珍贵资料，生动地展示了这一世界。

这一切都和艺术思维活动中的理性原则有密切关系。因为正是一种自觉的理性追求引导艺术家进入人的非理性、无意识的世界，而对这个世界的探索和发现又充实和加强着这种理性追求。在这种对人的深层意识的持续探索中，艺术家发现和理解了人的两种心理语言系统，一种是外在的，属于在理性支配下合乎日常生活规范的语言（这种理性受到一定社会道德观念和行为准则的制约），一种是内在的，属于被这种理性所遮蔽和排斥的，反映出内心的积郁和冲动的语言，它们潜藏于人心理的无意识和潜意识之中。借助语言学家索绪尔的术语，也就是说，人们在艺术表现和表现对象中，也开始区分人物心理的深层结构和表层结构。

因此，从艺术创作的发展来看，注意描写人物的无意识和潜意识心理，既是一种新的艺术意识与观念的发现和开拓，同时也是传统的美学理想和艺术追求合乎逻辑的深化和发展。这正是我们历史地理解艺术思维活动特征的基础。在艺术思维活动中，为了撬动人物深层意识的巨石，艺术家必须有一个坚实的理性支点，否则就可能陷入无意识、潜意识的迷乱之中，丧失艺术表现的能力。而这种坚实的理性支点往往建立在传统的美学理想基础之上。就陀思妥耶夫斯基的创作来说，过去有些评论家看到了其不同于传统小说的"怪异"的一面，而较少注意到其和传统小说艺术的血肉联系。其实，陀氏的创作并没有违离现实主义创作的原则，他突入到人的意识深层，和他要描写真实、完整的人的理想并不矛盾，只是这种写实方法在形式和内容上的扩大和深化而已。陀氏笔下的人物始终是作为具体的"这一个"面貌出现的，其心理意识的紊乱状态，只是一个具体客观真实人物的表现，并不带有明显的象征意蕴。

可以看出，在艺术思维活动中，把理性原则和表现人的无意识、潜意识世界对立起来，或者把后者的出现当作前者的丧失，是不确切的，其并没有对艺术思维活动中各种因素进行一番认真的、整体性的考察。实际情况和这种表面判断完全相反。艺术家向无意识、潜意识领域的开掘，并不意味着艺术思维活动中理性原则的消失和减弱，而是其力量的强化和增强。这两者之间是互相增补的。因为只有如此，艺术家才能持有驾驭整个艺术创作过程的主动性，在创作中维护和实现自己的独立品格。这无疑也告诉我们，在艺术创作中，艺术家向非理性开掘的另一方面，正是这种理性意识的追求。这种过程把人心理世界中一些非理性、潜意识的内容，转换成一种自觉的理性意识，使人们能够更清楚地意识到它们，把握它们。理性世界在向非理性世界的开拓中不断扩大着自己的疆域。

在这方面，现代艺术创作会向我们提供足够的事实。在创作中，艺术家对生活高度的理性追求，常常隐藏在某种无意识的形态之中，并借助这种形态来表现自己。这时候，艺术家所表现的对象越来越多地担负起双重职能。作为一种外在的艺术表现形态，它是一种具体的内容，是艺术家具体表现的对象，但是作为艺术家所表达的内在意蕴，它就只是一种抽象化的形式，是用来负载艺术家对生活整体认识的船只。鲁迅的小说创作就表现出了这一点。《狂人日记》写的是一个疯人的感觉印象、梦呓和猜想，但这种具体描写只是作品内容的表层结构，它负荷着鲁迅对整个封建社会深刻的批判意识。这种意识是高度理性化的，带有整体意识的抽象性，并非针对某一具体对象。鲁迅恰恰在狂人所表露出的混乱而又偏执的意识中表现了这种特征，并通过具体人物非理性的意识活动表达了自己作为一个思想家的高度理性思考。在这种情况下，艺术思维活动中的理性原则表现出了新的内容，给具体艺术对象以新的艺术价值，把艺术表现的具体性和抽象化熔铸在一种艺术构建之中。

由此可见，艺术思维活动中的理性原则也并非固定的，一成不变的，它在不同艺术语境中会呈现出不同特点，而且会随着艺术家的美学理想、思想追求、艺术方法和技巧的变化而变异。从整体意义上来说，艺术思维活动当然不能归结为一种全无理性的、下意识的活动，但它有时可能以一种无理性和下意识的形态出现，尤其是对构成一个完整的有机艺术创作的动态系统来说，这两者之间并没有隔着一座万里长城。艺术家往往在无意识中，潜藏着一种有意识的美学追求，而在有意识的美学追求中，又会有偶然的、无意识的发现，在构成具体形象的模糊性中，又有表现更大生活范围内的某种确定性。在不同的艺术思维过程中，理性原则的表现是多种多样的。

这一切都需要我们进行仔细辨析，不能简单地下判断。显然，艺术思维活动中理性原则本身同样具有不确定性。对个别艺术家来说，在艺术创作中确定某种具体的理性原则，并非全部都由艺术家自己把握和设计的，在一定程度上，艺术家一方面要受到整个时代审美倾向的牵引，另一方面则受到潜在的传统文化心理的支配。艺术家某种自觉的美学追求，往往是背后强大的社会意识和文化心理造就的产物。鲁迅从学医转向文学创作就是典型的例子。鲁迅进行文学创作一开始就有明确的美学追求，拿他自己的话来说就是为人生，而且要改良这人生，所以他的取材，多采自病态社会中的不幸的人们，意想是在揭出病苦，引起疗救的注意。但是这种自觉的美学追求的确定，却并不像鲁迅所说的那么简单，只是鲁迅不过想利用他的力量，来改良社会，其中还有鲁迅没有明确意识到的种种因素。例如，其一是由于中西文化的碰撞形成的特殊的文化氛围，迫使人们对中国人的精神品格进行反思；其二是鲁迅作为一个中国现代志士仁人，传统的济世救民思想依然左右着他的选择；其三是鲁迅在幼年就形成的对于艺术本能的爱好；其四是鲁迅心灵长期受到压抑，需要一种合理的方式进行释放等，都潜在地支配着鲁迅的艺术选择。

事实上，艺术思维活动中的理性原则不是笼统的概念和口号，其有自己的具体内涵。而这种具体性会反映出不同时代的审美要求。就"为人生"这个观念来说，不同的社会状况，不同阶层就有不同的要求。因为人生的需要多种多样，在特定的时代条件下某一种需要会突显出来，成为压倒一切的时代精神风尚。在鲁迅创作的时代，人们需要变革社会的艺术创作，改造人心的文学，揭露黑暗的作品，于是把一种战斗的人道主义文学精神推到了时代台前，使之具有最高的艺术价值。相反，尽管人生也需要轻松愉快的艺术创作，但这时候自然会受到抑制和轻视。这一切无非说明了艺术思维活动中的理性原则的具体化过程，是要通过和具体的社会实践相结合才能完成的。

这种结合并不意味着艺术家特定的美学追求无可选择，否则就抹杀了艺术家主体的主观能动性。但问题在于，艺术家在选择社会的同时，也经受着社会的选择，而前者常常是自觉的、有意识的，后者时常是无意识的、不可把握的。就确定一种具体的美学追求来说，艺术家面临着同样的情景，他的艺术选择是自由的、主动的、自觉的，但是他的被选择却是不自由、被动的、无意识的，而正因为后者的存在，才造成了艺术家某种自觉的艺术追求必然会受到所处社会及时代的局限性。

显然，我们对于艺术思维活动中的理性原则进行多方面的探讨，有了一个较为清晰的概念。但是，这种探讨在很大程度上还仅局限在艺术内容方面，而较少推及至艺术形式方面。其实，这种理性原则贯穿在艺术创作的各个美学环节中，首先是通过构成艺术思维活动内在特征的具体形态表现出来的，而最明显的，要在一种特殊的外化物质途径的制约和规范下进行。写作、作画、谱曲，都有一个把思维外化为物质形态的过程，要通过言语、色彩、音符等来达到自己美学理想的呈现。而它们作为一种物质的中介，不仅创造着艺术本体，也规定了作家艺术思维活动独特的艺术逻辑，具有控制和调整艺术思维过程的顽强力量。这是任何一种艺术思维活动最外围的一道理性防线，行使着最普遍的规范力量。因此，在艺术创作过程中，任何艺术的迷狂和无意识的追求，都是相对的，有条件的，处于某种规范之中的，因而多少带有"虚假"的性质。

无疑，这又提出了一个新的课题——艺术思维活动中的本体建构。

第九章

艺术思维活动的本体建构

一

从生命活动的本原意义上来说，每一个人都以某种形式参与着艺术创作活动，都可能成为艺术家，但是，实际上并非如此，只有一部分人能成为实在意义上的艺术家，把潜在的可能性变成现实性。这两者之间的距离是漫长的，其中重要的一环就是艺术家能够从日常思维转向艺术思维，并把自己的全部思维成果通过一种特殊的本体建构体现出来。

其实，确定一种特殊艺术本体形式，也是一个人从日常思维向艺术思维转变的关键。所谓艺术本体形式，指的就是一种由特殊的外化物质手段，例如文字、色彩、音符等所构成的思维"语言"，它是艺术思维活动的"物质外壳"，也是艺术思维不可缺少的前提。换句话说，一个人是否能够成为艺术家，前提就在于他是否能够形成一种特殊思维习惯，改变其日常的思维方式，改用某种特殊的艺术"语言"来进行思维。而一个人对某种艺术的敏感性，首先就表现为一种对某种艺术"语言"的敏感。对很多艺术家来说，这种敏感甚至会表现为一种"天赋"，从小能对音乐、色彩、文字有一种超人的感应和把握能力。但是，这种"天赋"只能够成为一个艺术家的基础。因为还必须要依靠"后天"的专业训练，用一种特殊的思维语言来规范它，直至形成一种习惯，能够非常自然地使用这种"语言"来表现事物和表达自己。这时，一个人潜在的艺术天赋才能充分表现出来。而这也许就是一个人成为艺术家的艰难历程的关键一步。

对一般人来说，这个转换是比较艰难的，因为它意味着克服一种习惯而重建另一种习惯，没有坚强意志是不能达到的。所以艺术家的专门语言训练，最好从小就开始，逐渐形成习惯。这种转换隐含着一种心理学意味，就是无限制地缩短从日常语言"翻译"成艺术语言的时间，使某种特殊的艺术语言在思维过程中有独立的提示、感应、激发、延展、表现的能力，成为艺术家产生迷恋、迷狂情绪的对象。例如对一个音乐家来说，首先必须形成一种演奏的自动化，用不着小心翼翼地去思考某个音符怎么表达，大拇指该在什么地方换指，而能够完全由自己神经控制肌肉，完全不费力地完成一系列有节律的动作。这时候，按照有些心理学家的说法，意识被反复通过一种途径表现出来，这种途径已经非常自由畅通，达到非常自动化的程度，思维在被激发的条件下，能够迅速进入一种惯性，按照某一种特殊轨道进行下去。艺术家的心理就是按照这种特殊的"语言"方式工作的，自动地将思维过程归结于某种本体建构。因此对一个艺术家来说，创造能力的首要因素是对某一种艺术"语言"的把握，以及用某种艺术"语言"来表达自己的程度和水平。一个艺术家的主体世界可能是无限的，其经验、感情、思想意识可能是丰富的，但是这些并不意味着这一切对创作具有实在意义，还要看艺术家通过特殊的艺术手段能够领会多少，表达多少，只有这后一部分才是艺术创作的真实财富。实际上，任何一种艺术"语言"本身就表达了一种精神升华过程，它从各种日常思维类型中结晶出来，以新的、规范化的范式和日常思维语言相分离，相联系，由此来构成一个艺术王国。人们用这套特殊的"语言"来表现和把握无限自然世界的声、色、光及一切现象，在自然世界的基础上建造一个艺术的本体世界，以及与人们主体世界和客体世界的联系。由此可以说，艺术思维"语言"是艺术本体建构的材料，也是人们从日常思维中分离出来，进入艺术思维活动的前提。

因此，在艺术思维活动中，在艺术家主体世界和客体世界之间，又形成了一个艺术创作的本体世界。它是连接艺术家主体世界和客体世界的桥梁，和两者保持着极其亲密的联系，它从两个世界中吸取养料，但是又时刻保持着自己的独立意志和品质，它把艺术家主体世界的意志变成现实，同时使客体世界的因素充满理想，把一切心理因素都凝聚在一个新的生命整体之中。于是，艺术思维活动的本体建构成为文艺心理学关注的焦点。在这之前，当艺术家主体和客观生活彼此相对的时候，艺术创作还只是纸上谈兵，艺术家所设想的一切只能是空中楼阁，无法实现。本体建构使艺术家脱离了单纯的客观现实，对各种生活现象的理解已不再拘泥于原始状态，其心理开始捕获某种具有艺术意义的资源，向艺术主观的解释的阶段发展。艺术家开始从原始的生活经验中发现词句、音符和色彩，或者说在用一种特殊的"语言"去领会和解释这些经验。

一种本体形式的介入无疑导致了艺术家心理世界的分化和聚集。一切心理元素都不得不接受某种"语言"的过滤和检验，一部分成为清晰的、明确的，而另一部分则变为模糊的、朦胧的。对于前者艺术家很快找到了对应的"语言"符号，而对于后者艺术家则是一时很难用"语言"表达出来。当然，从某种意义上来说，用某种"语言"表达出来的心理内容，并非艺术家全部理解和把握的，而后者也并不意味着艺术家一无所知，这是由艺术家对某种"语言"的把握水平所决定的。显然，在艺术思维活动中，并不是艺术家全部的心理经验都能够一下子就被选中，某种独特的本体形式担负着检票员的职责，只有"持票者"才能到达艺术思维的"焦点"位置，还有大量的心理元素处于边沿地带，它们在那里等待时机，寻求合适的"语言"符号，希望获得参与本体建构的真实资格。

这样，本体建构本身就显示着一种高级形式的心理活动，具有把情感意识纳入艺术思维活动的能力。这不仅需要某种艺术修养，还需要包含着艺术技巧。有些有艺术天赋的人常常没有耐心去掌握某种方法和技巧，结果"有嘴倒不出"，一事无成。而几乎所有艺术家对此都有深刻体验，这正如契诃夫所说的，"为了做一个真正的作家，……首先是锤炼语言，得推敲话语和文字。"① 高尔基则说他时常想起这样一句话："世上没有比语言的痛苦更强烈的痛苦。"②

这是因为在艺术思维过程中，艺术家总是期待这样一个关键时刻，那就是把内在形象和外在"语言"形式完全统一起来，使艺术家的内在情感通过确定的物质材料固定下来，成为一种具体的艺术作品。在这个过程中，从表面上来看，创作往往是艺术家选择"语言"的过程。为了使自己内在形象得以完满表现，艺术家总是千方百计地寻求合适的语句、色彩和音符，从大量的"语言"材料中寻求答案。就文学创作来说，这种寻求常常是颇费心计的一件事，中国古人所说的"一字之师"，苏联诗人马雅可夫斯基所说的"一克词"要从"50 吨的矿石"中去提炼，所表达的都是相同的体验。高尔基也曾谈到，有一次他为了描写俄国中部一个小县城的外观，连续用了几个钟头来选择词句，结果仍不尽如人意，他说："总之，要找到确切的词句并把它们排列得能用很少的话表现出很多的意思，言简意深，使语言能表现出一幅生动的图画。简洁地描绘出人物的主要特点，让读者一下子就牢牢地记住被描写的人物的动作、步态和语气，这是极其困难的。用语言来给人和事物'着色'，这是一回事，而要把他们描绘得那样'婀娜多姿'和生动，以致使人不禁想伸出手去抚摸所描写的人和物，就像我们常常想去抚摸托尔斯泰《战争与和平》中的人物那样，这却是另一回事了。"③

高尔基对文学语言价值有深刻理解，他认为语言"把我们的一切印象、感情和思想固定下来，它是文学的基本材料"。④ 无疑，我们所说的艺术思维活动中的本体建构，就是以某种艺术"语言"为基本材料的。所谓本体建构实际上就是使艺术家的美学理想和艺术构思具体化的过程。在这

---

① 宇清、信德：《外国名作家谈写作》，北京出版社，1980 年，第 253 页。
② 宇清、信德：《外国名作家谈写作》，北京出版社，1980 年。
③ 高尔基：《谈谈我怎样学习写作》，高尔基《论文学》，人民文学出版社，1978 年，第 286 页。
④ 高尔基：《论散文》，高尔基《论文学（续集）》，人民文学出版社，1979 年，第 387 页。

个过程中，艺术家主体世界和客观生活的一切交流都是通过本体世界这个中介进行的。这个中介中止了艺术家和生活的一切直接交换，而把艺术家对生活的一切欲求和想象都寄寓在独特的世界之中，避免了和现实的直接冲突。

但是，这并没有最终消除冲突，只是加重了艺术家的心理冲突。就艺术思维活动来说，艺术家对"语言"的选择，同时也意味着一种"语言"的被选择。这在艺术家主体和客体世界之间增加了新的压力，构成了两者之间的心理势差。一方面是艺术家在现实生活中有很多感受和印象，它们构成一种心理负荷，要求艺术家把它们表现出来，使艺术家到了"非说不可"的地步；另一方面则是这些心理负荷不得不受到某种本体形式的抑制，不能直接得到表达，艺术家也不可能一下子为它们找到确定的形式和语言。艺术家实际上是在多重冲突中进行选择的。艺术思维中的客体、主体、本体三者之间构成了多重美学关系，它们互相依存，需要对方来确定和证明自己，都希望达到内在的一致，但是它们并非能够一拍即合，仍存在着各种各样的差异，需要经过一番检验、辨认、解释的过程才能达到彼此认同。

二

这种多重美学关系深层次叠落地表现在艺术本体建构之中，也决定了艺术创作中的本体意味。显然，在具体的艺术创作中，本体是极其活跃的心理因素，它并不只是被动地接受艺术家的调遣，也并不只是对客体进行单纯描述的工具，反而还具有自己的独特品质和意志。

首先，作为艺术家心灵和客观生活的中介，本体具有抽象化和具体性的双重品质，它的意义有确定的一面，也有不确定的一面。应该说，任何一种本体"语言"形式，都是艺术家对生活产生某种特殊感觉的途径。例如绘画之于视觉，音乐之于听觉，文学之于一种内在的综合感觉等，其物质形式是非常独特具体的。但是，对任何一个艺术家来说，这种"语言"形式并不属于他个人化的创造，而是在他成为艺术家之前就存在着的，是一种人类共同创造的文化成果。它不仅具有相应的比较普遍的规划和规范，而且形成了自己一整套确定的意义。也就是说，在它还没有投入具体的创作之前，它已经成为一种自我存在，包含自己特定的意味。而这显然具有一种抽象化意味。无疑，在一个艺术家的精神生活中，接受和把握这种抽象化意味十分重要。它是艺术家和生活进行交流的桥梁，使艺术家表达的具体生活获得普遍的意义。

但是，这种桥梁作用在有些情况下可能是障碍。这是因为任何一种物质的艺术"语言"形式和艺术家内在心理活动达到完全一致的情景十分少见，它们之间总是存在这样或那样的距离和差异。就拿人的感觉经验来说，丰富细致的程度是很难用某种形式确定下来的。一种颜色和线条在不同条件下，可能具有几百个层次的差异，艺术家想要把它表现出来，需要克服艺术"语言"和技巧中的种种难关才能实现。在艺术创作中，艺术家的本体建构必须冲破这样的艺术难关，把"公众"的艺术"语言"形式真正转换为个人化的，使艺术家个人的感受和品质在具体的艺术形态中显示出来。

这是相当困难的一件事。这意味着艺术家不但要和具体的"语言"形式交战，还要和其背后强大的文化传统和历史背景交战，因为后者赋予了本体"语言"的既定含义。艺术家要把内在形象转化为外在的审美现实，不仅要利用某种"语言"，更重要的是征服这种"语言"。这也就是艺术家个性特征显现的过程。

就文学创作来说，这种情景显得格外复杂。艺术家都是运用一种"公众"语言来进行思维创作的，否则创作会落入"谁也不懂"的境地，达不到交流和沟通的目的。但同时他又必须把个人的感受感情，把个人的品质和风格表现出来，这就形成了表达和被表达、思维和被思维之间的矛盾，而这种矛盾又都聚集在本体建构过程中。一个词组、一个成语、一个标点，当它们脱离艺术家思维而存在时，其含义是单纯的、抽象的，还不能说是属于艺术家自己的，具有个性化的艺术意义。例如"万紫千红"一词，是极普通的一个成语，但是它在不同的人的思维中有很大差异，不同的生活背景和经历的人，会联想到不同的生活画面，它们在不同情况下又会展示出更纷繁的变化。就艺术创作来说，就不能一般地运用这个成语，表达出它一般的含义，而是要体现出它的感情色彩，使它成为表达艺术家某种感受、心境的"专用语"。如果一个人意识不到这一点，那么他就不能成为一个文学家，起码不可能成为一个好的文学家。

但是，这种情况在生活中大量存在。很多人非常注意语言的修养和训练，但是片面地追求掌握了多少成语和词汇，理解这些词汇的表面意义，而没有真正注重这些词汇的感性色彩，把掌握词汇和感性体验结合起来，所以很多人写起文章来，"万紫千红"之类的四字成语可以成串出现，但是作品的个性风格和感性色彩却无从表现。这固然和一个社会政治文化形态有关，同时也和传统中八股文风有关。就中国当代文学创作及文学教育来说，这种情况已成为束缚作家个性风格发展的一大绳索，太多的"公众"词语、"公众"语气、"通用"的行文模式，给人千人一面的印象。要改变这种情况，不仅要在"表现什么"的方面下功夫，而且要注重对"怎样表达"的本体建构。

其实，在具体的艺术思维活动中，本体建构的意义不仅是确定"语言"，也是确定艺术家所表达的具体审美意识。当这种"语言"在艺术思维中再次被确定下来的时候，它就已经不再是先前的那种自我存在，已经具有了具体的艺术含义。例如我们在分析鲁迅《阿Q正传》创作中的一些事实时就会发现，在具体的艺术思维活动中，艺术家内在形象和本体建构的统一，是艺术家对具体形象反复感知，并通过自己独特的个性语言确定下来的结果。

对于创作，鲁迅一向主张对事物要经过静默观察、烂熟于心后再进入创作。从鲁迅谈及作品成因的资料中可以看到，鲁迅对于主人公形象是反复感知过的，熟悉其每一个细节特征，直至阿Q成为一个活生生的具象。鲁迅说阿Q"……该是30岁左右，样子平平常常，有农民式的质朴、愚蠢，但也很沾了些游手之徒的狡猾"。① 还说"只要在头上戴上一顶瓜皮帽，就失去了阿Q，我记得我给他戴的是毡帽。这是一种黑色的东西，将那帽边翻起一寸多，戴在头上的，上海的乡下，恐怕也有人戴的"。② 可见阿Q的形象在鲁迅心中是极其鲜明的，是活生生的"这一个"。所以鲁迅看了刘岘画的阿Q像后，认为"阿Q的像在我的心目中，流氓气要少一点"，而面对另一个画家的画像，则认为流氓气不足。可见具有鲜明的内在形象是一回事，把它用文学语言确切地表现出来又是一回事，两者之间并不完全等同。

鲁迅亲手修改的日译本《阿Q正传》手稿，为我们提供了珍贵的心理学资料。显然，鲁迅不可能用语言把思维中的全部内容表达出来，只能用特定的语言来提示这些内容，从而使这些语言具有具体的含义。例如，对于阿Q的"黄辫子"，鲁迅做了这样的注释："系指因营养不良，连头发也变成黄色的"。这表明在具体的艺术思维活动中，作为一种语言符号的"黄辫子"，已经在意味上发生了变化。它并不只表现一般的事物特征，而是连着一系列具体的心理意象。这个黄色不同于一般西洋人头发的黄色，也不是健康的"黄色"，而是"系营养不良"，不仅表现了阿Q的生活处境，而且也带有鲁迅对主人公的同情意味。再如对于"假洋鬼子"走路时"腿也直了"，鲁迅又注为"是因为学洋人走路的姿势"，其中隐含着更深刻的思想意趣。这一方面说明"假洋鬼子"走路腿直是"学"来的，过去并不直，这使人们自然联想到中国人习惯的那种精神状态。同时正因为是"学"来的，"假洋鬼子"的走路就带着一种故作姿态的样子，给人一种"东施效颦"的印象。这在另一方面又表现了鲁迅对这一类西化文人的态度。

由此看来，艺术思维活动的心理内容和某种"语言"表达有很大差异，前者要比后者丰富和细腻得多，而本体建构意味着对某种心理意识的提炼和"简化"过程。这时候，"语言"的抽象意味是在具体的艺术情景

① 鲁迅：《寄〈戏〉周刊编者信》，《戏》周刊（《中华日报》副刊）1934年15期。
② 鲁迅：《寄〈戏〉周刊编者信》，《戏》周刊（《中华日报》副刊）1934年15期。

中被确定下来的，其本身成了艺术家的本体意识和所表现的客体内容的承担者，表现为一种确定的美学关系。就具体的文学创作来说，艺术家通常在描写和叙述之间选择自己独特的建构方式，通过具体语句、语态、语气、语势等来表达自己的主观感受，构造形象。但是在这里，描写和叙述并没有相隔很远。有时它们表面上相距很远，但其内在意义却联结在一起。有的作家通过客观叙述来表现自己的内在情感，而有的作家则是通过描写再现客观事物。

由于"语言"被纳入这样一种独特关系中，本体建构本身也就呈现出多重含义。它不仅具有一般的表现和再现的功能，而且还具有更深的含义。在具体创作中，艺术思维活动本身有一种"张力"，通过有限的形式表现无限的内容。艺术家在创作中对于"语言"的细心推敲的过程，常常就是为了实现这种"张力"，尽可能表现更多的艺术内容。例如鲁迅写《阿Q正传》时，对阿Q打酒时的情景作过精心修改。原稿中写阿Q"从腰间伸出手来，满把是钱，在柜上一扔，说，'现钱，打酒来！'"但在后来修改时，把"满把是钱"改成"满把是银的和铜的"。虽然改动了几个字，却大大扩展了本体的意味，隐含着多种多样的意义。我们仔细分析一下就可以看到：1. 阿Q的变富是突然的，所以得来的钱不管多少都放在一起；2. 阿Q长期独自生活，混一天吃一天；3. 阿Q不会理财，银的和铜的是两种价值，阿Q并不分开收藏；4. 钱不是通过劳动从容得手的，而是在慌乱中得到的，阿Q自己也不知道有多少钱，也根本不注意这一点；5. 阿Q用这种方式显示自己的阔绰等。显然，从这些含义中还可以延伸出鲁迅对于阿Q形象的一些独特理解，表现出艺术表现的创造性。从这里也可以看出，在艺术思维活动中，本体建构显示了一种艺术创造的弹性结构，艺术家对于"语言"的选择和运用，在无形中决定着作品的艺术生命，铸造着有效的审美空间和时间。

当然，艺术本体的意味并不仅是体现在"语言"的选择上，还表现在处理这些材料的编排和结构形式之中。不同语句之间的粘连关系，语义群之间的连续与中断，叙述和描写的穿插和融合等，都不只是为了表现某种艺术内容而存在的，也是作为一种美学事实出现的，也就是说，特定的"语言"排列结构本身就具有独特的美学意味，具有发现和表现出某种超越个别"语言"材料的美学含义，更能显示一种艺术审美形式和思维方式的魅力。因此，在同一个艺术对象面前，不同的本体建构会把人引导到不同的艺术甚至文化层次之中，从而领悟不同的艺术风格和意蕴。例如在浪漫主义抒情笔调与现实主义的写实方法之间，在现实主义方法与现代主义艺术之间，都存在着本体建构上的这种明显差别。在这个过程中，不仅艺术家处理"语言"的时空意识不同，而且意味着"语言"的艺术功能也在发生重大变化。

在艺术活动中，"语言"排列和结构的变化，也许是最神奇的现象之一，而且，越是抽象的艺术，其显示的艺术意义就越明显。比如音乐的含义几乎全部取决于音符的组合形式本身，它决定了作品的内容、形式和风格，其基本的"语言"材料的意义还起到了某种艺术类型的规范作用。这在有的艺术门类中表现得不太明显，但是对于艺术创作来说具有同等重要的意义。实际上，在具体的艺术思维活动中，排列本身就是产生意义的胚胎，本体建构是一种心理操作过程，排列和结构就是这种心理操作过程的运动轨迹。而在文学创作中，丰富的艺术"潜台词"有时并不显露在语词的表面形态中，而是表现在语句排列的内在结构之中，高明的艺术家会通过语言排列的技巧表达出一般言语无法表达出的意味。鲁迅的《野草》就是如此。从表面上分析，这就如同一个用语言装扮起来的迷宫，在作品中充满着互相矛盾和冲突的语义群，在语言排列上表现出种种冲突、休止、跳跃和中断的特点，使人难以把握其确切的含义。但是，正是这种复杂的语言结构，显示出了独特的心理含义。例如在《这样的战士》一文中，作家的内在意志正是在"他举起了投枪"的连续运动排列中显现的，它不断从相反的语境中突显出来，一次又一次地在否定中获得肯定的意义。

三

显然，真正领略艺术"语言"排列和结构形式的本体意义并非易事，因为这几乎是一个纯粹的艺术王国，只有"内行"的人才能从光和色的搭配中，从音符和调式中，从语言的编排和体势中理解艺术创作。而大多数人也只能被作品直接显现的客观生活内容所左右，但当这种内容被高度抽象为某种形式的时候，就会感到茫然和无所适从。就艺术创作来说，这种形式的本体意味往往是艺术家在无意识中创造的。艺术家是在"为了表现"的过程中创造了表现的形式，而这种形式也会反作用于整个表现过程。

于是，在艺术思维活动中，本体建构就不单单是受控于艺术家主体意识，本体也不单单是艺术家主体的奴仆和工具，相反，本体建构是一个能动的心理过程，本体形式本身是思维活动中一种最活跃的因素，其任何微小的变动都直接影响着艺术思维的发展变化，以自己本体的意义作用于艺术家主体意识及其所表现的客观生活。因为在本体建构过程中，不仅意味着本体形式要符合艺术家主体意识的意愿和情绪，同时也意味着艺术家主体要尊重和符合艺术本体形式的意义和规则。而后一种过程绝不比前一种过程简单。

如果说思维和"语言"的延展是不可分割的，那么在具体的艺术创作中，本体建构就不单只为表现具体艺术对象而存在，而且也是为思维本身而存在。换句话说，本体建构并不只是艺术家想要表现什么，而后选择适当的"语言"材料和排列程序的过程，其方向和目标完全是既定的，相反，它会自行决定艺术家思维的方向，改变其内容，把审美注意力引导到一个未曾想到过的天地。在艺术创作中，所谓"灵机一动""豁然开朗"，常常是对本体意味的新的发现。这时，本体建构中某种特殊语言细节的出现，会对整个思维过程起到一种启迪和推动作用，"语言"材料本身会引导艺术家的思维。我们举过这样的例子，画家保尔·高更在创作一幅画像时，首先是对象（一个坎纳肯女子）的表象吸引住了他的兴趣，而敷色过程中的黄色又使这艺术家联想到了灯光、阴暗、夜里的磷光，显出橙与黄、青与紫的对比，引导艺术家最后完成了创作。可见，本体建构本身不是被动的，而是具有强化和重新刺激艺术家思维的能力，主动延展出新的艺术意味。邵大箴曾谈到现代派画家在材料和技法运用上有不择手段的特点，他还举过一个例子："一位在中国出生的西德女画家周仲铮，带来一些作品送给中国美术家协会，我们在看画时，发现她在某些画面上用色很特别，不用水彩，不用水粉，也不用丙烯。郁风同志问她，是用什么颜料画的？她说，她在作画时很激动，一面喝茶喝咖啡，一面作画，因为太专心，把画笔蘸到茶杯里以后又蘸到咖啡杯里，然后往画面上一点，就成了这个样子，一看觉得效果不错。"[1] 这个"效果不错"就典型地表现了本体建构的能动作用，它能直接显示出出乎意料的意味。

这并不奇怪，奥秘正好隐藏在本体建构过程中。在这个过程中，任何一种本体材料（艺术语言）都具有多重含义。对于艺术客体来说，它具有特定的意义，但是对艺术家主体来说又有另外一重含义。在具体的艺术表现中显示一种意义，但对于艺术家的整个经验世界又会有另一种意义。本体形式作为一种中介，和艺术家主体与客体都有一种不即不离的关系，所涉及的心理信息是不稳定的。当文学家面对一只白天鹅时，"白色"和天鹅会产生一层关系，但"白色"这个词的意味并不只如此，它能在艺术家主体世界唤起一种新的经验，一种新的感受和意境，例如他可能联想到白雪、珍珠、白云、白玉、大海的泡沫、故乡的棉桃、天山的羊群等。有时这个词也许还会把艺术家心灵深处的某种感受、印象和意境重新唤起，激起艺术家更多的想象，把艺术思维推向新的境界。其实，在电影艺术"蒙太奇"手法中，就充分发挥了这种本体建构的意味。所谓"用画面说话"，就是利用艺术本体，主体与客体这种稳定的或不稳定的心理联系来制造艺

---

① 邵大箴：《现代派美术浅议》，河北美术出版社，1982年，第94—96页。

术效果。可以说，在艺术思维活动中，本体建构对于艺术创作具有再生性想象和构思的作用。任何一种艺术"语言"，例如音符、色彩、词句、线条，乃至已经形成的旋律、构图、章句，都不只是在表达一定的内容，而且还在提示着新的内容，以本体的特殊形态刺激、激发艺术家的心理，引起继起的联想和情景反应，从而使艺术思维活动充满跳跃、突变、转机等灵感喷发的可能性。应指出的是，这种再生性激起的心理反应往往是综合的，并不仅限于某种单一感官。例如当一个人看到"大象"这个词时，会有一种表象穿过头脑，但是并不只局限于视觉表象。如果他是在一个风和日丽的春日见到大象的，旁边一个小青年哼着流行歌曲引起过他的注意，这里还有一股动物粪便的臭味，那么他又会感受到这一系列表象的复现。在艺术创作中，艺术家会常常受到这种情景的影响和牵制，不断地创造出新的联想来打破老的联想，推动思维活动向前发展。

显然，这种再生性想象会受到艺术家经验和习惯的牵制，有时他们甚至会屈从于这种经验和习惯，使创造性的思维回归于经验的重复。艺术思维过程中的本体形式会用恒常的经验形态来设置障碍，甚至剥夺艺术家创新的机会。例如当我们看到"白色"的时候，大多数人都会想到"雪"一样，看到"红"，自然会想到"血"，人们的想象不得不受到恒常习惯的限制。笔者曾做过一次测试，让一个班的大学生不用"雪"和"血"来形容白色和红色，结果发现精彩的比喻很少。这种情景无形中限制着人们的想象力。在艺术创作中，既定的艺术经验在这方面起到了很大的作用。英国音乐理论家柏西·布克就曾提醒人们注意习惯的危险，他说："这是你们当中有些人和我自己都经历过的一种灾祸，它常发生在一个音乐作品的某些可以重复的乐段上面，作曲家为第一个场合提供了一个结尾，为第二个提供了另一个结尾。当你发现你已来到了第二遍的时候你又失去线索，你不得不回到第一遍的开头重来，从而在这种永无穷期的走马灯里解脱不出来，在这里简直一点希望都没有。"[1]

---

① 柏西·布克：《音乐家心理学》，金士铭译，人民音乐出版社，1982年，第20页。

在艺术思维中，本体建构往往制造着这种艺术的圈套，使艺术家在某种公式化创作中走不出来。不过，这种恶作剧常常是由既定的"语言"经验和习惯造成的，当艺术思维到了某种习惯的交合时刻，思维很容易沿着过去习惯的道路驰去，就像想到"白色"就立刻想到"雪"一样。如果把本体建构看作是艺术创作的一种符号化过程，那么这种符号本身也会形成某种思维定式。由此可见，艺术思维活动中的本体建构极其复杂和活跃，艺术本体的美学意味是在动态运动中显示出来的，必然受到多种因素的牵制和影响。作为艺术创作的中介，本体建构一方面承担着表现某种艺术内容的任务，是艺术思维的载体和外壳；另一方面又是思维的本体内容，自己表现自己，它携带着艺术家独特的思想感情和情绪特征，同时又会对艺术家的主体思维产生反作用，作为一种自在的客体重新刺激艺术家的心灵。它的意味要在"公共语言"中得到认同，同时又必须切合艺术家独特的个性，这一切都加剧和造就了艺术思维活动内部的矛盾冲突，推动美学理想转化成具体的艺术作品。在这个过程中，本体建构不仅表达着内容，而且建造着艺术形式，并通过形式来表达一种用一般"语言"无法表达的意蕴，由此构成了艺术思维活动中又一精彩的创造。这一切都将取决于它和艺术家文化心理世界的紧密联系。

第十章

艺术思维活动的通感效应

一

通感，是一种普遍的心理现象，艺术思维活动与这一心理现象有着密切联系。

人的心理活动是以感觉活动为基础的。感觉，是人认识世界的最直接的形式，它通过人的各种感官产生。作为人们认识客观世界的形式，感官和客观世界处在一种相互矛盾而又相互统一的关系之中。

尽管人的感觉方式有限，却可以排列组合成无限的结构方式，不断延展和扩大认知的范围。各种感觉都是在它们相互形成的一定的内在关系中显示出实在意义的。这种内在关系就是事物的各个属性在人的感觉领域内构成的整体反应。而单一的感觉形式一旦从与其他感觉的联系和沟通中完全孤立出来，即使再敏锐，也会显得苍白无力。人们正是根据各种感官的相互依存关系，以综合感觉的形式，在一刹那间去感知事物的。

人的各种感觉能互相沟通，是因为各个感官在生理上具有内在联系，同时也是由造就它们的自然母体的客观属性和本来面目决定的。只有这样，人才有可能通过自己的感官去认知周围的客观事物。当人们自觉或不自觉地把某种感觉形式和另一种感觉形式联系起来的时候，体现的不过是事物不同表现形式的恒常关系罢了。在科学上，形、声、色、光等在一定条件下能够相互转化，早已得到了证明。人们常常根据这种间接的统一关系来确定和鉴别事物的存在和性质。

这是一种综合的感觉，有人称之为"统觉"。当一个观念出现在我们大脑中，它立即会引起心理中其他感觉的骚动，形成一个综合的印象或者联想。这种综合感觉，实际上产生于人的经验过程。在日常生活中，人们感知某种事物，往往不可能一下子感触到这种事物各个方面的属性，但通过经验却可以作出正确的判断。例如，看到苹果的外形，人们并不一定要用触觉和味觉去证明"这确实是苹果"，这是因为人们根据日常经验，把苹果的外形和其他别的属性判断联系在了一起。所以当我们看到一个苹果的外形时，经验中触觉和味觉自然而然地就已经参加了判断活动。无疑，日常经验中的这种联系，有时也会对人产生"欺骗"作用，使人们在主观上"弄假成真"，一个外形上酷似苹果的"苹果"有时也会引人垂涎。不过，尽管这种"欺骗"在日常生活中会令人不快，但是在艺术活动中却令人愉快，因为人们可以借助通感现象获得神奇的艺术效果。

很多人都注意到了通感现象。贝克莱（1685—1753）在《视觉新论》中就注意到了人感觉领域中的相互关系，他指出："我们必须承认，借光与色的媒介，别的与此十分差异的观念也可以暗示在心中，不过听觉也一样具有此种间接的作用，因为听觉不但可以知其固有的声音，而且可以借它们为媒介，不但把空间、形相和运动等观念暗示在心中，还可以把任何借文字表示出来的观念提示于心中。"贝克莱认为，正是因为人的感觉已经有了习惯的、密切的联系，所以我们的耳朵一听到熟悉的文字语言，和它相应的那些观念立即就会呈现在我们脑海中，声音和意义是在同一刹那进入人心理意识的。显然，他这里所说的感觉的"暗示"已接触到了通感现象。这种心理上的"暗示"是在人的感觉经验基础上产生的，是由人们习惯性观察到的诸种现象和观念常在一块出现的恒常经验所决定的。在这一点上，大卫·休谟抱有相同的看法。他说："我们如果考察物体的各种作用和原因之产生结果，那我们就会看到，各种恒常的物质是恒常地汇合在一块的，而且人心借习惯性的转移，会在此一物象出现后，相信有另一物象。"①

　　无疑，这种"暗示"，这种"习惯性的转移"，不仅指人心理活动中感觉相互应合的现象，而且也启迪人们综合地去考察人的心理活动。联想主义心理学就是建立在感觉与观念的联系上的。他们把知觉和观念当作一个派生或复合的过程，强调复合观念的意义。例如砖是一个复合观念（Complex idea），灰浆是另一个复合观念，这种观念，加上位置和数量观念，组成了人们关于一堵墙的观念。实际上，这种复合观念表现了一种整体和综合的研究方法。不能不说以后出现的完形心理学与此有很大关系，他们认为经验常有一种整体性，感觉元素在不同条件下受这种整体性的制约，其变化是很大的。他们强调整体不同于其部分之和，还特别提出了"场"的概念，综合地来考察人心理活动的规律。

　　由此看来，心理活动中的通感反映了人认识客观生活的综合能力，最终是由客观存在的整体形式所决定的，这两者之间存在一种内在的一致性。人们通过实践，不断积累对各种事物与现象的感觉经验，人的感觉不断加强和尖锐化，又促进着人经验世界的扩大和丰富，这样，反过来又为感觉的加强和敏锐化造就着基础。一个人在认识客观事物的过程中，越能沟通各个感觉领域的相互关系，感觉就越丰富灵敏，就越能产生通感。

　　人们在感知客观事物的过程中，一方面用总体感觉的方式去获得对事物的整体认识，另一方面又在同一客观对象的基础上，使每一种个别的感觉获得了自己的实在意义。因此，通感作为一种心理现象，使某一性质的感觉可以同其他性质的感觉形式形成某种同一、共存或者补充，甚至替代的关系。

---

① 休谟：《人类理解研究》，关文运译，商务印书馆，1957年，第83页。

二

人心理活动的这一特点，对艺术思维活动至关重要，关键是能否把一般的通感转化为艺术的通感。而艺术活动中的通感不仅仅是一个艺术表现手法，而且是一个与心理学、美学相联系的艺术的基本问题。

艺术的魅力首先在于它的感性力量。艺术的通感并不完全属于一般的感觉现象。艺术创作的目的是给予人们一个活生生的、流动着的、生活的整体形象，使人感到闻之有声，视之有象，触之有物，情不自禁地沉浸在艺术家所创造的境界之中。李斯特论肖邦时说："艺术的多种多样的形式可以说是一种咒语；艺术家想把感觉和热情变成可感、可视、可听，并且在某种意义上是可触的东西，他想传达这些感觉的内在的全部活动，而艺术的各种各样的方式正是供在自己的魔圈中唤起这些感觉和热情用的。"[1]艺术家正是通过这种感性力量来实现自己的美学理想的。艺术形象的魅力在一定程度上依靠引起通感的能力。可以设想，假如离开了人的感觉能够互相沟通，能够在一定条件下产生通感这个先决条件，艺术创作是很难具有这种感性力量的。从人的心理活动来说，人们在自己的感性活动中，其自身的感觉形式与千姿百态的自然存在相比较，是显得非常贫乏的。单一的感觉形式一旦从其他感觉的联系和沟通中孤立出来，即使再敏锐，也会显得苍白无力。仅凭视觉，红墨水和鲜血几乎难以分辨，很容易蒙混过关。因为一种感官往往只能完成对事物某种现象和属性的认识，而不是整体的把握。而通感却能够使人们在一刹那整体地感知事物。这犹如法国18世纪一位唯物论者拉·梅特里所说的："正如提琴的一根弦或钢琴的一个键受到振动而发出一个声响一样，被声浪所打击的脑弦也被激动起来，发

---

[1]　费仑茨·李斯特：《李斯特论肖邦》，张泽民、高士彦、虞承中等译，人民音乐出版社，1965年，第2页。

出或重新发出那些触动它的话语。"① 一个形象的创作过程也离不开这种联动过程，一种感觉的触动，往往是对艺术家整个心灵的一种提示，唤起的是整个心灵的一种幻象，使艺术家全部身心沉浸其中。

因此在艺术思维活动中，艺术家一方面以综合感觉形式去完成对事物的把握；另一方面又是把自己的感受建立在事物的整体面貌基础上的。我国成语中"望梅止渴"之类的说法，在一定程度上就反映了艺术创作的通感意义。口渴的人看到梅或画的梅，吃梅的感觉经验也会一拥而上，引起一系列的心理和生理反应。这虽然近似笑谈，但是在艺术思维活动中，艺术家心理就带着一种"望梅"的性质，需要调动起自己的全部身心来"画"这个"梅"，"望"这个"梅"，否则，其"梅"也不会富有真正的艺术魅力。对此钱锺书先生曾有过精细的论述，他说："在日常经验中，视觉、听觉、触觉、嗅觉、味觉往往可以彼此打通或交通，眼、耳、舌、鼻、身各个官能的领域可以不分界限，颜色似乎有温度，声音似乎有形象，冷暖似乎有重量，气味似乎有锋芒。诸如此类在普通的语言里经常出现。"② 他在《通感》一文中举出很多艺术创作中的例子来说明通感所具有的美学意韵。

通感现象也使各种不同类型的艺术创作获得了相通的基础，这样，艺术在表现同一对象的时候，可以利用各种不同的感觉形式的敏感性，去达到由此一美感引起彼一美感的艺术效果。对此，一位国外搞音乐理论的学者曾这样说："听感觉具有某种触觉的性质"，"内耳的器官和外部感官以及皮肤感官，从种系发展上来说可能都是'触觉结构的某种最普遍的形式发展'"。③ 奥地利的汉斯立克还针对这种现象提出了音乐审美上的"替代"观点，他指出："通过乐音的高低、强弱、速度和节奏化，我们听觉中产生了一个音型，这个音型与某一视觉印象有着一定的类似性，它是在

---

① 拉·梅特里：《人是机器》，顾寿观译，商务印书馆，1981 年，第 33 页。
② 钱锺书：《旧文四篇》，上海古籍出版社，1979 年，第 52 页。
③ G. 黑顿：《生理学与心理学与音乐的关系》，音乐译丛编辑部《音乐译丛》（第四集），音乐出版社，1963 年，第 229 页。

不同的种类的感觉间可能达到的。正如生理学上在一定的限度内有感官之间的'替代'（Vicaricron），审美学上也有感官印象之间的'替代'。"①众所周知，莱辛早在《拉奥孔》中就曾举霍加兹的绘画《愤怒的音乐家》为例，说明一个画家是怎样用诉诸视觉的符号，来描绘听觉和其他感觉对象的。

可见，通感之所以和艺术思维活动缘分很深，在于艺术家能够在通感的基础上创造出完整的艺术形象。这正是艺术家所梦寐以求的。近代西方美学家克罗齐是把自己的美学体系建立在直觉基础上的，而他所说的直觉和通感有密切的联系。在《美学原理》中，他提及了艺术中的通感现象，并且意识到任何一种艺术都必借助于通感来达到自己的美学目的。他在谈到绘画中形象的整体性时说道："又有一种怪论，以为图画只能产生视觉印象。腮上的晕，少年人体肤的温暖，利刃的锋，果子的新鲜香甜，这些不也是可以从图画中得到的印象吗？假想一个人没有听、触、香、味诸感觉，只有视觉器官，图画对于他的意义何如呢？我们所看到的而且相信只用眼睛看的那幅画，在他的眼光中，就不过像画家的涂过颜料的调色板了。"②

绘画是如此，其他各门艺术何尝不是如此呢？哪一种艺术不是艺术家用全部身心去感受和体验生活，力求真实完美地再造生活的产物呢？而这种艺术作品和形象只能在人的各种感觉与感受同时起作用的时候，才能获得完整的、活的生命力。在艺术思维活动中，通感是一种良好创作状态的必要条件。随着心理学、美学的不断发展，人们越来越注意到了艺术创作中通感现象的美学意义，自觉地在创作中抓住通感的触发点。

这一点随着艺术创作发展表现出越来越重要的意义。在初级的艺术活动中，通感也许是以诉诸人感官的直接形式表现出来的。那时，艺术是以文学、音乐、舞蹈等综合形式出现的，形、声、色等直接诉诸人的感官，表现为外在的一种完整形象。"情动于中而形于言，言之不足故嗟叹之，

---

①　爱德华·汉斯立克：《论音乐的美》，人民音乐出版社，1980年，第28—29页。

②　克罗齐：《美学原理》，朱光潜译，商务印书馆，2012年，第7页。

嗟叹之不足故永歌之，永歌之不足，不知手之舞之，足之蹈之也。"① 这生动说明古人为了创造整体性的艺术活动，是不满足于某一种表达手段的。即便是用文字来表达，他们也不愿放过任何一个生活细节，形成感觉上的缺陷。看看《荷马史诗》吧，希腊人为了描绘出完整的人物形象，对于人物的服饰、容貌进行了多么细致入微的描写啊，几乎不放过衣服的每一条皱褶。这一切都是为实现形象外在的完整性，使人能够视之有象，呼之欲出。

当然，这种整体性是艺术较为低级阶段的产物，人们只能通过外在的直观形式去把握形象，艺术创作中内在的完整性和外在的完整性是协调一致的。随着艺术分门别类地发展，人们开始通过单一的、个别的艺术形式去创造形象和把握生活，但是艺术创作中形象的整体性特征并没有失去意义，只是逐渐由外在方式向内在方式转移了，不再全部依靠外在的直观形式来完成，开始越来越多地依靠内在的、心灵的方式来实现。所谓艺术中的通感现象已越来越深藏于艺术创作和欣赏的心理过程之中了。中国古代《韩非子·十过》中曾这样记叙过音乐演奏的艺术效果："师旷不得已，援琴而鼓。一奏之，有玄鹤二八，道南方来，集于郎门之垝；再奏之，而列。三奏之，延颈而鸣，舒翼而舞，音中宫商之声，声闻于天。"很多人认为这不过是一种夸张而已，实际上是表现了一种艺术欣赏中的神奇感受。

由此看来，如果说艺术活动是对于生活整体性的感受和表达，那么无论是外在直观形式，还是内在心灵沟通，都离不开心理活动中的通感。通感，在艺术创作中，不仅搭起了从生活到艺术的桥梁，而且也把单一的艺术类型和整个艺术发展紧紧联系在一起。

实际上，在艺术创作中，任何一种艺术（包括综合艺术），都不可能达到对艺术对象事无巨细、一丝不漏的描写。因为任何一种艺术符号都不能表现出艺术家的全部心理感受。从艺术思维的心理过程来看，任何事物

---

① 《毛诗序》，北大哲学系《中国美学史资料选编》，中华书局，1980 年，第 130 页。

的形、声、色、貌等个别现象特征，只是对一种形象的提示和规定，意义在于唤起艺术家整个感觉世界对形象的幻象和联想。艺术家所运用的任何一种物质手段，例如文字、色彩、音符、动作等，只有在和艺术家所感受到的整体形象相联系时，才具有艺术意义。这时候，这种艺术符号已摆脱了它本身单一的物质范围，且获得了综合的心理意味。

在艺术活动中，这种有效提示只有在深刻地了解生活，积累了丰富的感觉经验的基础上才能实现。艺术家根据自己的生活经验创造形象，把自己的全部心理感受用某种艺术符号表现出来，而欣赏者则依据这符号，在自己生活和艺术经验的基础上把它们还原为内在形象，从这个意义上来说，艺术中的欣赏活动同样复现着艺术中的通感现象。通感，不仅给予欣赏者通过某种艺术符号去感受整体形象的可能性，而且使欣赏者能够主动地，具有想象广阔天地意识地去体验和认识艺术作品。这样，欣赏者通过调动自己的心理经验，能够补充和完善艺术家在创作中没有显现或不必要显现出来的部分和环节，把艺术符号还原成活生生的形象，展现在自己心灵的眼睛中。可以想象，任何艺术作品经过欣赏活动的再次定性，它的完整性和鲜明性是不可能和艺术家心理中的形象（带着艺术家的主观色彩）达到天衣无缝的一致的。当然，这里也有一个界限，欣赏者的再创造一般是遵循着艺术家思维活动逻辑进行的，不可能完全超脱艺术作品所规定的形象范围。

由此可见，从生活到艺术，又从艺术再"还原"到生活，在这一系列创造和审美心理的有序发展中，都有通感起着重要作用。艺术作为整体性的生活和生命再现，需要艺术家和欣赏者共同完成。艺术作品的本体建构，只是唤起欣赏者创造审美意境的符号，当这种符号一旦和活的心灵世界结合在一起，其意义就不再是单一的，而成为艺术形象整体属性的体现。

因此，艺术家在自己生活和艺术经验的基础上创造形象，欣赏者同样需要在自己生活和艺术经验的基础上通过想象，运用通感来加以显现和理解。通感是一座艺术传播的心理桥梁。如果说，在艺术创造活动中任何细节都和整体形象（构思）紧密相关，从艺术家全部感性经验中提炼出来，那么，在艺术欣赏活动中同样如此，欣赏者在显现和理解它的时候，必须调动自己的全部生活经验，发挥由此及彼的想象作用。当我们欣赏古希腊的雕塑《掷铁饼者》的时候，并不会让自己的想象停止在这一瞬间的静态表现上，而是在心理上完成了从准备到投掷的全部动作过程。也许我们不仅能听到铁饼掷地的声音，而且能听到一片热烈的欢呼声。马克思说过，音乐的造就和欣赏音乐的耳朵的造就是同等重要的。对艺术创作来说，艺术作品的创作和欣赏艺术的审美心理也是同等重要的。所以，优秀的艺术作品是万古常新的，因为它的价值不仅存在于其本身的特色，而且在于能在欣赏者心中引起的感情和意象，而这种感情和意象是随生活不断更新的。

三

正因为通感的基础，艺术创造和欣赏才获得了丰富多彩的样式和自由驰骋的广阔天地。在艺术活动中，无论是外在直观形式，还是内在心灵视象，实际上都离不开通感。如雪花飘落，骏马奔驰，红日东升，小鸟歌唱等，这些现象可以用音乐、绘画、舞蹈、雕塑、文学等各种艺术形式来表现，而每一种形式都可以把人们引导到一种充满生命活力的艺术境界中去。这时，艺术给予我们的不单单是一种视觉或听觉印象，而是通过心理上的通感产生的一幅生动立体画面。当我们的艺术通感能力发挥得越充分，艺术品所显示出的画面就越广阔，越鲜明，也越显风采。

在现代艺术发展中，各种艺术形式的相互渗透、相互借鉴越来越普遍。而综合艺术，例如电影、电视、戏剧的迅速发展，正在把人们引导到一个更加广阔的艺术世界，迫使一些艺术部门如绘画、音乐、文学等，不断吸收综合的表现手法来丰富自己。这一切都加强了通感在艺术思维活动中的作用。例如有人创造出一种"色彩音乐"的形式，通过作用于人的视觉与听觉的沟通，达到艺术欣赏中视觉与听觉的和谐统一。可以说，这是人类依据人感觉领域内在关系创造整体性艺术形象的一种尝试。从原始艺术中外在的综合表现，到现代艺术追求内在感觉统一的尝试，反映了艺术形态的整体性在通感基础上不断向更高发展的情景。艺术一方面在不断分化，出现越来越多的门类；另一方面又在不断重新综合，合中有分，分中有合，这一艺术发展的规律都是和艺术思维活动的通感现象分不开的。

就此意义来说，艺术中的通感给艺术思维活动开辟了广阔的天地。借助通感，艺术家不仅能够整体地把握形象，而且能够在艺术作品中创造景外之景、象外之象，进而获得"官知止而神欲行"的艺术效果。

生活是一个流动的整体，这并不意味着艺术家表现生活要面面俱到，用各种细节的描写去塞满整个心理空间。相反，在艺术创作中，艺术家有时蜻蜓点水，落墨不多，却能触通万象，表现出丰富的构思和形象内涵。这是因为事物的各种属性是互相联系着的，而且总是与事物的整体性和本质联系着。当艺术家把握了它们之间的内在关联，即便是描写一些微小的生活末节，也能闪烁出迷人的艺术风采。我国文艺理论家钱谷融先生在论及细节与整体形象关系时谈到，凡是不能从现象与本质的有机统一中来把握事物，不能把事物当作一个活的整体来感知来认识的人，就绝不能成为一个艺术家，就绝创造不出生动的艺术形象来。譬如，青年男女的一颦一笑，在不相干的人的眼里，无非是一颦一笑而已。但在他（或她）的情人眼里，这一颦一笑之中该是包含着多么丰富深厚的情意啊！艺术创作中所包含的深意，就是使人不仅感触到艺术家所描写的，而且还可以由此感悟到更深远的东西。艺术的魅力常常表现在不仅能使你想起，而且是自然而然地想起，像从蚕茧里抽丝一样，能从你的感觉世界抽出一个头来，就能从你的经验世界中引出不断的长丝，往往是萦萦绕绕，犹如余音绕梁，三日不绝。

于是，通感往往在有限的艺术符号背后，造就了一个藏龙卧虎的天地。中国古代画论中讲究一个"藏"字。明代唐志契谈山水时就有"盖一层之上更有一层，层层之中，复藏一层，善藏者未始不露，善露者未始不藏，藏得妙时便使观者不知山前山后，山左山右有多少地步"的议论，所谓"藏"也许就是在表现对象中留有余地，使人们通过有限的画面去领略更深更多的东西。例如我国古代有"深山藏古寺"一画，画面上只画了一个和尚在山道上取水的途中，并没有出现任何古寺的画面，却因此收到了"无寺胜有寺，无寺藏万寺"的审美效果。因为每个人都可以根据画面提示，想象出一座古寺来。在艺术活动中，很多作品能够打动人心，常常并不在于所描绘的生活有多奇特，有时甚至是习以为常的小事，而在于它在人整个心理世界的特殊地位，它能够在人的心灵中引起深远的回声，这个回声提示人们去透视整个生活，感触生活现象与本质之间的极其神奇的联系。

这种联系离不开艺术中的通感现象。显然，没有通感，人们很难把握事物各种属性之间的关联，进而借助于经验去联想，把握各个事物之间的关系和联结，这样艺术作品就会成为僵死的东西，这如同莱辛所说过的，没有联系，没有各个部分的内在的联结，最好的音乐也不过是一堆无用的沙粒，不可能给人以持久的印象。因此，找到通感的触发点，找到事物各个属性之间的关节点，就成为艺术创作过程中的一个关键。艺术家常常冥思苦想、费尽心机的症结就在这里，通感的触发点往往就是艺术创作的突破口。

由此完全可以说，艺术思维活动的奥秘之一，就是善于把握对象的关系以及把握对象的各种感觉形式之间的关联，用各种手法启迪人们的通感，以引起人们丰富的审美想象。这是由于，既然事物的各个属性是紧密相连的，既然艺术家只能在永远变化的生活中选取某一事物或事物的某一方面进行描写，那么，艺术家就必须选择生活中最富有代表性的特征来描写，在现实的艺术对象中选择最理想的属性及能引起多方面感触的特征和细节来表现，努力把无限的生活寓于有限的描写之中，把完整的形象用实际上不完整的画面表现出来，用个体来反映全体，把瞬现即逝的生活剪影凝结为永恒的艺术造型。而这一切都首先集中在艺术思维活动中某个"这一点"上。艺术家通过"这一点"达到整体形象的再现，给人以不尽的情趣和意韵。

"这一点"就是艺术思维活动中的"眼睛"。每个艺术家都在艺术创作中寻找着自己的"眼睛",它往往是通感的触发点。我国古代有名的画家顾恺之在人物画中就把人物的眼睛作为通感点,非常重视画眼睛。《晋书》记载:"恺之每画人成,或数年不点目睛。人问其故,答曰'四体妍蚩,本无关于妙处,传神写照,正在阿堵之中'。"要传神,眼睛就显得特别重要。"征神见貌,情发于目",这正是艺术的经验之谈。因为眼睛是人物心灵的窗口,最能引起人的想象和联想,艺术能通过它传递出整个形象的面貌。其实,艺术存在着各种各样的"眼睛",艺术也能够把任何事物的任何一点化成艺术的"眼睛",使它在创作中把心灵,把整体形象的魅力显现出来。这个"眼睛"就是在特定条件下,最能引起最生动的感性形象的属性或细节,在人的感觉经验世界里,这是最敏锐的一根弦,拨动了它,就拨动了整个感觉和想象的世界,带来对形象的综合感受和总体印象。艺术的魅力就是通过这种"眼睛"表现出来的。因此黑格尔曾指出,"艺术也可以说是要把每一个形象的看得见的外表上的每一点都化成眼睛或灵魂的住所,使它把心灵显现出来";"不但是身体的形状、面容、姿态和姿势,就是行动和事迹、语言和声音以及它们在不同生活情况中的千变万化,全部要由艺术化成眼睛,人们从这眼睛里就可以认识到内在的无限的自由的心灵"。[1]

中国古代诗论中讲"诗眼",也包含着通感的原理,说的也是通过个别的"点"的艺术表现,来感发对整体的想象,诗人创作就是要随时寻找、发现并表现这种具有通感价值的"点"。"红杏枝头春意闹"中的"闹"字是一种声觉的启发,形声并茂,显得格外生动。"僧敲月下门",听之有声,触之有物,玩之有味。词用得好,就在于诗人选择了景色中最引人动情的东西,在整个描写对象中有引起通感的能力,从而触发人们对于诗境情不自禁的联想和想象。唐代诗人刘禹锡说过,片言能够明百意,坐驰可以役万景,工于诗者能之。高明的诗人总是善于发现和表现自己形

---

① 黑格尔:《美学》(第一卷),朱光潜译,商务印书馆,1982年,第193页。

象的眼睛，从而能够创造出新的境界。

在艺术思维活动中，人的想象遵循着一定的形象和感情逻辑进行，从形象的一个属性转移到另一个属性，从一个意象跳到另外一个意象，通过符号表现出来的只是内在关系的各个"点"。但实际上，这些点的地位和排列并不是平等的、并列的，在一定的条件下，总有其中一两种属性最能代表事物的整体面貌，因而也就处于突出地位，成为事物鲜明的特征。当然，事物的"点"与艺术的"点"又不是一回事。因此，艺术家在艺术创作中，不能仅仅停留在对象一般的直观形式上，而是要细心地寻找独特的最佳的艺术通感点。可以说，艺术创作的艰巨性和创造性，用别林斯基的话说就在于，仅用一个特征，一句话，就能够把任何你写上十来本书也无法表现的东西生动而充分地表现出来。如果说艺术表现的任何属性都有可能成为形象的"眼睛"，那要得到它的青睐，艺术家要付出辛勤的劳动去发现它和创造它。在创作中，感觉印象是在不断流动和消逝着的，某种最敏锐的感觉在一刹那闯入艺术家的头脑，被艺术家捉住，于是生活中一片偶然、杂乱的自然截面被理解了，构成了一个有机的艺术整体。这就是灵感。通感常常是创作灵感的开关。

显然，不能设想，艺术创作中有固定的通感触发点，这正如不能设想凡是有代表意义的事物特征和属性，在艺术创作中任何时候都具有同等价值一样。因为不同的情况下艺术创作还要受到思想感情的支配，因此形成十分复杂的情形。同一对象的属性，不仅在各类艺术中有不同的注重点，而且对不同艺术家的触发也不同。在诗人面前，一个苹果的形状可以使他浮想联翩，在另一种情况下，苹果的香味也可能使他如醉如痴。同样是咏梅，"待到山花烂漫时，她在丛中笑"和"零落成泥碾作尘，只有香如故"，一个写态，一个写味，各有千秋；同样描写音乐，"大珠小珠落玉盘"和"石破天惊逗秋雨"，想象迥异，但各有其妙。艺术家寻找通感的触发点，不仅取决于艺术对象，也取决于生活环境、思想感情等因素。但有一点是相同的，那就是艺术家在思维中要选择具有神秘艺术效果的感触点，就要下功夫，观察研究一切现象，丰富自己的经验和感情世界，培养自己敏锐的艺术通感能力，使自己有更多机会触发灵感的开关。勤奋，也许永远是打开灵感之门的真正钥匙！

　　总之，艺术思维活动的通感现象涉及艺术创作中主观与客观、情感与意志，以及创作与欣赏等过程中许多重要问题。深入探讨这个问题，是很有必要的。我们在这里做一次短暂的停留，是为了走进艺术思维活动更为错综复杂的状态。

第十一章

艺术思维活动的场依存性和场独立性

一

从心理学角度来说，人的任何思维活动，包括感觉印象、知觉判断和理性思考，都是在一定情景中进行的，因此必然要受到这种情景的牵制和影响。我们可以把这种具体情景理解成"场"。大量的心理学实验证明，人的心理思维活动具有二重性格，一方面是主体思维对特定的"场"情景的排斥和抗拒性，一方面则是对"场"情景的接受和依赖性。有的心理学家把前者称为主体的"场独立性"，把后者称为"场依存性"。美国一个心理学家就曾用大量的心理试验来证明，不同性别艺术家的场独立性和场依存性是有差别的。艺术思维活动同样存在于一个特殊的"场"情景之中，这就使我们有可能进一步扩大探索艺术思维奥秘的视野，把艺术家主体和艺术对象作为一个整体心理结构来认识。

如果设想我们是从一个大的圆环走进创作心理活动的深宫，那么作为一种"场"情景，我们也许首先走进的是一个大广场，创作首先是在特定社会生活所构成的外在情景的心理氛围中进行的，它具有丰富的多层次的内容，包括社会政治条件、读者对艺术的要求、生活环境、出版背景等多种因素，对创作的影响是巨大的。但是，我们再走进去，走到艺术思维活动内在的"场"情景之中，这里活跃着已经蜕变为艺术内容或者正在蜕变为艺术内容的一切因素，艺术家主体的场依存性和场独立性，就是建立在艺术思维内各种因素的美学关系中的。

在艺术思维活动中，一定的"场"情景是用艺术家主体和生活对象熔铸而成的。当一种"场"情景一旦生成，就同艺术家主体建立起了两种关系，一方面它是主体的产物，是主体的附庸，同艺术家主体保持着千丝万缕的血缘关系；另一方面则表现出它是一个自在之物，显示出自然的独立品格，具有摆脱艺术家主体氛围的独立意志，和艺术家主体产生某种离异现象。因此，如果设想艺术家主体本身是一个完满的王国，但是当具体生活作为艺术对象时，一旦闯入了这个王国，和一些主体因素汇合起来，占据一定的空间，原来完满的王国就开始了分裂，主体的王国和形象的王国彼此要求新的理解和新的融合。作为具体形象的需要，形象世界要艺术家来理解它，服从其自然性质，用生命去充实它；而作为主体，它是以整个社会的面目自居，对于具体生活具有超越具体性的思考，它要求具体形象归随自己，用主体的力量去驾驭它。思维的张力随之在不同层次上向对方展开，形成一个黑白相间的中间地带。

艺术思维活动体现了具体的场依存性和场独立性相互搏斗、融合的复合过程。场依存性体现为一种活生生的本原存在，在艺术中维持自身完整的有机生命状态，它把艺术家引导到对象的生活中去，引向人的心灵深处，去领略大千世界的亭台楼阁、草木花树，去体验人物灵魂最细微的颤动，倾听对象内在心灵发出的最隐秘的话语，有时候需要艺术家不失时机地潜入到人物的梦境之中，理解人物无意识和潜意识的活动。很多艺术家在创作中所表现出的对象情景的迷恋、忠诚和真挚态度，为我们提供了真实的心理标本。巴尔扎克在写作中常常沉浸在一种和自己创作的人物纠缠不息的状态，当他写到高老头死亡的时候，不由得自己失声痛哭。这里实际上表现了一个微妙复杂的"心理结"，巴尔扎克爱怜自己的主人公，不愿意让他去死，但是主人公又不得不去死。这种相悖的心理过程纠缠在一起，它的缓解过程是通过对方得以实现的，很明显，巴尔扎克对高老头的爱怜，不愿其死的感情，只有在主人公悲惨死去的氛围中才能得到最大的释放，获得艺术的满足。同样高老头不得不死的结局，是巴尔扎克在对主人公爱怜感情不断发展的过程中完成的，这里艺术家体验的是一种生活的痛苦，同时又在享受一种创造的艺术快感。艺术思维活动中的场依存性赋予艺术家主体多种表现自己的可能性。

显然，艺术思维活动中的场依存性，一开始就体现了艺术创作的统一力量，本身包含着主体的主动性，但却以"被动"的方式显示出来。艺术创作是在具体的客观生活起点上进行的，而这个点一旦在心理中被确定下来，对于制约和提示后续的思维内容，就有了先导的主动权，开始和艺术家分享创作的进程，在无形与有形之中牵动着艺术家的生活经验。大量的心理实验证明，人对事物的判断总是受到周围情景影响的。在创作中也是如此，艺术家要确定一个房间的陈设，当摆上第一件物品时，往往就确定了这个房间的整个风貌，因为这必须符合自己的整个设计，这个设计是通过各种物品的和谐关系表现出来的。这里我们可以想象，为什么鲁迅曾多次说明，阿Q戴的是那顶破毡帽。因为整个阿Q的形象在鲁迅心中非常清晰，以至于任何一个细节安排都是整体的不可分割的一部分，是其他事物所无法替代的。失去了这个破毡帽，就创作心理的意义来说，意味着丧失了阿Q整个形象。更有趣的是大仲马写《基督山伯爵》的情景，当他确定自己的主人公是名水手的时候，就不得不改变过去的设想，把主人公活动的场所从巴黎搬到一个港口城市，重新设想主人公的生活情景，由此在各种艺术因素之间建立一种强有力的联系，确定整个故事的整体构思。这表明，在艺术思维活动中，艺术家是根据已知条件来确立形象，来探索和想象可能存在的未知事物的，他对生活所作的艺术判断，在一种具体情景中进行，因而不能不受到这种具体情景的影响。

这种情景不仅表现在艺术因素的联结中，而且表现在艺术家对人物性格的依存性上。在一切现实主义艺术中，人物性格具有更大的牵引力，使整个构思都多少打上了"性格"的痕迹。托尔斯泰在写《复活》的过程中，对于玛丝洛娃出场的肖像描写就改动过多次，每次改动都力图显示出人物的内在性格。这方面还可以举出果戈理的《死魂灵》为例，他在描写一个地主的吝啬品质时，把这个地主的全部家当都"性格化"了，粗笨、牢靠、死板……这里所表现的一切，都可以被看作是人物心灵的一种外化形式，是一种心理标志。这些心理标志构成人物合理存在的"场"情景，为艺术形象的生命提供依据。因此，性格对艺术家"释放"牵引力的同时也在不断表现为性格对于具体的"场"情景的依赖性。在艺术创作过程中，"场"情景的意义并不仅在于一种人物与环境的互动关系，更重要的是体现为一种心理场。在创作中，各种生活因素都是一种心理化的产物，表现一种错综复杂的心理氛围。

很少人研究过这种特殊心理场对人物性格形成的影响。撇开这个心理场，我们常常把性格理解成一个原定性的产物。在艺术思维活动中，艺术家所塑造的人物活动不仅受到自身性格逻辑的牵引，而且在一个更大的范围内，受到与其他人物关系的牵制，由此形成的心理场具有相互补足、依存的艺术关系，而艺术家正是通过这把握和表现人物的心理特征。莎士比亚笔下哈姆雷特复杂性格的形成，就同主人公所纠结的复杂人物关系分不开。对于哈姆雷特的性格，历来就有很多分析。作为一个性格的奥秘，莎士比亚一开始就把哈姆雷特投向了一个复杂的心理纠葛之中，他和其他人物的关系处在不同心理氛围的交叉搏斗之中，诸如他和自己母亲以及杀害父王的叔叔的亲缘关系，他和忠心耿耿的大臣女儿的爱情关系，都在无形中牵制着人物的性格。在这个交叉的心理场中，莎士比亚实际上受到了各种力的牵制，不能不把各种力的作用体现在主人公的性格上。当然，对于人物来说，这种交叉的力的牵制并不都直接表露在表面的行为之上或者意识之中，而有些深深潜藏在潜意识和无意识之中，对人物的行动具有潜在的支配力量。尤其是作为一种本能的至亲力量的牵连，更是浸透在人物整个身心之中，属于自我难以分割的一部分，因为其根植于自己的血缘之中，很难一下子摆脱。哈姆雷特的性格本身之所以成功，就因为它在一种多重关系的心理场中是一个中心，映照来自多方面的人际关系。

二

考察艺术创作中所依据的心理场域，能够帮助我们从一个新的角度理解艺术作品的统一性和整体性，理解简单艺术和复杂艺术的区别。从一般简单的劝善惩恶故事中可以发现，人物性格的单向品质总是和它所处的人物关系网相匹配且相一致的，因为人物只能面临一种选择，或者是恶的对象，或者是善的对象，在这种单一的参照物面前，人物只能映射出自己性格某一方面的光泽，由对方的存在来证实和表现自己。这种人物常常是某种教义或道德的代表。而在一些复杂的艺术作品中，人物能够表现出自己更丰满的生命。人物强烈的个性是通过多方面的生活表现出来的。希腊悲剧《安提戈涅》就是这样。安提戈涅敢于抗争的性格是在多重背景下表现出来的，并不仅仅局限于一种善与恶的简单对比，命运、道德、感情构成了多重氛围的心理场域，艺术家必须向不同的氛围负责，承担它们所赋予的生活意义，索福克勒斯完满地承担了这些重负，使自己笔下的形象获得了完整的生命。

因此，在艺术思维活动中，人物作为一个完整生命被确定下来，不仅取决于对个体人物面貌的设想，更重要的在于它所依据的人际关系的确定。否则，这种个体的确定常常不稳定且易于变化。托尔斯泰在创作《安娜·卡列尼娜》的时候，起初是想表现女主人公违反道德原则的罪过，写一个"不忠实的妻子"引起的家庭悲剧。但是在实际创作中，安娜的形象发生了根本性的变化，由一个朝秦暮楚、道德沦丧的女性，变成了一个有精神追求，敢于冲破贵族上流社会虚伪道德习俗樊篱的叛逆者，成了道德高尚、感情真挚、待人诚恳的美丽妇人。为什么发生这么大的变化呢？仅仅从托尔斯泰对安娜的认识来解释是不全面的。从创作心理角度来看，托尔斯泰对于安娜性格的最初设想，仅仅是从个体着眼的，还没有认真顾及安娜所依据的整个人际关系，尤其是对安娜丈夫卡列宁面目的确立，直接关系到安娜形象的个性特征。具体地说，如果安娜被设想为一个坏女人，其丈夫必然不可思议被确立为一种可亲可敬的形象，但是，在当时贵族官僚机构中，确定这样一个可敬可爱的人物对托尔斯泰来说是不可思议的，其心理障碍大大超过了把安娜设想为一个被谴责的对象。在当时的生活中，作为一个在官场上如鱼得水，捞到一份美差的人（这是维持一个优裕家庭的基本条件），只能充满虚伪的人格。在艺术思维中，这种对卡列宁形象的确立自然而然波及了安娜，相对地心理色彩就从憎转向了爱，因为托尔斯泰由此绝不能设想，一个纯洁美好的人能够容忍像卡列宁这样的虚伪人格。在作品中，我们可以看到这种心理转换的痕迹。卡列宁的形象在最初几章里是用比较柔和的笔调写的，安娜是一个温柔漂亮的妻子，但到后来卡列宁渐渐被塑造成一个冷酷无情、虚伪的人物时，随着对卡列宁的描写越来越充满厌恶，安娜的形象也越来越显得光彩照人，楚楚动人。这说明，在艺术创作中，实际上每个个体的确定都和场情景的确定相关。艺术家对于各种描写对象的情感构成了整个创作心理场域，对于每个个体形象的面貌具有某种规定作用。这种规定作用把彼此不同的艺术因素聚合起来，形成一个超越个体的完整的有机体。

如果说艺术思维活动中的场依存性来自不断延展的形象系统的牵引力，那么就可以断定，在整个艺术思维活动中，这种牵引力不可能是一个不变的恒量，它随着形象生命自身生命活动的焕发而不断变化。在一般现实主义创作中，大体说来，当形象系统的自身面貌被确定得越清晰，越是显示出其全部风采，对于艺术家主体的牵引力就越大。"他自己活跃起来了"，很多艺术家都这样说过。为此，艺术家对于自己所描写的对象有深刻的感知和体验，为形象的自行活动创造良好的条件。屠格涅夫在写作《父与子》的过程中，曾经每天代自己笔下主人公巴扎洛夫写日记，他在生活中遇到了新的事物和事件，就按照巴扎洛夫的感受写下来，积累了足够的印象，以至于形象最后自动活动起来，他曾对剧作家奥斯特洛夫斯基说过：巴扎洛夫这个人物，折磨我到了极点，就是当我坐下来用餐时，他也往往在我面前出现。我在和朋友们谈话的时候，就会想，要是我的巴扎洛夫在，他会讲些什么？因此，我有一个大笔记本，整个用来记录我所想象的巴扎洛夫的谈话。这种情景反映了创作心理中场情景力量的逐渐增强，使艺术家把自己的整个身心投入作品之中。

但是，即便是形象自身的力量完全控制了艺术家，艺术家沉浸在神与物游的境界之中，也无法排除艺术家主体的独立性。相反，这常常表现为艺术家在艺术思维活动中场独立性的最大实现。这是因为在艺术思维活动中，艺术家对场情景的依存不是被动的，而是直接表现出艺术家主体意志的存在，其中包含着独立的美学追求。例如在传统现实主义创作中就是如此。从表面上看，艺术家在形象引导下前进是一种"被动"的场依存性的表现，但是作为一种思维运动却表明了艺术家塑造形象的主动的场独立性，场依存性成为实现其场独立性存在的一种运动形式，这是由形象系统构成的场情景，只是艺术家主体和生活之间的一个中介，并不完全属于客观生活的范畴，所以它本身具有各种可能的发展方向。而这个方向的最后确定来自艺术家主体的美学理想，它独立不移，必须同时向艺术家主体和艺术形象负责。在传统的现实主义创作中，艺术家主体的这种独立意向一般表现为真实地再现生活的本来面目，要求艺术家最大限度地靠近生活，深刻体验生活的实在内容。正是在这个基础上，艺术家艺术手法和艺术理想获得了完全的一致，艺术思维活动的场依存性和场独立性重叠在一起，统一在塑造真实感人的人物性格的过程之中。

当然，这个过程并不永远是风平浪静的。作为一种独立的品格，艺术思维活动中的场独立性始终控制着艺术家对具体场情景依存的合理性，监督着各种艺术因素之间关系的形成，一旦发现某些因素之间的结合并不和谐，或者出现了间隔，违反了艺术家内在的意愿，被形象自身运动掩盖下的艺术家独立的自我，就会凸显出来，重新调节和改变艺术思维的内容，创造新的依存关系。托尔斯泰在写《安娜·卡列尼娜》过程中意向的转换就反映了这种情况。可以设想，艺术家在创作中可能会出现这样的情景，他有时会信心百倍地追随一个形象，也让形象带着走，并按照形象的意愿来构筑自己的艺术世界，但是当他到了某一个严峻的时候，会突然发现原来所追随的形象是虚假的，软弱的，不能承担自己所意欲表达的艺术内容。于是，他不得不转换方向。

这是由于，在艺术创作中，寻找和把握一个完全能包容和表达艺术家自我意愿的艺术对象，是十分困难的，而这个对象正是艺术思维活动中场依存性和场独立性的基础。在创作中，艺术家对生活的美学判断通过艺术对象的判断表现出来，但是对象的判断却无法完全代替艺术家主体的判断，这在一般传统的现实主义作品中经常表现出明显差异，由此形成了场情景的依存性和独立性之间的矛盾。艺术家要完满地表达出自己对生活的判断，常常受某个具体故事、具体人物自身活动内容的局限。他要服从和依存于具体故事和人物的内容范围，就不得不牺牲自我对生活的某种判断，牺牲艺术思维活动中的场独立性。这就形成整个创作过程的矛盾和冲突，艺术家必须通过艺术搏斗消除这种差异，把自我独立性和艺术对象的特殊情景融合在一起，凝固成一个统一的艺术整体。

三

由此可见，艺术思维活动中的场依存性和场独立性表现了艺术家主体在创作中地位的变换，它们反映了艺术思维活动的一种双向运动的动态结构，艺术总是在作品中把表现自我和表现生活熔铸在一起，一方面在走向生活，同时又在不断地反归于自我，互通有无，互相印证，在对流中持续永久的活力。对此，19世纪英国诗人柯立芝在《文学传记》中就曾经提到过，他在论及心智在思想活动中的自我经验时说："显然有两大力量在运作着，它们是彼此相对的主动和被动；这两种相对的力量绝不可能同时运作着，除非当中有个兼具有主动和被动性质的智能加以调解。"可见，柯立芝看到了这两种力的相互排斥与相互牵引，是很有见地的。它们实际上是同时存在的，互为形式的内容和内容的形式，构成艺术思维活动的轨道。其场依存性必须以场独立性为条件；而其场独立性又依赖其场依存性为自己赢得时空，开辟道路。

考察艺术思维活动中的场依存性和场独立性，为我们留下了一个创作心理学课题，那就是如何对创作中艺术家自我力量进行定量分析，揭示出艺术中主观与客观生活相融合的内在规律。这里所面临的并不只是对艺术思维内容各种因素的心理分析，还包括对艺术创作的特殊媒介和形式的分析与探讨，因为在一种特殊的艺术活动中，媒介和形式同样是一种心理标志，凝结着艺术家某种特定的心理内容，它们一方面显示出了艺术家驾驭生活和艺术的能动性，另一方面制约着艺术思维内容的呈现，使艺术思维活动又不得不依存于它，组成了一种复杂的相互矛盾且依存的辩证统一过程。在这个过程中，在各种艺术因素综合作用的结果下，显示出艺术活动中整体与局部的有序的美学关系。

实际上，把心理学科学引入文学创作研究领域之后，对艺术活动中的表现自我和表现生活仅仅做定性分析已远远不够，显示出了它的局限性，其往往把思维过于机械地建立在单向思考的基础上。我国文论家王国维很早就提出作品中"有我之境"和"无我之境"的差别，并且在很多作品中获得了证明，从作品分析中发现了艺术家主体在创作中具有不同的美学功能。这种功能变化首先来自艺术家自我参与具体的艺术情景的程度。同时，透过艺术创作多样化的帷幕，王国维向人们暗示了艺术创作中另一个重要秘密，那就是在艺术创作活动中，艺术家主体地位其实是不固定的，时常随着艺术情景和心态而变化和转换。由此，王国维在心理美学方面，已经把人们带到艺术思维活动这一神秘王国的门扉之前，并且在神秘朦胧之中暗示了一条进入这个王国的通道。但是，王国维并没有能够走进去，而是把人们带到艺术作品中主体与客体接壤的边缘地带就若有所思地停住了。也许他对作品所做的"有我之境"和"无我之境"的定性分析，阻断了自己的视线，使他没有看到更深层的含义，这就是在"无我之境"中同样隐藏着一个"有我之境"。也许他所关注和期待的是另一个理论阶梯，因而他从眼前显现出来的另一条通向更神奇境界的道路面前匆匆而过。尽管如此，王国维还是为这一更神奇的王国留下了深情的，当然是过于短暂的一瞥。

这一瞥给人们留下了理解艺术创作的新的视点，随着对艺术的认识从客体方面向主体的转移，一些被人们遗忘了的心理小径被重新清理出来，人们开始走进艺术创作思维这个神秘的王国。深入探索和研究文艺创作内部的运动规律。20世纪50年代，钱谷融先生在《文汇报》发表了《艺术中的"有我"和"无我"》一文，沿着中国这条艺术心理学小径，一边清扫着历史的遗迹，一边轻轻开启了艺术思维活动的门扉。在对艺术主体的发现上，这篇文章摆脱了王国维"境界说"中那种只局限于为艺术作品的面貌定性、定位的分析，而是把"我"理解为一种活的存在，它能够不断地从艺术对象的生活中走出来，同样也在不断地走进去，构成艺术创作焕发生命活力的动态结构。艺术思维活动是作为一种主客观相互交融过程进行的。该文章指出："艺术活动，不管是创作也好，欣赏也好，总离不开一个'我'。在艺术活动中。要是抽去了艺术家的'我'，抽去了艺术家个人的思想感情，就不称其为一种艺术活动，也就不会有什么艺术效果，不会有感染人、影响人的力量了。……但是在艺术中，这'非我'，又绝不是独立自在的'非我'，而只能是'我'（艺术家）眼中所见到的非'我'，所以，在这'非我'之中，又不能不处处有一个'我'在。因而我们可以说，在创造和欣赏活动中，都贯穿着一个'我'与'非我'的辩证关系。"这种慧眼卓识的艺术观点，为人们从心理角度考察和理解艺术思维活动，提供了一个新的美学起点，以至于至今我们还在这个起点上建造大厦。

艺术思维活动和艺术家自我生命创造力的焕发，不再被分割起来对待，而是被看成一种运动整体。在这种运动中，创作心理中的场依存性和场独立性把不同层次的意识统一了起来，艺术创作不再只是自我和生活的合成，而且具有了另外一层重要意义，艺术创作是超越自我和超越生活的，因为它不仅仅是在证实一个已知的存在，而且还在探索和开拓一个未知的世界。

第十二章

艺术思维活动的延展与中断

一

也许是人们对于艺术过于溺爱，对于艺术的探求永无止境，艺术的秘密不仅隐藏在艺术作品之中，而且深刻地表现在艺术思维活动之中，这是人们对于孕育和铸造艺术作品的心理过程表现出莫大求知欲望的原因之一。于此，人们通过一番艰苦的探索，期待一种更大的满足，这就是用心灵去体验在艺术思维活动中创造生命的一切痛苦和欢乐——这是艺术创造过程中最富于色彩的境界。艺术思维活动中的延展与中断构成了艺术家心灵的悲欢离合，表现出一幕最精彩的戏剧。

生命是流动的，艺术的生命是在这种流动中呈现出来的。人们在接受艺术作品过程中的满足，也是在系列化的流动的思维状态中获得的。这是一种运动的满足，是一系列特殊的心理活动连续的结果，其中隐含着艺术家创作过程独特的思维轨迹。艺术作品是艺术家某种思维活动有序过程的成果，其动态过程可以被认为是一种特殊心境的延展。由于这种延展，艺术家能够从一个生活的质点开始，创造出巨幅的生活画卷；能够由生活片石寸草的启发，去构建雄伟的艺术大厦。由于这种延展，生活中一些方生方死的事物，一些被时间凝固而变得生硬的东西，被带到了生命涡流之中，开始具有独特的欲望、冲动以及各种感情的交流和撞击，由无序状态进入有序的运动行列。这种充满感情的思维运动会给艺术家带来一种创造的快感。这也许是一些艺术家在艰苦条件下仍能忘情忘我投入创作的原因之一吧。

显然，在这种动态的思维延展中，隐藏着艺术生命的秘密，而且这个秘密是十分内在的。当人们看到艺术创作犹如一股生命之泉，从艺术家的心灵之中涓涓流出的时候，很难看到在这细流之下的巨大的意识涡流的旋动，而当人们尽情拥抱了作品之后，创作思维过程已经悄然而逝，难以判断它的来龙去脉。这时，正如陀思妥耶夫斯基谈及创作时所说的，工作着与苦恼着，你知道写作意味着什么吗？

在艺术思维活动中，尽管很多作家都享受过创作过程带来的恩惠，以及由此带来的极大喜悦，但是当艺术家谈及此事的时候，往往会把我们引进一个神秘的境界。当代作家王蒙在回忆写《海的梦》创作心境时写道："写的时候，我充满诗情和喜悦，一切都好似是从笔端自己流出来的。……睡完午觉，我不能自已，脸也不洗，汗也不擦，茶也不喝，笔硬是停不下来，直到终篇，才长出了一口气，才发现自己还没洗脸呢。创作过程中灵感突发和奔流不已的特征，把艺术家带到了一种忘我的境界之中。"西方的柏拉图也许就是被这种情景所迷醉，从而把创作看作是一种灵感的迷狂。这种富有浪漫色彩的想法被后世很多艺术家所接受。

艺术家这种忘我的体验，会使我们感受到创作过程中生命本原的意义，从某种程度来说，它是浑然的，活跃的，神秘而又变化多端的，是无法用任何理性的规矩来衡量、来说明的。正如近代学人章学诚所言，"夫文章变化，侔于鬼神，斗然而来，戛然而止，何尝无此景象，何尝不为奇特？但如山之岩峭，水之波澜，气积势盛，发于自然，必欲作而致之，无是理矣。"（《文史通义·古文十弊》）这种透彻的议论提醒人们切勿用某种章法来衡量艺术，这样也许会使人们满足于对艺术思维活动表面的体察，让理性一直沉溺在感性意识的状态中。

往往有这种情形，在对事物的探求中，当在说明和证明某种现象或某个属性时，又可能遮蔽着更深一层的内容。当人们打开一道门进入一个房间的时候，会发现自己正站在另一个房间的门扉之前，真理的探索就是这样永远没有止境的。在艺术创作中，艺术家自我所表述的艺术思维过程，在某种程度上，只是呈现了作为心理学过程的表面状态，尽管是他身临其境的真实感受。它包孕着一个整体的生命过程，同时又有可能以自己的感性丰采遮掩了内在的心理秘密，这就是在一种生命活动中所积聚的力量，冲突和消耗的生动曲折的思维历程。我们必须从"无是理"的境界中再走进去，探索和理解艺术思维活动延展的理性轨迹。

艺术思维活动的延展包含着艺术家心灵一系列有节奏的内在振动。当创作活动从某一个生活质点开始延展的时候，总是包含着艺术家思想感情上的一番骚动不安。生活中的某一部分进入艺术家的艺术思维之中，是艺术家心灵同它们发生碰撞并迸出闪光的结果，一方面艺术对象作为一个客体，包含某种艺术家所期待和感兴趣的具体内容；另一方面是艺术家在这个对象中有所发现，感觉和体验到了和自己美学意向相吻合的信息。这里面包含着复杂深刻的内在秘密。司汤达从一个案件得到启发开始写《红与黑》，鲁迅写鲁镇上的祥林嫂，郭沫若抗战时期写屈原，其中都隐藏着一种神秘心灵的牵连。这种牵连的形式可能是多种多样的，有的比较明显，有的则比较隐蔽，但总是存在于艺术家主体与客体互相感应的融合过程之中。

这个过程也许具有以下几方面的内容：1. 艺术对象在艺术家心灵历史中的地位，例如鲁迅写《祝福》就同他的生活经历有很大关系。鲁迅儿时就接触了许多女佣，了解和熟悉她们的生活，而且，他和自己家的女佣就有亲密接触，并对她产生过一种类似对母亲的感情，这种感情构成了鲁迅心灵感情的一部分，在艺术创作中体现为一种寄托的需要。祥林嫂在某种程度上就体现着一种心灵感情的转移，寄托了鲁迅一部分心灵深处的东西。2. 艺术对象对艺术家现实思想感情上的引导与启示作用。可以说，鲁迅之所以创造"祥林嫂"，是和他当时受到新思想的影响有关，与其关注劳动人民的命运，痛恨封建主义的思想感情相连。鲁迅人道主义理想与封建社会人吃人现实形成强烈的冲突，祥林嫂成为一种吃人文化的生活见证而存在。3. 艺术对象作为艺术家表达自我的一种需要，它唤起艺术家对自我存在的某种思考，这是一种更高层次的精神牵连。在《祝福》中，包含着鲁迅自我对主人公的生存关系、感情关系的反省和反思，生存境遇引起鲁迅对生与死的问题进行重新认识。4.艺术对象对艺术家生活理想和意志的激发和肯定，表现出艺术家美学风格与社会生活相互投射的关系等。鲁迅一向以冷静深刻著称，其艺术的快感大多来自匕首投枪的尖锐深刻，以揭示悲剧的残忍来肯定自己艺术的创作价值，这些都和《祝福》的创作过程有密切的联系。

以上所说的几个方面当然不能概括艺术思维活动得以延展的全部条件。但是综合上面所说的心理因素，我们把艺术思维延展推移到了艺术家主体与客体对象所建立的特殊关系之中，这就意味着，在原有生活中开始分裂出一个独立的部分——一个生活的横断面或者一个或数个人物形象，构成了能够和艺术家相互感应对流的"对象的生命"时，它们彼此都有一种互相依存和激发的需要，需要通过对方的生命运动来延展和完善自己，通过肯定对方生命的存在来证明自己。艺术作品的生命就是从这里开始的，这时，再也不可能存在某种"纯客观"的对象。对象的生命中不仅凝结着艺术家对生活的独特感受和理解，而且本身就成为一种有知觉、有愿望的生命，要求艺术家不断了解自己，尊重自己的意志，完善自己的生命，完成自己的创作欲望。

二

在这里，分析对象生命和艺术家主体的关系，是一个非常令人感兴趣的课题，因为对象的美学特征就是在这种关系中显露出来的。一般来说，艺术家对艺术对象的生活越了解，越熟悉，就越能进入创作过程，形成自己独特的生命。当然情形也并非完全如此。假如对象的生活已被完全包容在艺术家的主体世界之中，和艺术家思想感情全无距离，创作几乎是无法展开的。这是由于对象的生活在艺术家主体面前已经穷尽自己了，已无需继续延展自己，也不能延展对方。很多艺术家面对自己周围的生活熟视无睹，无从落笔，就是因为这种生活对他来说太熟悉了。这种熟悉到了无法影响和占据艺术家感情的地步，因而也不能自行从艺术家主体世界中脱离出来，成为一种独立的生命。

由此看来，一种对象的原型对艺术家产生吸引力的原因是双重的，一方面是艺术家所熟悉的，和艺术家的主体世界在感情经历上有某种亲缘关系，甚至可能成为艺术家感情思想的某种"替代"；而另一方面，这个对象的原型对艺术家主体来说，又是新奇、陌生甚至异己的，它包含着艺术家想去了解但尚未了解的内容，和艺术家保持着一定的心理距离。一种对象的生命就是在这两种情景交合中生发出来的。在此我们不妨考察一下郭沫若在创作历史剧《屈原》过程中的种种因素。郭沫若对屈原是很熟悉的，其早年就写过屈原。屈原的浪漫主义诗情、爱国主义思想在郭沫若的心灵中占据着重要地位，已溶解在他的意识深处，构成了他人格世界中的一部分。抗日战争时期，郭沫若报国心切，从日本回到祖国，想为国家建功立业，但回国后，蒋介石一直对他半信半疑，以各种方法来限制和压抑他的活动，使郭沫若感到痛心和愤懑。这时候，屈原的身世和郭沫若的心灵产生某种相通和相互感应的联系，郭沫若从屈原生活中深刻地意识到了自己。同时，对郭沫若来说，屈原又在另外一个陌生的个人世界，他生活的年代和郭沫若所在年代有一段长久的时空距离。屈原能够在某种程度上代替郭沫若进行自我表达，同时又能够遮蔽这种表达的直接性，保护艺术家的心灵。在郭沫若所熟悉的屈原生活经历之中，包含着郭沫若一种崭新的现实感情体验，郭沫若从前一种情景中尽情尽力地捕捉、感知和表达着后一种情景。在艺术思维活动中，作品的成型或多或少表现了艺术家主体世界的进一步丰足，艺术家总是能获得一些新的知识，多一些新的体验，增加一些新的思想，也许这是艺术创作生命力延续的魅力和动力之一。艺术生命的延展并不只是在艺术家主体世界圈子里进行的，而是从主体世界圈子里伸展出来的，艺术家需要自己付出一部分，同时需要从生活中摄取一部分，共同造就一个新的生命。

这种对象原型的双重性品格是多种多样的，它和艺术家主体会发生多层次的关联，会产生多重的意义。在创作心理过程中，一个对象原型和不同的心理元素相结合，或在不同的意识层面上，会具有不同的色彩，或明或暗，或显或隐，变化多端，无定数也无定格。一个对象原型在艺术家感性意识层面上是清晰的，在理性层面上可能是模糊的；也可能在现实意识中是明朗的，在历史思考中又是不确定的；在政治领域中可以是盲目未知的，在美学领域中却是已知的。在这方面，对艺术家心理结构进一步的探讨会帮助我们发现更多的秘密。

以上面的论述为基础，为了更清楚地表达对艺术思维延展过程的理解，可以在艺术家主体与客观生活之间假设有个"中间地带"，对象原型就在这个中间地带存在，它一方面牵连着艺术家主体世界的各种因素，另一方面又和原始混沌的生活状态纠缠在一起，难分难解，连成一块。艺术思维使这个中间地带成为艺术生命孕育成长的场所，对象原型开始一步一步地从艺术家主体世界中独立出来。同时也一步一步地从原始混沌的生活状态中分离出来，成为一种独特的对象生命，作为艺术家表现生活和表现自我的中介。

这个"中间地带"是艺术家思维最活跃的区域，也是艺术家某种感情经验的聚积场所和运动空间，一切主客观因素都在这里流动和碰撞，进行新的识别和认识。任何一种对象原型被带到这种思维的涡流状态中，都带着艺术家在艺术创作中的某种心理欲望，包括艺术家对生活的理解和倾心相与的美学理想，都在不断地寻找着自己的肖像和声音，寻找着自己的语言和姿态。这时，艺术家对艺术的一切期待，都开始逐渐转化成为一种具体的审美影像。例如鲁迅在谈到《阿Q正传》成因时说过，阿Q的影像，在他心目中似乎确已有好几年。这个影像随着鲁迅生活也随着鲁迅的艺术感知开始有了自己独特的面目，阿Q"该是30岁左右，样子平平常常，有农民式的质朴，愚蠢，但也很沾了些游手之徒的狡猾"。① 这个对象原型在《阿Q正传》的构思中已成为活生生的"这一个"，已无法和一般的30岁

---

① 鲁迅：《寄〈戏〉周刊编者信》，《戏》周刊（《中华日报》副刊）1934年15期。

左右的农民相混淆。鲁迅曾说："只要在头上戴上一顶瓜皮帽，就失去了阿Q，我记得我给他戴的是毡帽。这是一种黑色的，半圆形的东西，将那帽边翻起一寸多，戴在头上的，上海的乡下，怕也有人戴的。"① 说明鲁迅对阿Q形象也有非常具体、明晰的自我期待。后来，当看了刘岘给阿Q的画像后，鲁迅曾在给刘岘的信中说，阿Q的像在他心目中，流氓气要少一点；而对另一位画家所画的阿Q画像，鲁迅又觉得流氓气略感不足。

鲁迅为什么要写这样一个农民，其中隐藏着更多的心理学秘密。在艺术思维活动中，艺术家心理中一切感情的企盼，都在向具体的艺术情景扩展，溶解在对人和事的具体想象和描写中，成为一种具体的审美现实。这个过程也是一种心理上从自我期待到自我完成的过程。在这个过程中，每一个细节的设计都具有多种心理意味。在鲁迅亲手修改的日译本《阿Q正传》手稿注释中，我们可以引展出一些连带的心理现象，了解鲁迅艺术思维的轨迹。对于阿Q的黄辫子，鲁迅注为"系指因营养不良，连头发也变成黄色的"。"营养不良"表明一种生活的穷困状态，可见鲁迅对于阿Q的生活状态和地位非常关心，从而可以看出，鲁迅对于生活在这种穷困状态的人的精神状态感受很深。这从另一角度反射出鲁迅是重视穷苦人在社会变革中的作用的。也许因为穷，鲁迅在感情上宽容了阿Q。在另一处，对"假洋鬼子"走路时"腿也直了"，鲁迅注为"是因为学洋人走路的姿势"，这不仅表达了对"假洋鬼子"的不屑，也从另一个角度反映了鲁迅对一些西化文人的鄙视态度。"假洋鬼子"的"腿直"是学来的，过去自己并不"直"，而且学的是"姿势"，这一连串语义关系构成了一个具有多层含义的心理寓意结构。

从整体意义上来说，艺术思维活动的延展是艺术家和生活互相感应，是影响和介入一场特殊"对话"的延续，也是双方互相剥夺和占有的过程。在艺术思维过程中，作品的生命就是在艺术家主体与客观生活碰撞和交流中开始的。在日常生活中，如果说艺术家心灵上已积聚了某种感情和

---

① 鲁迅：《寄〈戏〉周刊编者信》，《戏》周刊（《中华日报》副刊）1934 年 15 期。

欲望，这种感情和欲望突然在某个具体的对象原型中变得更为明晰和突出，同时这个对象原型更深刻地触发了艺术家的心理意识，唤起了艺术家对生活新的探求欲望，而且这种探求的欲望又在生活中不断得到了具体应答，如此循环渐进，主体和客体对象之间互相在加强着对方，印证着对方，使对方的生命得以满足，艺术思维活动的延展就有可能实现。

这里，我想列举绥拉菲莫维奇创作《铁流》的一番谈话。绥拉菲莫维奇曾经告诉我们，他写《铁流》最初萌生的欲望不是从某种结构或情节，或者是在某个人物和事件中产生的，而是在他看到了高加索山雄伟动人的景色之时，心灵中感到了一种深刻的冲突，它的全部背景，它的全部自然景色都早已在他的眼前清晰地燃烧起了动人心魄的幻想。高加索山脉的分水岭雄伟的景色，烈火般印入了作为作家的他的脑海，用命令的口吻要他把它表现出来。可以说，高加索山的景色唤起了绥拉菲莫维奇创作的激情，在这种激情中同时包含着绥拉菲莫维奇内心长期积累的情感内容，它或许一直沉睡在他的意识深处，连绥拉菲莫维奇自己也未能真正感觉到它的存在。而在此刻它开始觉醒了。但是，绥拉菲莫维奇感觉到了它，并非意味真正具体地把握了它。绥拉菲莫维奇要把这种深刻的感情表达出来，高加索山给予他霎时的幻象是不能承担的，它并不能满足他情感上的需要，也无法提供足够的创作资源。绥拉菲莫维奇需要找到适合自己感情需要的更实在的内容，更真实的生命。但绥拉菲莫维奇这时还没有在生活中真正意识到这种生动具体的对象存在。在很长一段时间里，这种对高加索山的心灵感受和创作欲望，充盈在绥拉菲莫维奇的心灵之中，它就像一只酒杯一样，需要一种更充实具体的生命来把它斟满。

绥拉菲莫维奇为此在自己的感性经验中苦苦寻找着这个对象。他说他曾经设想去写一个农夫，写农民反抗斗争，写工人的斗争生活等，但是都感到不满足，不理想，因为他并未从中具体地确立自己的感情，从中获得自己所期待的艺术内容，这就致使他的艺术构思一次次中断夭折，半途而废。直到有一天，他听到三个达曼人讲他们行军的故事，才突然在思想中展现出一个新的境界。在这时，他才真正发现自己在寻找什么，想要表现什么，在高加索山给予的感情的幻象世界中，真正包含着什么。绥拉菲莫维奇在这个故事中确定地找到了自己，具体地发现了自己，而这个故事又在绥拉菲莫维奇主体世界里引起了久远的回声，调动起意识深处一些相同、相似、相关的经验因素，使这个故事变得血肉丰满，于是，一幅幅流动着的，充满生命的艺术画面，在艺术思维的时空之中伸展开来，直至走完自己的历程。

三

往往有这种情形，艺术家在生活中有所感触，激起了某种感情，这种感情使他躁动不安，很想把它表达出来，但是在生活中并没有发现他所期待的应答，或者说具体的生活无法和他的主体经验世界发生持续的具体的联系，若有若无，若断若续，艺术思维活动的延展就会受到阻碍，产生创作中断的情形。在这种状态中，与其说艺术家缺乏具体的对象原型，不如说艺术家整个思维还处于一种模糊和朦胧的境地，并没有完全意识到自己思想感情的内在需求和实质，这时，感情的幻象就一团迷蒙的星云，弥漫在艺术家的思维之中，系结着感情的生活因素还处于零乱状态，它们之间还没有构成一种有机联系。建立在艺术家不同心理层次上的艺术要求和欲望，含有不同的内容，它们之间还存在着互相冲突和矛盾的情形，还不能够在一种特定的生命活动中统一起来。

为此，艺术家常常会处于一种苦恼的选择之中，在丰富的生活关系面前，他并不是无可选择，而是难以确定自己的选择。在艺术思维活动中，无论是故事情节的发展，还是人物行动方面，在运动过程中，常常存在着多种可能性，生活会给艺术家提供很多方式、途径和特征，而丝毫不影响这种现实生活存在的合理性。韩少功在《留在〈茅草地〉的思索》一文中就曾提到过，其对小说中"张种田"形象有多种设想，本来可以把"张种田"的优点挑出来，把他写成一个叱咤风云的英雄战士，当然，为了让他更生动更显真实，可以写一写他性格上的小缺点，写一写他对任何事物都有一个曲折的认识过程；本来还可以把"张种田"的缺点都挑出来，把他写成一个昏君骄臣……但其抑制不住一种强烈欲望写出了一个复杂的老干部形象。韩少功之所以中断了原来的写作，把写好的草稿撕掉重来，显然和他主体意识中一种更深刻的期待有关，这迫使他进行第二次、第三次新的选择。

当然，思维过程要复杂得多，艺术家在诸种生活因素中进行选择，不仅体现在整体的构思和人物面貌上，而且贯穿在作品一切细节的安排上，即便是艺术家已经确定了整体的构思和作品的基调，作品中人物的肖像、举止、细节的编织依然都牵动着艺术家的心灵，等待艺术家在多种可能性之中作出抉择。托尔斯泰在写作《复活》的过程中，曾对出场的玛丝洛娃的肖像进行过精心想象和描写，尽力把最适合于她的色彩和形象赋予了她。巴尔扎克在写作中，为了一个花粉商的名字跑遍了巴黎大街去找寻，这中间就包含着一种苦心经营。艺术思维活动常常就在这种细枝末节之处进退维谷，难以进一步展开。在创作的王国里，生活给予艺术家构思多种选择，为艺术形象的发展提供各种各样的机会和可能性，使得艺术创作拥有特殊的自由性，这也是艺术家发挥能动的创造性的广阔天地。也许创作的生命是一次性完成的，并不一定给予艺术家以重复生命的可能性。艺术家总是认为把握了生命的前景才是向前迈进的，然而生命的流程本身常常难以预料。生命的选择常常就在分毫之间决定，这时，艺术家的犹豫不决是艺术思维活动中最耐人寻味的状态。

这种耐人寻味之处，和一般内容构思相比较，更神秘的内容表现在艺术家对于艺术形式、技巧的运用方面。对一个既定的对象原型，艺术家重要的不仅在于表现什么，而且在于怎样表现，运用什么样的形式表现，这是艺术思维活动能够延展的基本条件，表达了艺术家美学理想在艺术创作中的具体化过程，也是艺术家主体与客观生活更高层次的互相承担。托尔斯泰在《战争与和平》序和跋（草稿1867年）中曾写到过，他曾经无数次地动手来写1812年的历史，但却又把它放弃。这段历史等他认识得越来越清楚，便越来越迫切地要求用清晰而明确的形象把它写在纸上。有时，他觉得他初时所用的手法微不足道；有时，他想把他所认识到和感觉到的那个时代的一切全部写出来，但又知道这不是可能的；有时，他觉得这部小说的简单、平庸的文学语言和文学手法很配不上它的庄严、深邃而全面的内容；有时必须用虚构来表现那些在他心中自然而然产生的形象、图景和思想，而他对它们却又觉得十分不满意，因此他抛弃了他已经开始写的，而且失望了，觉得没有可能把他所想的所要说的一切都说出来。他担心没有用大家用来写作的语言写作，担心他的作品不能具有某种形式，既非长篇小说，又非中篇小说，既非叙事诗，又非历史，他担心要描写1812年的重要人物这一必要性迫使他要依据历史文献，而不依据事实。

托尔斯泰所表现的主要苦恼，显然是如何确定作品的形象体系和艺术方法。托尔斯泰曾经回旋在多种艺术形式和手法之间，思考用怎样的美学方法来确立形象和表现自己。这种美学理想的具体化过程一直渗透在艺术家最基本、最细微的思想活动之中，甚至包括艺术家对艺术语言和技巧的具体运用。艺术思维活动的延展最终是通过形式的载体实现的，假如这种载体没有确定，艺术家所表现的对象生活，就不可能脱离艺术家主体而存在，成为一个独立的生命。实际上，在艺术创造中，对于色彩、线条和语言的选择，常常构成艺术家最终完全表达自己的真正难关。在我国古典诗歌创作中，早就有"一字之师"的说法，就说明了艺术思维过程中确定形象和表现形象的不易。

由此可以说，艺术思维活动包含着艺术家主体与客观生活一种特殊的"对话"，这种"对话"是一种多层次的综合过程，具有多种多样的色彩。有时候，艺术家可能是"路遇知己，一见如故"，艺术思维活动如长河奔流，滔滔不绝；有时候，虽然是"一见钟情"，但无从说起，"盈盈一水间，脉脉不得语"，相思相望，为伊消得人憔悴；也有的时候则仅是一厢情愿，结果是有来无往，自作多情罢了。在各种各样的情景中，最重要的是艺术家是否与生活之间保持一种息息相通的关系，是否能够获得一种具体生动的应答。艺术家正是在这种"应答"中创造了艺术的实体，并且使艺术家主体世界得到不断的更新，从而去寻求生活更永远、更深刻和更完美的应答。

第十三章

艺术思维活动中的自我应答

一

如果说把艺术思维活动看作是艺术家主体与客观生活一种特殊的"对话"，艺术作品就是在这一系列应答中产生的，那么，这种对话在很大程度上是在艺术家心理世界中进行的，艺术思维活动包含着一种自我应答过程。英国柏西·布克在《音乐家心理学》中就说过："真正的思维就是你自己辩论。假如你是如你所宣传的那样诚实，或者暂时你所能识透的那样，使某一种工作的假设尽可能地接近于真理。……当有一个难题摆在你的面前，想象一下有原告和被告两种意见，他们都很公正地把自己的情况提供给你，并且指出对方的漏洞，那么在法庭上你宣誓用你自己的判断去公开宣布一个与证据相一致的裁决。"①

这种裁决当然是一种艺术的裁决，从而在艺术和生活之间提供了一个互相交融、交战的心理场所，在艺术家的心理世界中进行一次艺术选择。所谓艺术思维活动中的自我应答，是艺术家主观世界与客观世界相互交流、交换的一种内化过程。在这个过程中，生活造就了艺术家主体的心理

---

① 柏西·布克：《音乐家心理学》，金士铭译，人民音乐出版社，1982年，第124页。

世界，同时又以新的力量引起这个世界的分化。艺术家自我在独特的条件下产生"裂变"，在原来心理世界中形成了又一个新的"自我"，和艺术家主体进行交流。起初，这个新的自我，也许只是一种感情的信息，属于一种可感而不可即、可喻而不可触的无物之"物"，无形之"象"，但是它绝不会就此满足的。它要想真正走到大庭广众面前"亮相"，就需要和某种具体可感的生命形式建立稳定的美学关系，通过具体、充实的艺术形态来证明自己，使无物之"物"变成有物之"物"，有形之"象"。所以，当艺术家主体开始孕育一个小生命的时候，并不意味着这个新的"自我"能够完全从主体中脱离出来，相反，在整个创作过程中，它要依赖艺术家主体意识这个母体生存和成长。一方面，它会向艺术家主体提出各种各样的欲求，吮吸母体的奶汁，要求母体能满足它，另一方面这个母体对它又怀着各种各样的期待，希望得到这个新的生命的应答。

于是，在艺术思维活动中，我们可以设想一种非常有趣的情景，创作好比在心理世界中"打排球"。特殊的艺术情景造就了这个"场地"，在这个特殊的场地里，艺术家主体分成主队和客队双方，要把一个球持续地打下去，就不仅需要能够把球发给对方，而且需要对方能够接过去，再重新打过来，使创作主体和客体双方能够在激发—反馈—再激发—再反馈的对流中实现艺术思维活动的延展，在一个动态结构中完成对一个新的生命形态的塑造。这样，艺术形象将在这种应答中不断获得血肉，得以发育成长，艺术家主体自我也将在这种应答中证明自己的创造力，通过艺术作品获得自我满足。

这种情形对艺术家主体世界提出了很高要求。因为这种自我应答不是抽象、空幻、笼统的，而是非常具体、实在的。一个形象的小生命在母体里产生之后，并不怎么需要艺术家给它讲什么抽象的大道理，天马行空，高谈阔论，而是需要具体的细节，真实的血肉，微妙的心理，要求艺术家告诉它应该做什么、怎么做，想什么、怎么去想，艺术家得到的最好回报同样不是僵死的教条，而是活脱脱的生命成长。正因为如此，艺术创作不仅要求艺术家要有感情与思想，心灵要纯正，灵魂要敏锐，而且也需要丰富的生活经验和艺术感悟。这样，当某种思想感情冲击着艺术家自我世界的时候，希望能够冲脱而表现出自己的时候，它才能迅速地得到应答，获得具体的生命形态，使这种感情或者思想本身得到强化和更新，去寻求更完美的应答，艺术形象不断走向充实和成熟。

所以，从这个角度来说，有时候艺术创作出现僵局或者进行不下去，并不是对题材不熟悉或者功力不足，而是不能给予某种深刻的应答，没有找到某种思想感情和具体生活之间的联系。在创作中，某种生活素材总是包含着某种感情欲望，要求艺术家能够更深刻地去理解它，赋予它新的艺术意义，否则它只能停留在原始材料阶段。例如海明威写《老人与海》时，并不是一接触到作品素材就进入了创作过程，而是经过了很长一段时间。在这段时间内，故事素材本身没有变化，而是海明威对它的理解大大不同了，或者说它在海明威的心灵中引起的反响，远远不同于当时的情景了。这是因为作者自我也有所变化，生活经历不同了，由此带来了对素材的深入开掘。茅盾写《幻灭》的过程也很能说明问题。据他自己说，刚开始是在上海时，就有几个知识女性的思想意识引起了他的注意，促使他产生了写小说的欲望，这时他头脑中已经有几个人物相当活跃，并写下了小说的大纲。但是由于生活经验的不充足，他没有能够写下去。一年后，茅盾到了武汉，又发现了思想状态几乎相同的女性，而且自己的感受又与从前大不相同了。因为一年来生活的剧变，让他看到了许多"时代女性"的生活遭遇，看到她们的热情发狂，也看到她们颓废消沉，出乖露丑，从而积累了丰富的感性经验，同时由于自己阅历的增多，对这一类女性的理解也更为深刻了。在这种情况下，茅盾对过去的大纲进行削改，写成了他三部曲中的第一部——《蚀》。

由此可见，所谓艺术思维活动中的自我应答，实际上也是一种自我追寻和探究的过程。当一个新的生命在艺术家主体意识中成长的时候，艺术家需要把视听触角从外在世界转向自己的内在世界，在自己经验世界中寻寻觅觅，为这个小生命提供营养。可以说，这是对自我心理世界一次神秘的游历活动，艺术家重新分析和检视自己的感情、自己的记忆，清理自己的经验，检点出与艺术形象相通的因素，为此，艺术家有时会升浮到心理世界理性和抽象的境界，和天使打交道；有时要潜入意识底层的峡谷之中，和魔鬼进行交谈。

其实，对于这种自我追寻过程，我国古代学者并不陌生，而且已有非常精准恰当的论述。金人郝经（1223—1275）根据前人经验提出了著名的"内游"说，他所说的"内游"，就是人心理世界之游，精神世界之游，包含着一种自我体验和想象的过程。作家虽然"身不离于衽席之上"，而思绪却能"游于六合之外""游于千古之上"，能"因吾之心，见天地鬼神之心；因吾之游，见天地鬼神之游"，各种各样的内在视象就犹如"太极出形，面目于世，万化万象，张皇其中"，从而进入忘情的艺术境界。① 当然，郝经并没有明确指出这种"内游"的目的性，因此有点类似庄周的"逍遥游"，如天马行空，独往独来。如果他能意识到这一切之游并不仅是为游而游，而是为了创造一个具体的艺术生命，那么就更切合艺术思维活动的实际了。但是，不论怎样，这种"内游"说强调了艺术创作的心理过程及其状态特征，揭示了艺术思维活动的流动性。显然，"内游"是自我应答的必要条件，它是一种找寻，也是一种选择，要把自己的全部注意力都收回到自己主观世界之中，洞见自己的心灵，进入艺术创作状态。

这种心理世界中的自我追寻有时表现为艺术家的一种自省过程。自省也是艺术家自我应答的一种方式。对此，很多艺术家几乎养成了一种习惯，他们喜欢时常进行反省，通过书信和日记与自己谈话。托尔斯泰就是一个很好的例子，日记对于他并不是对日常生活的记录，而是一种自我解剖、自我论辩的心理场所。在这里，他不仅自己和自己谈话，而且也和设想中的他人进行交谈。在这方面，歌德的方式似乎又独具一格。他把独自的思索也当作交谈和对话来进行，他是这样说的："……当我独处的时候，我惯常在脑海中，在想象中把所认识的某一个人邀来。我先请他坐下，在他的身边往来踱躞着或站定在他的面前，然后跟他交换关于他自己刚想起

---

① 北京大学哲学系美学研究室：《中国美学史资料选编》（下），中华书局，1981年，第88—90页。

的问题的意见。他听了有时加以答复，或以他平素的表情（每一个人各有其特别的表情姿态），表示赞成与否。然后，论主的我继续将客人所表示赞同的题材再详加论述，或将他不赞成之点补充条件，或更确切地说明其真义，甚至到末了十分客气地抛弃自己的论点。在这种想象的对谈中，最不可思议的，就是我从不选择亲密的朋友做对手，而选择自己很少晤面的人，甚至多数是只是偶尔相逢，远在国外的人。但是这些人大多数天性上是偏于'接受'而不是偏于'授予'的，关于自己的视域所能及的事，都虚心表示了他们的关切和同情。固然，在这样带辩证性质的练习中，我许多时候也邀请好抬杠的人来。这样子，男女老少，不同的种种色色的人都和我共话，因为我所谈的都是他们各自了然和喜欢谈的事，所以无时不现出满足愉快之色。"① 歌德的这番话无疑融入了自己有关的创作体验，歌德把它看作是"一种新颖的，每次不同的自问自答"。②

二

　　歌德这番话虽然简单。但对于一切想了解艺术创作或想从事艺术创作的人，是一种很好的启示。传达了一些作家的某种特殊思维习惯，他们总是乐于自省或者和具体的人物进行内在的交谈。在这种交谈中，作家不仅丰富了自己的经验，加强了记忆，而且对于人物有了活的把握，使其能够召之即来，挥之即去。学会这种"自问自答"，也许比读几本有关写作的书收益更大，更实在。

　　在艺术思维活动中，这种应答使双方都能得到充实和延展。当艺术家和某种对象进行交谈的时候，对象是从艺术家心理世界中分裂出来的，但是这个对象并不只是被动地接受艺术家主体世界的调配和制约的，而是会不断给主体世界提出新的设想，带来新的信息。可以说，当这种交谈还没

① 歌德：《歌德自传》（下），刘思慕译，人民文学出版社，1983年，第611—612页。
② 歌德是在谈创作时谈这一段话的，这一节就是"新的创作计划"。

有正式展开的时候，艺术家还不可能真正进入创作过程，其心理意味中的一切还处于零乱和无序的状态，艺术家对于生活所产生的一切感情和感受，还处于无意识、无理性的状态，等待一种特殊的对象的来临，把它们从无意识和无序状态中解救出来。如果说创作总是在某种感情的推动下进行，并且是为了表达这种感情的，那么艺术家就不能不正视这样一种艺术难关，感情本原上就是一种难以用任何物质形式确定的心理状态，并不能够自己表现自己。艺术创作作为一种感情的外显过程，只有通过某种有序化的具体生命，才能把这种感情确定下来，而不再是一种难以捉摸、模糊飘忽的心理状态。

显然，这一切只有在一个特殊的对象出现之时才能实现。作为艺术思维活动中自我应答的一方，这个对象成为艺术家感情的一种寄托，代表了一种生命的有序化过程。所谓自我应答，就是某种生命的有序化被确定下来的过程，它能够把意识中一些零乱繁杂的、飘忽不定的因素联结起来，建构起一个新的生命结构。艺术家把自己全部的感情都浸透在这种建构之中，并通过这种建构得以宣泄。

这里，我们以歌德创作的《少年维特的烦恼》为例，加深对这个过程的理解，而这个例子也许非常切合我们的论题。歌德自己曾说过，这部小说的种种内容“本来是在这种内心的对话中跟种种人互相交流的话，但后来在作品中却是只向一个朋友和同情者说出来”① 的。从歌德有关的自述中可以看出，这部小说的创作和歌德本人的生活与感情经历有着密切关系。他曾经和书中的维特一样迷恋过一个朋友的未婚妻。在一段时间里，他经常和这位女性朋友一起散步，与她接近不久就那样为她的魅力所吸引和迷醉，不久就不能离开她片刻，到了难舍难分的地步。歌德曾引用卢梭小说《新爱洛伊丝》中的一段话来说明当时的茫然与迷醉，“坐在他所爱的女人的脚下，他想剥着大麻，他愿意今天，明天，后天，甚至一辈子这样子剥着大麻。”与此同时，歌德大学时的一位同学耶路撒冷和他也有着

---

① 歌德：《歌德自传》（下），刘思慕译，人民文学出版社，1983 年，第 612 页。

相似的经历。这位同学身体健美，英俊可亲，容貌柔和而静穆，其他的特征也是与一个金发的美少年相称，一双碧眼不独含情欲语，且有摄人的魅力。而正是他，人们传说他热恋着一个朋友的妻子。也许是由于同病相怜的缘故，歌德对于他最终的自杀感到了极大的震惊。在这种情况下，歌德的心理已陷入了一种莫可名状的苦恼之中，灵与肉的分离也使爱的感情与欲望的情感分裂，如歌德自己所说的，他因为自己和他人的过去，偶然和故意选择的生活状态，决心和躁急，执拗和让步等种种的原因而陷入这种心境之中，极其猛烈地被拖来拖去……

这种暴风雨般的感情状态也许是艺术家进行创作的前奏。它一度把歌德推向了自杀的边缘，最后唤起进行自我拯救的自觉，把自己从自杀的意图和念想中救出来。歌德曾告诉我们，他当时确实搜集了不少刀剑，其中有一柄是磨得很快的名贵的短剑。他常把它放在床边，在每晚熄灯之前，他都把剑抵着胸看自己有没有决心把它锐利的剑锋向心头刺去。正是为了从这种状态中解脱出来，歌德就非把一篇文艺作品完成不可。在这作品之中，他要把关于这个重大问题所感觉的、所思索的和所妄想的写出来，于是他把这几年来萦回于他心中的素材搜集起来，追忆其最苦恼最悲伤的情境。而这时，最重要的是要有一种具体的描写对象、具体的情节和人物。当歌德听到朋友耶路撒冷自杀的噩耗后，歌德所期待的人物和情节出现了，作为一种独立的对象世界，应答了歌德内在感情的召唤。歌德创造了维特，而维特则把歌德从暴风雨似的紊乱心境中拯救出来，使作者感到是在神父之前把一切忏悔了之后那样复归于愉快自由，该会从头再过新的生活。

显然，在整个创作过程中，维特形象的出现起了非常大的作用，它开始把歌德的整个心理意识纳入某种具体的有序化的过程。在这种情况下，艺术家通过创作回应了这种暴风雨般的感情和莫可名状的情绪，一方面它自身不得不依靠由具体人物和事物所构成的有序化过程来证明自己，在具体的对象身上有所依托；另一方面其自身的运动状态不得不受到某种限制，不再犹如脱缰的野马在心理世界东碰西撞，无法把握。

从上面的例子可以看出，艺术思维活动中的自我应答是和一种独立形象生命的产生和成长联系在一起的，是这种自我应答中的主要内容。这种形象生命不仅属于艺术家自己的意志，还参与某种公众的、客观的生活意志——一般来说，后者主要表现为形象生命的独特品格和意志的力量。从创作过程来说，这种形象生命往往是艺术家主体某种心理期待的产物，是为了满足艺术家某种感情需要出现的，但是它一旦形成了自己的独特品质和意志，就会要求艺术家主体去满足它的需要，支配和牵引整个艺术思维过程，体现一种独立的有序化意志。我们经常所说的形象思维就是这种意志的其中一种表象形式。就这个意义上来说，在艺术思维活动中，应答的双方并不一直是势均力敌的。如果说在形象生命雏形阶段，艺术家主体的美学理想驾驭着艺术思维过程，那么当形象生命成长到一定阶段，羽翼丰满，就会自己去驾驭创作过程，使艺术家文思泉涌，而艺术作品也就水到渠成了。

这种情况在许多艺术家的创作过程中都出现过。因为此，高尔基就不大赞成创作应该有计划，而是相信每一个形象生命都有自己独特的意志，他说："计划是在工作过程中自己造成的，主人公造成的。我认为不能暗地里告诉主人公叫他该如何做，他们每一个人都有自己生物学上的意志。这些品质是作者由实际里取来的，是自己的材料，是创制品。然后他去制造他们，用自己的经验的力量，自己的知识去琢磨，去替他们说尽他们所未说完的话，去替他们完成他们所未完成而按着他们的天资的力量应该完成的行为。"[1]

当然，高尔基这里所说的主人公的"生物学上的意志"，只是艺术创作中形象生命的一种形式，体现了艺术思维活动中另一种"自我"的意志。在现实主义创作方法的基础上，艺术家格外重视客观对象的品质和意志。这种品质和意志往往能够构成一种独立的系统，与艺术家主体交流交换。显然，如果艺术家采取了不同的创作方法，这种形象生命的意志会表

---

[1] 宇清、信德：《外国名作家谈写作》，北京出版社，1980年，第274页。

现出很大差异，因为艺术家不同的美学理想会创造出不同的"自我"来，来履行自己所承担的美学责任。在艺术活动中，正因为艺术家审美理想和创作方法的种种不同，才给自我应答带来丰富的内容和样式。

但是，这种自我应答的精彩并不仅仅表现在双方互相补充和延展方面。一个明显的事实是，当艺术家主体中分裂出一个小生命时，作为它独立出来的先决条件，就是应答双方的差异和矛盾。实际上，不论艺术家怀抱着怎样的美学理想，都无法避免应答双方在意志上的冲突。换句话说，艺术思维活动中的自我应答必然蕴藏着一种自我差异和自我冲突。在这个过程中，形象生命的意志常常和艺术家主体意志发生不协调乃至冲突的现象，双方经过一番商谈和调解之后才能和解。尤其值得注意的是，这种自我应答总是导致互相占有的结局。艺术家的情感总是期待着某种形象生命的应答，也就是某种有序化的形成，而这种形象生命的产生，往往意味着对艺术家主体感情意志的规范和制约，当这种有序化越完善，对艺术家主体意志的规范力量就越大，在一定程度上限制和消耗着艺术家的感情和意志。在有些情况下，某种有序化的形象生命模式，甚至会吞没艺术家主体的创新能力，个性的能动性会沉没在抽象化的秩序之中，创作由此成为一种机械的魔方游戏。这时，艺术思维活动就会失去真正的生命活力。

三

无疑，这是一种可怕的后果。本来，在艺术思维活动中，所谓自我应答是一种自我更新的过程，每一次应答都不仅造就着新的形象生命，同时也造就着新的主体。形象生命的充实会对艺术家主体产生新的刺激和启迪，改变其一部分意识内容，这种艺术家主体的增新又会直接加强创造形象生命的能力，它们总是通过对方不断更新自己。因此，创作过程本身也在改变艺术家的自我世界，使艺术家不断向新的境界进发。自我应答往往代表一种新的欲望和新的探求。当艺术家征服了某种生活对象，使之化为自己精神世界的血肉时，主体自我必然在一定程度上摆脱过去，成为新的自我。当这种新的自我去塑造形象生命，去观察和发现生活时，又会有新的开拓和新的发现，这些开拓和发现又为艺术家主体自我增添了新的能量。艺术创作就是在这种自我更新中延展的，其本身也就是艺术家生命的一个波段。

因此，所谓艺术思维活动中的自我应答，也是一种思维绵延的概念。思维在应答中获得有机扩展，总是山外有山，天外有天，思维绵延意味着一个环节扣一个环节，一个阶段的结束意味着一个新阶段的开始。在艺术思维活动中，这种自我应答一旦进入了双方彼此衰竭的状态，形象生命不再能唤起艺术家主体更深刻的回响，艺术家主体也没有力量去拯救形象生命，其感情意志陷入一种无序的被动状态，创作也就会产生中断现象。

但是，造成这种中断现象并非只是由于艺术家自我与形象生命产生隔绝或完全同化。应该说，艺术思维活动中的自我应答是一个多层次的动态过程，我们只是为了叙述方便，强调形象生命产生的意义，其延展与中断也是由多方面的原因构成的。其实，当某种灵感降临，打破了艺术家主体内心的平静后，新的形象生命的出现，会使艺术家的自我依附于各种各样的艺术因素之中，构成了多层次的内在自我。在这方面，形象生命系统的自我只是一个笼统的说法，它除了和艺术家人格因素彼此交流与限定之外，其本身就包含着多层次的意识。

如果细致考察一下就会发现，艺术思维活动中的自我是多层次的，可以从各种角度去进行分析研究，例如就心理意识来说，有感性世界的自我、理性世界的自我、知性世界的自我、潜意识中的自我等，再深入下去，它们各自又是由不同"自我"小世界构成的，例如，人的感觉是一回事，各个感官的敏感性和相互作用又是另一回事。在艺术表现中，艺术对象是另一个世界，但表现的方法、形式、语言等又都有着自己独特的意志。它们彼此都在川流不息地进行着磨合与应答，彼此用对方的存在来充实自己。在这个过程中，可以想象，每一层次上的自我，都不可能只是进行一种应答，其与多种艺术因素构成应答关系，有义务去回答各种各样、来自各方面的询问。就此来说，每一层次上的自我都是商店某一专柜的售货员，他通过卖出自己的商品来实现自己，为此他必须随时准备好接纳和应付各种各样的顾客，其中当然也难以避免古怪刁钻的顾客和不速之客。

艺术思维活动中的自我应答就是在这样一种多层次结构中进行的，但是，不要认为这里将是如商店一样喧喧嚷嚷，而是井井有条的，即使发生争吵也是非常有节制的。从艺术作品的美学构成来看，这种自我应答的心理状态，往往和艺术形象生命状态相吻合。在比较简单的艺术创作中，艺术家所表现的人物和事物比较单一，所拥有的关系内容比较狭窄，艺术思维活动中的自我应答也相应地比较单纯。相反，如果艺术家表现的人物和事物非常复杂，场面广阔，所牵涉到的人物、事物关系很多，那么这种自我应答的关系就显得多样复杂。就拿小说创作来说，复合式内容结构的小说创作就比单一故事内容的小说复杂得多。如果我们对鲁迅的小说进行分析，就可以看出艺术家自我是以多种形式出现的，其中有艺术家主体的自我，体现为主人公的自我，小说中其他人物的自我等。艺术家时刻都以多种角色的扮演者出现，以重叠、交叉、关联的方式相互应答，构成了一个统一的复合过程。这就如音乐中的复合音型的合成，单纯地演奏一种音型节奏，和在其他音型节奏相关联条件下产生的合成体，绝不是一回事，其魅力就在于不同音型节奏和旋律因素组合的整体效果。

显然，对艺术思维活动中自我应答进行多层面的细致考察，是一件饶有趣味的事情，会牵扯到多种多样的艺术问题。对一个艺术家的创作来说，这种考察有助于帮助我们理解他的美学构思，以及在艺术上的优胜点和薄弱点。因为这种自我应答的独特性，不仅显示了艺术家所拥有的美学关系，所开拓的艺术天地，而且也显示着艺术家驾驭生活和艺术的智慧和才能。在很多情况下，艺术家受制于一定的社会条件，面对各种各样难以应答和回避的难题，有的艺术家会自动放弃，有的艺术家无能为力。但有的艺术家却能绕过难关，给予巧妙的应答。而在这时候，不仅需要艺术家在思想内容上进行大胆突破，也需要艺术形式和技巧、语言方面的独创能力。

但是，在这里我想强调的不仅是显示，而是开发。也就是说艺术中自我应答不仅仅是在显示艺术家心理的某种质量和能力，更重要的是其本身是在对自我和素材的开发中进行的，其艺术创造的能力是在开发自己心理世界和生活的财富与潜力中表现出来的。这给艺术家在创作中追求更高的境界、更大程度上的自我实现，提供了无限的可能性。从心理学角度来说，一般人由于各种原因，只是把他们心理潜力的一部分运用于实践，还有广阔的开发前景。这正如美国著名心理学家威廉·詹姆斯所断定的："与我们应该成为的人相比，我们只苏醒了一半。我们的热情受到打击，我们的蓝图没能展开，我们只运用了我们头脑和身体资源中的极小一部分。"[1] 任何一个艺术家都没有理由在艺术思维活动中放弃这种开发，在心灵更深邃的地方完成这种自我应答，在自己的灵魂里面寻找能观照、对应整个人类的东西。

因此，在通向艺术高峰的道路上，我们最好能记住这样的话语："你首先去开发你自己吧。充分开发。首先不是去东张西望，首先不是请他或她的尊像来给自己护身。他（她）再天才，总不可能除了他（她）那个自己以外，再有一个你吧。只有你自己是任何天才都达不到的圣地。……我也只有通过自己的心通向人类。那么就去凿开自己的心吧……"[2]

显然，这种自我开发也意味着一场真正的艺术拼搏。艺术家在某种意义上是通过征服自我去实现自我的。为了把美从混沌的自然状态中解救出来，为了寻求形象生命的奥秘，艺术家在王国中探险觅宝，苦苦追寻，其思维的触角必须处于一种高度集中的"应答"，甚至"应战"状态中，如果仍然把这种情景比作"打排球"的话，那么在艺术思维活动中，艺术家必须时刻注意从各个方向打过来的"球"，并准确地把它们打回去。在这种艺术的拼搏中，高明的艺术家常常善于打"险球"，打出或接住出人意料的艺术之球，博得人们的喝彩。

---

[1] 弗兰克·戈布尔：《第三思潮：马斯洛心理学》，吕明等译，上海译文出版社，1987年，第 58 页。

[2] 陆天明：《难说是体会的体会——也来谈〈桑那高地的太阳〉》，《中国西部文学》1987 年 4 期。

第十四章

艺术思维活动中的情感作用

一

在探讨艺术创作产生和发展的过程中，始终无法摆脱一个神秘的灵魂，不能不时刻都意识到它的存在，不能不向它请教和靠拢，不能不向它微笑和招手——这就是艺术思维活动中的情感因素。

我们无法回避和忽视这个因素。艺术思维活动是复杂的，但它同时也是一种情感运动。在整个创作过程中，艺术家几乎都在承受一种情感的冲击，在情感的漩涡中体验生活和自我的存在，同时在感情上也付出很大的代价。据说福楼拜在写《包法利夫人》时，整天抱头凝思，如醉如痴。有一次朋友去看他，听到屋里传来隐隐啜泣声，原来是福楼拜在伏案悲恸，朋友问他为什么，他伤心地说"包法利夫人死了！"

很多艺术家都有类似的经历，他们精神抖擞地投入创作，但大作完成后，就像得了一场大病，由于自己的整个身心在感情波涛中漂游沉浮，以至于感到一种极度的疲劳。郭沫若就曾这样说过，他写《女神》的时候，"全身都有点作寒作冷，连牙关都在打战"。① 他把诗人称为"感情的宠

① 郭沫若：《郭沫若论创作》，上海文艺出版社，1983 年，第 205 页。

儿"。①

事实上，从思维方式上来说，很多人都注意到了情感在艺术创作中的重要地位，并逐渐把对艺术创作的研究转移到了对感情的研究上面。从心理学角度研究创作活动，也许会对此更为敏感。例如法国一位心理学家、哲学家李博（1839—1916）在对创造性想象研究中非常重视感情的作用，他认为创造性想象的所有一切形式，都包含感情因素，一切感情的气质，不论它们怎样，都能影响创造性的想象。在谈及艺术创造时，他说："在这里，我们可以看到最初还是感情因素作为原动力，然后感情因素又配合着创作的不同阶段。但是，除此以外，这些感情状态，还要成为创造的材料。诗人、小说家、剧作家、音乐家，甚至雕刻家和画家，都能感受到自己所创作的人物的情感和欲望，和所创造的人物完全融合为一体，这是一个众所周知的事实，几乎也是一条规律了。因此，在第二种情形中，有两道感情之流，一道构成激情，这是艺术的材料，另一道则激起创作的热情，随着创造而发展。"②

在对艺术思维的性质及特征进行讨论时，苏俄作家阿·托尔斯泰的意见也是引人注目的，他说："艺术乃是对世界的感性认识，是借助那作用于感情的形象思维。这里特别要强调的是，形象应该作用于感情。甚至更确切地说形象的辩证法应该作用于感情。只有这样，艺术才能成为艺术，成为对世界的认识。"③ 不过，阿·托尔斯泰的这种观点极有可能受到列夫·托尔斯泰思想的影响。列夫·托尔斯泰就认为："艺术起源于一个人为了要把自己体验过的感情传达给别人，于是在自己心里重新唤起这种感情，并用某种外在的标志表达出来。"④ 为此，列夫·托尔斯泰曾举过一个生动的例子："比方说，一个遇见狼而受过惊吓的男孩子把遇狼的事叙述出来，

---

① 郭沫若：《郭沫若论创作》，上海文艺出版社，1983 年，第 240 页。
② 外国文学研究资料丛刊编辑委员会：《外国理论家作家论形象思维》，中国社会科学出版社，1979 年，第 186 页。
③ 外国文学研究资料丛刊编辑委员会：《外国理论家作家论形象思维》，中国社会科学出版社，1979 年，第 159 页。
④ 列夫·托尔斯泰：《艺术论》，丰陈宝译，人民文学出版社，1958 年，第 46—47 页。

他为了要在其他人心里引起他所体验过的某种感情，于是描写他自己、他在遇见狼之前的情况、所处的环境、森林、他的轻松愉快的心情，然后描写狼的形象、狼的动作、他和狼之间距离等等。所有这一切——如果男孩子叙述时再度体验到他所体验过的感情，以之感染了听众，使他们也体验到他所体验过的一切——这就是艺术。"①

可以说，情感是整个艺术思维活动中起关键作用的一种元素，同时也是我们探索艺术创作秘密的一把钥匙。通过它，我们能够把艺术创作中很多复杂的环节和事实串联起来，形成一个整体，能够真正把握住艺术家主体心理活动的脉搏，找到解释作品构成的内在原因的路径。因此，当代理论家钱谷融先生把艺术思维称为"情感思维"是非常精确恰当的看法。

但是，真正把握艺术思维活动中情感的脉络，并不是一件轻而易举的事。因为这意味着首先要理解和把握情感，弄清它的心理内涵是什么，同我们的肉体、理性到底有着什么样的密切关系，认识它在心理活动中的功能及表现形式等。这似乎是一个简单而又深奥的问题，对于这个问题的基本认识和艺术思维活动的心理学美学特征，无疑是互相联系的一个整体。

人的情感是什么，从何而来，往何处去，是一个古老的心理学问题，也一直受到人们的重视，以至于到了近代成为现代心理学中一个专门的学科。美国心理学家 K. T. 斯托曼的《情绪心理学》就系统介绍了西方各种心理学派对情绪（情感）的研究以及理论成果。不过，尽管情绪（情感）是我们与生俱来的一种心理素质与现象，但至今我们还只能获得一种大概的定义。斯托曼根据各家学说，认为"情绪是情感，是与身体各部位的变化有关的心理状态，是明显的或细微的行为，它发生在特定的情境之中"。② 根据这个观点，我们对于情感的认识在一定程度上与"情绪"一致。各个学派的心理学家从冲动、表情、动机、行为、认知、体验、反应、生理等各个方面对于人的情绪（情感）进行了多层次探析，为我们更深刻地理解人和把握人，继而进一步理解和把握艺术思维活动提供了心理

---

① 列夫·托尔斯泰：《艺术论》，丰陈宝译，人民文学出版社，1958年，第46—47页。
② K. T. 斯托曼：《情绪心理学》，张燕云译，辽宁人民出版社，1986年，第2页。

学依据。

情感（feeling），对艺术活动来说，是作为情绪（emotion）和感应（affection）这一类心理现象的笼统称呼，它们之间并没有严格区分，就人对客观事物的态度、体验和反应来说，是同一类型的心理过程。显然，情感与一般的认识过程不同，具有主观体验形式（如喜、怒、悲、惧等感受色彩）、外在表现形式（如面部表情），以及独特的生理基础（如皮层下等部位的特定活动）。作为一种心理现象，情感无疑也是人类文明发展的一项结晶，一方面与人的本能需求有密切联系，另一方面在一定的文明和文化氛围中发展变化，具有自然性和社会性的双重属性。因此，人既具有与生物学相联系的情感体验（如疼痛引起的不愉快情绪），又具有与社会文化与文明程度相联系的情绪和感情（如爱国主义感情、审美感等）表现。情感是人心理生活中重要的一方面，影响着人心理活动和思维的各个方面，贯穿人生的始终。

在这个过程中，情感本身的发展变化同各种各样的外部刺激构成极其复杂、多样和敏感的联系。在人与人之间，人与自然之间，它是一种自然反应，也是一种相互交换的方式。例如一定的情感形式总是和某种外部环境相关，某种生存状态、社会情境、民俗人情，以至于房间装饰、谈话内容等，都会引起我们特殊的感情及其变化。这种情况持续久了，甚至会形成一种情感反应模式，与外界事物和生活相互对应。在这里，尤其值得注意的是，一定的思想文化对情绪的类型与发展产生着巨大的影响。一些心理学家已经注意到了这种现象。比如拉扎勒斯就强调文化对情绪（情感）的影响，他认为文化对于情绪（情感）产生重要影响主要有四种形式：1. 通过我们理解情绪刺激的方式。2. 通过表情的直接变换。3. 通过特定的社会关系和判断。4. 通过高度仪式化的行为，如在葬礼上的悲哀。①

其实，对一个艺术家来说，特定的文化对其情感类型和方式的影响远不止这些形式。上述的几种形式基本上还局限在认知范围内，人所受到的

---

① K. T. 斯托曼：《情绪心理学》，张燕云译，辽宁人民出版社，1986 年，第 58 页。

影响主要还是通过有意识的方式进行的，而对于人的情感心理来说，更重要的也许是一种对无意识、潜意识的塑造，这主要表现在：1. 和家庭及亲缘关系的依附和认同；2. 通过内省以及内在情感的交流；3. 通过接受历史和传统文化的熏陶；4. 通过日常生活中其他种种潜移默化的交换方式等。这些都在一定程度上决定了一个人情感反应的方式和类型。要真正把握一个艺术家的情感脉搏，不仅要考察个人的认识过程，而且要考察其长期积淀而成的潜意识、无意识结构，因此情感不仅能够在接受外来刺激过程中产生，而且也可能在想象中产生，它不仅具有自发性，也具有习惯性。

　　显然，情感是一种非常微妙的心理活动，每一种情绪都有自己的行为模式和体验方式，而且总是和知觉、动机、认识纠缠在一起。但是，和其他类型的心理现象相比较，情感具有自己的独特之处：第一，作为一种心理状态，情感具有自己的执着性。所谓执着，就是具有不接受，或者很难接受外来力量的强制和理性"修正"的性质。某种情感往往出自一种内在本能的需要，甚至直接体现为一种心理欲望。例如在创作中，艺术家很难掩饰和改变自己的情感就说明了这一点。对于自己所爱或所憎之人，尽管想千方百计地抑制自己，结果还是很难改变自己的态度或看法。第二，情感可以相通。当一个人知觉到他人某种感情体验时，可以分享对方的感情。这种分享也许并不意味着对它的认识，而只是一种情感的共生或共鸣现象。因此在艺术创作中，艺术家不仅能够体验自己的情感，而且能够体验他人的情感。第三，情感能够使人意识到自己存在的状态，同时会对这种状态进行主观的改造，建构一种新的思想状态。在艺术创作中，情感会对世界产生一种新的知觉，一系列的顿悟，甚至创造一个新的世界。

二

　　情感的心理特征决定了它在艺术创作活动中的重要作用，不仅是促进创作的一种原始的动机系统，而且贯穿于整个艺术思维活动的始终。当代作家王蒙有一句名言"创作是一种燃烧。"这种燃烧从心理美学角度来说，首先是一种情感的燃烧。如果说，艺术思维活动和其他思维活动的根本区别表现在某种独特心境上，那么所谓创作心境，就是艺术家在创作过程持续的某种情感状态。这种情感在艺术思维活动中形成了一种时浓时淡、持续弥漫的心理背景，使思维过程中的一切因素都或多或少地带有情感的色彩和痕迹。

在这种情况下，对于情感的敏感性成为一个艺术家非常重要的心理品质。在同世界发生的种种关系中，艺术家最注重于情感因素，并且非常易于产生认同感，所以对他来说，对某种事物、环境、人物的关注和依恋，常常是由于某种情感因素的存在。也许正是这个原因，托尔斯泰把感情看作是艺术表现的主要内容，他说："各种各样的情感——非常强烈的或者非常微弱的，非常有意义的或者微不足道的，非常坏的或者非常好的，只要他们感染读者、观众、听众，这都是艺术的对象。戏剧中所表达的自我牺牲以及顺从于命运或上帝等等感情，或者小说中所描写的情人的狂喜的感情，或者图画中所描绘的淫荡的感情，或者庄严的进行曲中所表达的爽朗的感情，或者舞蹈所引起的愉快的感情，或者可笑的逸事所引起的幽默的感情，或者描写晚景的风景画或催眠曲所传达的宁静的感情——这一切都是艺术。"[1]

所谓艺术家的多愁善感就是通过这种情感敏感性表现出来的。艺术家并不是"制造"感情的人，但是他善于发现情感。在各种各样人物和事物中，外在面貌和物质形态是艺术家的次级注意目标，而内在情感和心理色彩才是最重要的，或者说这些外在面貌和物质形态只是艺术家发现和认识内在情感的途径。否则，这些人物和事物不会留存在艺术家心灵中。

苏联著名的表演艺术家斯坦尼斯拉夫斯基通过自己的艺术实践，非常重视艺术家的情感体验，认为这是成功地进入角色的唯一途径。他说：

---

[1] 列夫·托尔斯泰：《艺术论》，丰陈宝译，人民文学出版社，1958年，第4页。

"在艺术中从事创作的是情感，而不是智慧，在创作中主要角色和首创作用属于情感。"① 艺术家必须从外部情境进入内部情境中，甚至从有意识进入潜意识和下意识，在漫长的感情链条中找到自己的合适位置。这位艺术家还告诉我们，在创作角色的过程中，他经常征求情感的意见，并按照情感的意志去思维，而只有捕捉住一个人的心理流泻和发展线索，才能够和角色混同一体。他在演出中体验到："我感觉到，每一种热情都和植物一样，有其所由萌生的种子，有其所由发端的根。难怪人们常说什么'感情扎了根'，'感情在成长'，爱情'在开花结果'之类的话。一句话，我感觉到爱情中（正如任何一种热情中一样）有整整一系列过程；播种、萌芽、成长、发展、开花等等，我感觉到，热情是沿着天性所指示的线路发展的。在这个过程中，正如在形体和初步心理生活领域中一样，存在着自己的顺序、自己的逻辑、自己的规律，如果对它们加以破坏就会受到惩罚。只要演员在这方面开始对自己的天性施加强制，只要他把一种情感搬到另一种情感的位置，破坏体验的逻辑、持续交替的各时期的顺序、情感发展的渐进性，歪曲自然的天性和人的热情的结构，那么强制的结果就会出现内心的畸形。"②

虽然表演艺术是一种特殊艺术，但是斯坦尼斯拉夫斯基所说的对艺术创作有普遍的意义。就从艺术表现意义上来说，任何一种艺术创作都有一个外在面貌和内在情感相结合的过程。显然，人的情感是一种复杂多样的心理活动。本身不是单一的，而往往表现为多种因素的综合。例如，一种爱的心境，常常包含某种极不相同或互相矛盾的因素混杂的心理体验，可能爱中有恨，有轻蔑，有怨恨，有崇拜，有淡漠，有狂喜，有难为情，有沮丧，有对抗，有厚颜无耻等多种心理因素，艺术家要真正把握住它并非一件易事，况且情感是在不断流动过程中的，其不断变化的色彩更为复

---

① 斯坦尼斯拉夫斯基：《斯坦尼斯拉夫斯基全集》（第4卷），郑雪来译，中国电影出版社，1963年，第71页。

② 斯坦尼斯拉夫斯基：《斯坦尼斯拉夫斯基全集》（第4卷），郑雪来译，中国电影出版社，1963年，第146页。

杂。例如，斯坦尼斯拉夫斯基就曾根据自己的亲身体验细致分析过奥瑟罗的情感变化轨迹。他认为人的情感不是一下子、一刹那变化的，而是逐渐地，在很长的时间内产生、发展和变化的。阴暗的情感会悄悄地，一点一点地渗入光明的情感里去。反过来也是这样。例如，奥瑟罗开始时由于欢乐、光明、爱恋的各种情感闪变而容光焕发，就像金子在阳光下闪闪发光。但突然间，时而在那个地方，时而在这个地方，出现了几乎觉察不出的阴暗的色斑。这是奥瑟罗起疑心的最初瞬间。这种色斑的数量逐渐扩大，使热恋中的奥瑟罗整个光芒四射的心理都是凶恶情感的瞬间。这些瞬间进一步扩大、增长，终于使奥瑟罗的一度欢乐的、发光的心理变成阴郁的，几乎是黑暗的了。起先是个别的瞬间暗示出不断增长着的妒意，如今只有个别的瞬间令人回想起先前的温柔而轻信的爱情。最后就连这些瞬间也消失不见了，整个心理陷入全然的黑暗。

其实，创作过程也类似于心理过程。艺术家并非一下子、一刹那，就能感受和把握住对象的内在情感的，而是有一个逐渐的、由外在面貌向内在心理渗透的过程，这个过程也是艺术家了解、熟悉自己所表现的对象，并最后与之浑然一体的过程。在这个过程中，复杂的感情、微妙的感情、潜在的感情、变化多端的感情，往往是难以捉摸的、不可言喻的，它们深藏在各种表象的背后，在还没有受到理智和意志的检查与估计的时候，就已经参与，甚至决定了人物行动的趋向，艺术家不可能仅仅通过面貌、表情、动作、视线、言语、语调来完全把握它们，也不可能单单用理性和判断去接近它们，必须通过另外一些途径——例如知觉、感悟、迷恋、反省等方式，同自己的人物进行一种内在的心理交流，如同庄子所说的能够"勿听之以耳，听之以心，勿听之以心，听之以气"，在潜意识之中体验它们。用斯坦尼斯拉夫斯基的话来说就是"通过人的意志和情感的看不见的放光而进行的直接交流"，去把握和传达"诗人作品的最主要的、超意识的、看不见的、不可言传的精神实质方面，是最有效的，最细致的，最强有力的，最富余的，最不可抗拒而又充满热情的"途径。①

　　由此说来，艺术思维活动既是艺术家发现、了解、把握、捕捉、追踪和表现情感的过程，也是艺术家情感世界自我发现、体验和体现的过程。这是一个彼此相连的双向过程。在艺术创作中，最为深刻和奇特的心理活动也许莫过于这种情感自我发现和体现的过程，不管是欢乐、苦恼、幸福、焦虑、平静、激动、销魂、放纵、羞涩、委婉，还是振奋、狡猾、纯真、感伤、暴怒、急躁，以及各种各样情感的怪影、阴云、预感、迷恋、芬芳等，无论它们是瞬间的变化，还是持久的心境，艺术家只有在自己的心理中真正找到了它们、体验到它们，而不是通过某种理性、概念的方式，某种外部的、时髦的、精制的形式去"虚拟"它们，艺术家才真正谈得上把握住了它们。

　　也许正是因为这个缘故，艺术思维活动往往会超越一般理性思维所不能超越的界限，从意识进入无意识和潜意识的领域，艺术家从程式、偏见、强制中脱离出来，去领受和体验人心理的原生状态。因为从心理学角度来说，情感越细微、越隐蔽，就越是非现实的、意象的、远离意识而接近天性的，所以，艺术家有时必须打开心里深处潜意识的密室，在那里获得情感的秘密和通向未知领域的道路。对此，伟大的表演艺术家早就对我们说过，剧本和角色的有意识方面正如土、砂、泥、石等的岩层和积层似的，它们形成地壳并且越来越往深处，它们越是深入心理，就越变成无意识的。在那里，即心理最深处，正如熔岩和火海汹涌澎湃的地球正中心，沸腾着看不见的人的本能、热情及其他因素；那里是超意识的领域，那里位于生命的中心，那里是一个深藏的"自我，那里是灵感的密室。这些东西都是不能意识到的，只能用自己的全身心去感觉"。②

---

①　斯坦尼斯拉夫斯基：《斯坦尼斯拉夫斯基全集》（第 4 卷），郑雪来译，中国电影出版社，1963 年，第 197—198 页。

②　斯坦尼斯拉夫斯基：《斯坦尼斯拉夫斯基全集》（第 4 卷），郑雪来译，中国电影出版社，1963 年，第 76 页。

三

于是，沿着艺术思维活动中情感的线索，我们回到了艺术家的心理世界之中。艺术家对于自己所表现人物情感的迷恋和追踪，实际上意味着自身某种情感的被唤醒和被延展。换句话说，艺术家内心情感越丰富、越广阔、越深沉，那么他才越有可能去体验和表现生活中相同或相类似的情感，使各种各样情感的怪云、色彩和瞬间的闪烁找到自己合适的位置。因此，对艺术家的生活积累来说，最重要的莫过于感情积累。在某种条件下，有的人在生活经历和经验方面也许并不丰富，但是具有丰富的情感体验，所以仍能创作出优美的艺术作品来；而有的人也许见多识广，生活经验丰富，但在情感方面麻木不仁，也就不可能产生出优美的创作。例如，一些涉世不深，或者因疾病行动不便的人，年轻时就写出了动人的作品，其重要原因之一，就取决于他们内在情感的丰富性。而一些特殊的境遇，如疾病、失恋等，有时会有助于人情感的积淀和细密化。

这些都是情感在艺术创作中的特殊地位所决定的。在艺术思维活动中，情感不仅是艺术家所注重的内容，不仅是其中一项重要因素，而且是其始发的"初心"和推动力量，它直接支配艺术思维活动的起始、延展和中断的整个过程，具有其他因素所无法替代的重要作用。从心理学美学的角度系统地进行分析，其主要表现在以下几个方面：

（一）情感是导致创作动机的直接因素

从心理学角度来说，情感系统是原始的，具有先天性的决定因素，它与驱动力系统相互联系和作用，给人的行为和思维提供生命能量。人的情绪往往是人从事某种行为和思维的原始动力之一，与动机紧密相关。就创作而言，情感和动机是很难区分的，因为创作比其他任何行为都更接近于情感的自然宣泄。所以情感过程会很自然地导致创作动机，艺术创作也就很自然地成为表现这种情感的通道。卢梭写《新爱洛伊丝》，歌德写《少年维特之烦恼》，郭沫若写新诗等，都是在一种强烈的情感驱动下进行的。例如，郭沫若就曾告诉我们，他早期的一些诗，诸如收在《女神》之中的《新月与白云》《死的诱惑》《别离》《维奴司》等，都和与一个名叫安娜的女子的恋爱有关。他说："因为在民国五年的夏秋之交有和她的恋爱发生，我的作诗的欲望才认真地发生了出来。"① 他的许多诗都是为安娜所作的。郭沫若非常强调情感在创作中的作用，这也和他创作的亲身体验有关。他甚至把诗的创作和原始人情感的自然流露同日而语，曾认为："原始人与幼儿对于一切的环境，只有些新鲜的感觉，从那种感觉产生出一种不可压抑的情绪，从这种情绪表现成一种旋律的言语。这种言语的生成与诗的生成是同一的。"②

这些都说明，情感是诱发艺术家创作的决定因素。无论是始发的情感（指艺术家心理受到刺激或压抑自然产生的），还是继起的情感（指艺术家受到其他事物的感染而产生的），实际上都隐含着艺术家某种心理欲望和期待，需要通过某种外在的途径表现出来。当这种表现以一种虚幻的主观意境呈现在艺术家心灵中的时候，也是艺术女神翩翩而至之时。因此，还是 19 世纪英国湖畔派诗人华兹华斯说得好："……诗是强烈情感的自然流露。它起源于在平静中回忆起来的情感。诗人沉思这种情感直到一种反应使平静逐渐消逝，就有一种与诗人沉思的情感逐渐发生，确实存在于诗人的心中。一篇成功的诗作一般都从这种情形开始，而且在相似的情形下向前展开……"③

（二）情感能够激活人的思维，唤醒人心灵深处的记忆

艺术思维是艺术家积极和能动地创造意象、传递感情的过程。它需要

---

① 郭沫若：《郭沫若论创作》，上海文艺出版社，1983 年，第 202 页。
② 郭沫若：《郭沫若论创作》，上海文艺出版社，1983 年，第 243 页。
③ 外国文学研究资料丛刊编委会：《欧美古典作家论现实主义和浪漫主义》，中国社会科学出版社，1981 年，第 268 页。

艺术家把自己全部身心投入进去，调动全部的生活经验和思维能力，去感受、体验、想象、塑造一种新的生命形态。在这个过程中，情感是激活和调动起艺术家思维活动的决定性因素。没有情感，正如郭沫若所说的，艺术家的心境可能就是"一湾清澄的海水""静止着如一张明镜"，而只有在情感来临的时候，这湾海水，这张明镜，才会"翻波浪涌"起来，使艺术家对于宇宙万类的印象都活跃起来，不断进行新的碰撞、组合、比较和排列，闪烁出精彩的光华。也只有这样，艺术家才能用一种类似腹语术的方法，直觉地去把握各种命运的转变、内在的矛盾和在各种各样情况下生命形态的奇怪变化。显然，情感对思维的激活是整体性的，不仅使艺术家感觉的思维更敏锐、更纤细，而且开辟着通向深邃的理性思索的道路。

情感过程本身具有唤醒记忆的功能，也是非常奇妙的。很多心理学家都已经充分注意到了这种现象。应该说，艺术创作的基本材料大多是储藏在记忆之中的，有的显露在意识的表面或表层，有的则深藏于心里，潜藏在内心的那部分在一般情况下难得抛头露面。记忆具有很强的感受性，它真实可靠，能够复现生活经验中十分细微，甚至难以言传的具体特征，例如气味、声响、色状、感觉等，艺术创作离开记忆的源泉是很难进行的。艺术创作往往就是当某种深藏的记忆被唤醒之后才开始的。往往会出现这种情况，当文艺家还未受到情感冲击的时候，他的记忆世界还是沉睡着的，黑暗混沌的一片，但是一旦接通了某种情感，整个记忆就会重新复活，给艺术家提供各种各样的感情材料，情感就如照亮记忆的光源一样，使艺术家能够在自己意识深处发现美妙的东西。例如，美国著名作家托马斯·沃尔夫（1900—1938）就有这种亲身经历。他曾经说，他的一部长篇小说的构思，就是在"我的思乡感比过去任何时候都强烈"的时候形成的。正是由于这种思乡的强烈感情，他说："我的记忆复活了，它夜以继日地工作，因此起初我甚至无法控制在我的思想意识中疾驰而过的一股强大的，什么都阻挡不住的巨流，它是由我已度过的那种生活，即美国生活深处的由千百万种表现所构成的闪闪发光的富丽堂皇的景象汇集成的。例如，我可以坐在露天咖啡馆里观察五光十色的，在我面前沿歌剧院大街疾驰而过的生活景象，同时突然回忆起大西洋城浴场上防护木板上的铁栏杆。我回忆起的图景是十分具体实在的沉重的用粗锌铁制的栏杆和把它们牢固地配制在一起的接合处。所有这一切都如此真实可见地出现在我的记忆中，以致感到我的手放在栏杆上，感到了它的重量、形状和条纹。"① 类似的情况我们在巴金的创作中也能看到。巴金是在一种强烈感情推动下进行创作的，这就是对青春的渴望和对于封建家族制度的憎恨，这种感情使他的家庭生活记忆在创作中得以重新复活。正如他所说的："……我写《家》的时候，我仿佛在跟一些人一同受苦，一同在魔爪下面挣扎。我陪着那些可爱的年轻生命欢笑，也陪着他们哀哭。我一个字一个字地写下去，我好在挖开我的记忆的坟墓。"②

（三）情感刺激想象，并且使艺术家全身心投入对象之中，造成对对象的迷恋和幻觉

其实，当情感唤醒沉睡记忆的时候，想象已经参与到艺术思维活动之中。想象是艺术思维活动中的重要机能之一，但是就美学意义来说，艺术想象首先是一种情感的想象，它按照某种情感的要求把事物造成无穷的不同形态和面貌。在艺术思维活动中，情感通过想象找到了自己最强烈的感官活动和幻想形式，把情感带到了崇高或者悲苦的语境，而想象则借助情感突破了各种各样的客观限制，闯入自由驰骋的天国。可以说，情感的风景能够呈现出人类心灵丰富的蕴藏，把我们全部生命的活力都调动起来，"使我们更进一步畅饮人生之酒，使我们的心弦震荡，解除心弦四周的压力，以十倍的力量使思想和情感的源泉活跃起来"（赫兹利特语）。③

对艺术创作来说，这种情感的极致，想象的极致，就是迷恋，就是陷入某种主观幻境之中。在这种状态中，艺术家在某种独特情感的驱动下，

① 托马斯·沃尔夫：《一部长篇小说的创作史》，刘保瑞《美国作家论文学》，生活·读书·新知三联书店，1984年，第313页。
② 巴金：《巴金论创作》，上海文艺出版社，1983年，第212页。
③ 外国文学研究资料丛刊编委会：《欧美古典作家论现实主义和浪漫主义》，中国社会科学出版社，1981年，第304页。

会像迷恋自己爱人一样迷恋自己所表现的艺术对象，如醉如痴地去接近他所表现的人物，甚至会完全陷入一种幻觉，把自己的情感、感觉混同于人物的情感和感觉，完全投入一个新的境界。对于这一点，当代作家王蒙说得好："由此可见，这种想象和虚构的动力离不开感情，爱与憎，追求与希求，欢欣与鼓舞，乃至愤怒、失望、恐怖，都能造成想象以至幻觉。"①显然，在情感驱动下形成的想象和幻觉，带着明显的目的性和方向性，这也使得整个艺术思维活动环绕着特定的对象进行。

（四）情感过程影响对事物的认识和选择，甚至潜在决定着艺术创作活动的模式和形式

如果说情感本身是具体的、独特的，那么在艺术思维活动中，情感过程是通过影响对事物的独特选择来实现自己的。尽管艺术家会尽量地克服情感的盲目性，但是情感的力量始终影响着艺术家对事物的判断和认识。本着情感的要求，艺术家会本能地去把美的词句、美的色彩、美的感觉献给所钟爱的事物和人物，会本能地去注意其优美的方面，而忽略其丑陋的一面。反之亦然。有时艺术家也想反抗这种情感的驱使，逃脱这种本能的局限，但是最终还是感到无能为力，就如陷入恋爱中一般，情感是很难违背的。这种事例在艺术创作中司空见惯，艺术家只能根据自己内在的情感去选择，任何外在的强制性都会造成畸形的艺术品。

情感这种对选择潜在的支配作用，不仅表现在对事物的选择中，而且渗透到了对事物的艺术表现方式中。一定的情感色彩，往往明显表现在艺术家的创作行为中，由此形成了特定的色调、语调和音调，影响创作中意象的排列和结构、色彩的对比与搭配、旋律的急紧与缓慢，由此构成整个艺术作品的美学面貌。在有些情况下，艺术家情感的变化，有可能引起其整个美学风格和艺术创作方法的改变。当艺术家尚未能对自己创作方向和美学方向作出明确的选择时，在情感中就可能昭示着其创作的方向。例

---

① 王蒙：《当你拿起笔……》，北京出版社，1981 年，第 18 页。

如，从巴金后期创作的变化就可以看出，作家的情感状态与其艺术方式有密切关系。早期巴金沉浸在一种青春奋进的时期，激情推动着他去讴歌青春，抨击黑暗，艺术创造也是以一种亢奋、激情的方式进行的，但是到了后期，随着青春时期浪漫气息的逐渐消退，创作也走向了冷静、深沉的方向。《寒夜》的创作就是明显的例子，据巴金自己说，他写《寒夜》的时候，就"仿佛跟那一家人在一块儿生活，每天都要经过狭长的甬道走上三楼，到他们房里坐一会儿，安安静静地坐在一个角上听他们谈话、发牢骚、吵架、和解……"① 这和早期的创作显然有极大不同。

综上所述，情感在艺术思维活动中的作用是巨大的，自始至终的，它不仅是艺术创作最重要的内容和对象，也是艺术创作的动力；它不仅自己闪闪发光，也是照亮艺术家心灵其他意识内容的光源。因此，我们在艺术思维活动的研究中重视对于情感的研究，将会帮助我们最终把握艺术思维活动的全过程，揭示这个神秘王国中更深更多的秘密。

---

① 巴金：《巴金论创作》，上海文艺出版社，1983 年，第 291 页。

第十五章

早期经验对作家创作的影响

一

随着现代心理学的长足进步，在影响艺术家创作的诸种因素之中，艺术家早期心理经验越来越受到人们的重视。致力于精神分析学说的弗洛伊德早就注意到了这一点，他除了对人类早期经验——例如图腾与崇拜——进行了大量分析工作之外，还别出心裁地对歌德在自传《诗与真》里一段童年回忆进行了分析，并认为这种童年记忆对于歌德一生都具有特别重要的意义。无论这种分析是否成功，后人对艺术家早期经验的浓厚兴趣一直在持续增长。人们希望能够在对艺术家心理历史的分析中，找出其艺术风格和个性特征的人格根由，从而理解和把握艺术家对于生活所作出的独特的反应倾向、感情态度，以及进行创作的独特思维方式。

这种观点并非毫无道理。从心理发展角度来说，早期经验，尤其是童年记忆，对于人的人格、气质，以及思维、智力水平的形成有极大影响，它们在心理中刻下的印记往往是永久性的，常常潜在地影响着人对环境和事物的反应和评价。心理学研究已经表明，在不同家庭气氛和生活境遇中长大的人，在性格和气质上有很大的差异。例如在童年时期缺乏母爱或父爱，或者天性上受到压抑，在性情和智力上往往和正常条件下成长的人不同，常表现出孤独、忧郁，或者多疑、敏感的特点，他们对待和处理感情的方式也是非常奇特的。例如自卑式的小心翼翼，或者狂妄，失去节制，追求过度补偿等，由此人们也就越来越重视对幼儿心理和思维发展的研究，强调幼儿和少年时期的感情和智力的培养。

这对艺术家来说，则具有更为特殊的意义，因为没有任何一种思维活动比艺术思维活动更接近和依赖于人的个性气质和感情活动了。这种个性气质和感情活动方式并不一定随同外在多变的现实生活发生变化。一般来说，人在成年之后已经形成的某种心理结构就很难发生大的变化。如果说童年和少年是人的心理思维发展和个性形成的关键时期，那么早期经验无疑就是这种心理结构生发的土壤和基础，艺术家丰满的个性，往往就是由其早期经验中一些幼苗成长起来的。鲁枢元先生说得好："一个真正的伟大的作家、艺术家多半都是在童年时代情绪记忆的摇篮中便开始形成了他们自己独特的个性。这种早期的情绪记忆对于文学艺术家来说是如此重要，甚至在他们到了耄耋之年的时候，也总要竭力保其童心不泯。这种在孩提时代体验过的情绪记忆，往往还会在无形之中渗透在他们终生的创作活动中，显示出他们的创作风格和作品的个性特色。"① 因此，在文艺心理学中，把艺术家的创作活动和早期经验联系起来进行探讨，应该是一个不可忽视的方面。

显然，艺术家早期经验牵涉到艺术家生活史中的很多问题，是由多种多样的因素构成的，例如艺术家出生的地点和时间、家庭环境和生活方式、幼年时所受到的文化影响（包括游戏、学业、劳动、读书等）、家庭成员的直接引导等，都会对艺术家后来的心理构成和美学意向产生很大影响。如果从艺术思维活动最基本的因素说起，艺术家最初的审美意向与早期经验有着密切相关的联系，这不仅表现在各种因素的综合，艺术家从小就可能形成的对某种特殊艺术形式，例如音乐、绘画、文学等所表现出的特殊兴趣，而且表现在艺术家对于周围事物特殊的认知和反应倾向上面，

---

① 鲁枢元：《论文学艺术家的情绪记忆》，《文艺心理学资料》，福建师大中文系资料室编，1985年，第309页。

例如在童年和少年时期，艺术家与某种事物或人物的特殊的亲密关系，就会在感情上留下很深印记，甚至有可能成为后来艺术创作中特殊的思维焦点。就前者来说，研究者往往很容易觉察到，能够从艺术家某种独特的早期经验中发现和掌握其后来艺术创作才能的线索和材料。比如贝多芬从小就表现出的对音乐非凡的感应能力；中国现代作家张爱玲曾经记得自己幼小的时候，就摇摇晃晃地站在椅子上，向亲友们朗诵"商女不知亡国恨，隔江犹唱后庭花"的诗句等。而后一种情景往往显得比较朦胧，有时会隐蔽得比较深，其表象形式的变异也比较复杂。

例如在艺术家早期经验中记忆犹新的东西总是和某种事物和情景相关，而这种具体事物和情景后来就很容易成为艺术家心灵把握生活的审美中介，通过它与内在心灵中某种引起恐惧或愉快的意象相重合。现代作家沈从文就曾特别谈到过他的创作与水的关系，他认为水不仅给他种种难以磨灭的印象，促使他去思索和认识宇宙，他还说："……我所写的故事，却多数是水边的故事。故事中我所最满意的文章，常用船上水上作为背景。我故事中人物的性格，全为我在水边船上所写到的人物性格。我文字中一点忧郁气氛，便因为被过去十五年前南方的阴雨天气影响而来。我文字风格，假若还有些值得注意处，那只因为我记得水上人的言语太多了。"[①] 在沈从文的作品中，水的意象不仅占据着一个很重要的地位，而且总是和他早期经验中一些影响很深的事件、人物联系在一起，比如在《巧秀与冬生》一文中，沈从文记述了一件事：一个 23 岁的寡妇因为恋爱被同族的人沉入深潭，展示了一幅水上的悲剧。作为一种心理记忆，我们会在沈从文很多小说中发现它的影子。例如《柏子》《边城》《长河》《石子船》等作品中，人物的命运总是和水相关联，记载着他们的勇气、力量和欢乐，也包含着他们的痛苦、悲哀和死亡。水，往往是一种美及美的毁灭的象征，尽管它会以各种变异的形态出现，但潜在的根由往往蕴含在作家早期经验之中。

---

① 沈从文：《我的写作与水的关系》，郑振铎《我与文学》，生活书店，1934 年，第 284 页。

对艺术创作来说，这种早期经验的珍贵之处莫过于其感性色彩特别明显。现代心理学告诉我们，人的早期思维发展时期，尤其是儿童和少年阶段，对于事物感性形态的把握非常敏锐，如对色彩、气味、声音等事物表象形式的敏感，特别容易留下深刻的感觉印象。但是，人成年之后，理性意识逐渐完备起来，在感觉印象方面反而渐渐淡漠下来，容易产生"忽略"和"遗忘"。所以，一个人所具有的大量的、丰富的感觉印象，在很大程度上依赖于早期经验的积累，它们通常是非常具体的、微妙的、难以用理性的语言表达的，然而又是活生生的，难以磨灭的。这正如沈从文在自传中谈到的，小时候他喜欢到处去看，去嗅闻，什么死蛇的气味、腐草的气味、屠户身上的气味、烧碗处土被雨淋过后的气味等，他都能分辨出来，而且一直记得清清楚楚。

艺术创作从某种意义上来说，是建立在人的感性经验基础上的，艺术家就是依赖于这些感性经验来塑造生动具体的艺术形象的。这无疑从另一方面说明了艺术家早期经验的重要性。法国作家弗朗索瓦·莫里亚克曾提到，"艺术家在童年时代储备了大量的面貌、身影和话语，某一形象、某一句话、某一段故事使他感动……而在他毫无觉察的情况下，这些都在悄悄地激动着、活动着，在特定的时刻将会突然冒出来。"① 由于这种情景，以各种不同方式唤醒和挖掘早期经验，是艺术思维活动中一项激动人心的工作。因为在早期经验中很多奇妙和珍贵的记忆，在一般情况下深藏于意识深处，甚至连艺术家自己也未必得知。尤其对于自己幼儿时期的感觉，大多数人已无从记起，但是它并非不存在，在特殊的情景下，有的艺术家竟能够记起自己一二岁时的情景；有的则可能对自己六七岁以前的事一无所知。这确实是一种饶有趣味的心理现象。例如列夫·托尔斯泰就曾回忆起自己婴儿时期的印象："我被捆起来躺着（俄国人时常用绷带把婴儿捆得很紧——引者注），我想把胳膊伸出来，可是不能够。我尖声哭叫，我的叫声使我自己不快，但是我不能够停止。有一个人——我不记得是谁

---

① 刘柏盛：《法国文学名家》，黑龙江人民出版社，1983 年，第 279 页。

——俯身在我上面，这些都发生在半黑暗之中。"① 他还能相当清晰地回忆起自己洗澡时的情景："我坐在一个木盆里面，被一种什么东西的新的、愉快的香味所围绕，她们正在用这东西擦我的小身体。放在我的洗澡水里面的麦麸，它所引起的新奇的感觉，唤醒了我，我第一次知道了并且喜爱了我自己的看得见胸上的肋骨的小身体，光滑的黑木盆里，我的保姆的裸露的胳臂，冒着热气，打着旋涡的水，以及水的响声，特别是我沿着木盆的湿边沿摸过去所感到的光滑的感觉。"② 这种回忆即使和想象、梦幻无法分离，其中感觉的细节也是十分动人的。也可以设想，在艺术创作中，艺术家很多想象和梦幻都有可能与童年记忆中的某些因素有这样或那样的连带关系。只不过这种关系有时是隐蔽的、难以把握的罢了。

二

其实，在早期经验中，对艺术家创作产生重要影响的并非只表现在感觉印象方面，这也许还是比较易于了解和明白的一方面，而且还表现在一些神秘的、迷幻的心理体验方面。应该说，从人的经验世界形成之初，就包含着一种不同于客观反映的自我体验，比如某一种幻觉、某一种意识、某一种意向和冲动等，它们也许总是和客观事物有关系，但却不同于单纯客观事物的反映，而表现某种未来和隐秘事物的记忆，或者是只有直觉才能达到的境界。这些心理痕迹也许在很长一段时间里处于朦朦胧胧，不可言传的状态，但是有时候却在冥冥之中指引着艺术思维活动的方向。在创作中，艺术家会在某种不可知力量下进入某种境界，重新体验到他似曾体验过的气氛和情绪。例如，他会来到一个从未来过的街道，但这街道中的

---

① 艾尔默·莫德：《托尔斯泰传》（第一卷），宋蜀碧、徐迟译，北京十月文艺出版社，1981年，第10页。
② 艾尔默·莫德：《托尔斯泰传》（第一卷），宋蜀碧、徐迟译，北京十月文艺出版社，1981年，第11页。

情景分明又似乎是他非常熟悉的，只是永远无法认定自己是否曾经来过，只是曾经有过相同的感受而已。

这种情景如果不是真实地存在过，那么我们不得不怀疑它们是否在幻觉和梦境中存在过。可惜大多数人对于童年或少年时期出现的幻觉并不留意，更不会想到作为一种心理记忆对日后思维会产生影响。事实上，假如把幻觉看作是一种与人的生理状态、直觉意象密切相关，远离客观生活逻辑的一种心理活动和心理内容的话，那么在人的早期思维意识活动中它们是经常、大量出现的。因为这时候人的思维并没有过于强大的理性来控制和束缚，幻觉在一定程度上就成为早期思维和心理活动中的一项重要内容。这些幻觉作为一种存在过的主观事实，会在人的心灵中留下痕迹。由此，人的早期经验本身，并不只是对事物感觉印象、表象形态和语言词汇的集合体，还包含着某些幻觉、心境等种种主观的心理体验，而后者对于艺术家创作来说尤其重要。很多人把艺术看作是一种天赋的能力，但是在解释这种能力来源的时候，却很少注意到早期经验在早期思维发展中的作用。具有丰富的主观心理经验的人，更有希望成为一个优秀的艺术家。

在这方面，最引人注目的是早期经验中的情绪记忆，它对于艺术创作来说，比一般事物的表象记忆更有魅力。记得苏联表演艺术家斯坦尼斯拉夫斯基曾把情绪记忆看作是记忆中的"小珍珠"，是最宝贵的创作心理资源。他曾做过这样一种形象的比喻：艺术家在创作时开掘记忆，就像走进一个很大的房间，房间里有各种各样大大小小的箱子，里面又有各种各样更小的箱子，只有在最里面的箱子里，才珍藏着记忆中的"小珍珠"——情绪记忆。艺术家只有找到这种记忆中的"小珍珠"，才能进入一种理想的艺术境界。显然，所谓情绪记忆不属于一般对事物的感觉印象，比如人的日常生活中所看到的、听到的、闻到的等，而是经过某种情感浸透过了的，或者说曾经引起人心灵波动的特殊情景和经历，包含着艺术家某种深刻的情感和心境体验，它不仅在人的心灵中引起过深刻反响，打下的痕迹也比较深，而且能够在一定程度上影响对事物的反应和判断。在艺术思维活动中，情绪记忆是非常活跃的一种因素，它能够自发地联结和组合某些意象，促使艺术思维活动的延展。

这种情绪记忆对创作的影响有时并非表面的、直接的，可能潜在支配着艺术家的审美注意。例如鲁迅就曾在《猫·狗·鼠》一文中谈及过自己"仇猫"的原因。显然，鲁迅"仇猫"是具有现实生活依据的，表达了他对一些文人学者的厌恶和蔑视态度，认为他们像猫一样，颇与人们的幸灾乐祸，慢慢地折磨弱者的坏脾气相同，并且总是表现出那么一副媚态。但是到底为什么鲁迅把现实中厌恶的人与"猫"连在一起呢？鲁迅告诉了我们一件有趣的事，他的仇猫却远在能够说出这些理由之前，也许是还在10岁上下的时候了。至今还分明记得，那原因是极其简单的：只因为它吃老鼠——吃了他饲养的可爱的小小的隐鼠。那时候，小鲁迅对于"老鼠成亲"抱有很大好奇心，非常喜爱自己放在一个小纸盒子里的小隐鼠，当他得知它被猫吃了以后（实际上并非这样），把自己憎恨的感情就转移到了猫身上。他曾经在很长的一段时间里，不断找猫复仇，先是从家里饲养的一只花猫入手，逐渐推广到周遭所遇见的猫，先不过是追赶，袭击，后来能用飞石击中它们的头，或诱入空房之中，打得它们垂头丧气。鲁迅承认，这事虽然过去很久了，但厌恶猫的感情一直存在，而且在一定程度上影响着鲁迅后来的创作心态。

这说明在人早期经验中经历的情感波折是很难磨灭的，而且具有顽强的"再生"能力。所谓"一朝被蛇咬，十年怕井绳"，大概就是这种心理现象。对此我们也许可以称之为早期经验中的"情结"，一旦形成之后将对心理活动产生长远影响，在一般情况下是难以消除的。这也许如同鲁迅所谈到儿时在故乡吃蔬果感到鲜美可口，虽然后来感受不同了，但记忆中的美味却能"哄骗我一生，使我时时反顾"一样。其实，如果我们对鲁迅的《朝花夕拾》进行分析就不难看出，早期经验对鲁迅触及最深，因而在创作中最富有美学的意味，正是一种情感记忆，以及表现在鲁迅儿时所充分感受到的心灵压抑，他的欲望和爱好，他的童心和天性如何遭受到伤害和挫折等记忆构成了鲁迅心中一系列明显的印记。这些印记甚至冲淡了鲁迅在其他方面的印象。例如在《五猖会》一文中，鲁迅记叙了这样一件事。孩子们所盼望的迎神赛会到了，正当小鲁迅笑着跳着准备去看会的时候，严厉的父亲却逼迫他背书，并且说"背不出，就不准去看会"，鲁迅只好用发抖的声音去诵读"粤自盘古，生于太荒"，直到梦似的背完了它。当大家都为他父亲能放他走而高兴时，鲁迅的心境已完全不同了。

确实，在这篇文章里，关于去看五猖会的情景鲁迅几乎只字未提，似乎什么印象都没有留下。拿鲁迅自己的话来说，就是"直到现在，别的完全忘却，不留一点痕迹了，只有背诵《鉴略》这一段，却还分明如昨日事"。在这里，特殊的情感记忆实际上构筑了整个作品的美学意蕴。

从这里说开去，早期经验对艺术家创作的影响，不单单能够为创作提供资本和原料，而且能够确定对生活特殊的敏感性。特殊的情感经历和记忆，往往使艺术家对与此有关的情景特别敏感，容易引起共鸣，类似的情景就很容易引起艺术家的联想，激发创作冲动，成为艺术创作的对象。例如有的艺术家从小受到压抑，情感受到伤害，日后作为一种心理补偿，就会特别同情被侮辱、受损害人物的命运，在其艺术创作中贯穿叛逆反抗的精神。就此来说，如果我们从鲁迅早期经验出发去认真分析一下其作品，会得到很多东西。在他的作品中，很多意象都直接或间接地源于早期经验，代表着记忆中某种被压抑的心声。

当然，早期经验并非都来自直接经验，特殊的民情民俗、家庭环境和教育、民间游戏、童话、传说、歌谣的熏陶会对早期经验的形成和积累产生很大影响。特别是一些民间文学和书本知识的影响，能够构成人特殊的情感记忆，之后通过想象来体验复杂多样的感情。例如高尔基就曾这样描述过初次阅读普希金诗集时的印象："我一口气就把它读完了，心里充满了如饥似渴的感觉，就像一个人无意间来到一个以前没有见过的，美丽的地方……一个人在沼泽地带的树林中……走了很久，突然一片干燥的林边草地在他的眼前展开，那里满是鲜花和阳光，他就会生出这样的心情……普希金的诗歌的朴素无华和声调铿锵，使得我大为惊奇……那些音调响亮的诗句把它们所讲的一切东西装点得喜气洋洋，非常容易使人记住。这使得我心里幸福，使得我的生活轻松愉快。这些诗像新生活的钟声那样鸣响。……我躺下睡觉的时候，闭上眼睛，默诵那些诗，直到睡着为止。"①
显然，作品不仅唤起了高尔基的想象和幻觉，而且让他体验到一种从未有
过的情感状态。这种情景无疑给高尔基早期经验提供了宝贵记忆，对于他
以后的创作产生了重大影响。从这里也可以看出，作为早期经验中重要的
一部分，艺术家儿童和少年时期的艺术教育是非常重要的，其最早的艺术
趣味和审美意识的种子或许就是在这时种下的，直到若干年后才得以发
芽、开花、结果。

三

实际上，在艺术家从生活走向创作的过程中，其早期经验已经融到了
艺术家的人格构成之中，成为决定创作风格和风貌的重要因素。也就是
说，艺术家早期独特的个人经历和经验积累，不仅会为具体的艺术思维活
动提供资料，而且对艺术家以什么姿态进入创作、遵循怎样的艺术思维方
式、铸造什么样的艺术形态，都有重要影响。早期经验的独特性造就着艺
术家主体心理世界的独特性，从而明显影响着艺术家对于生活和艺术关系
的把握，可能表现为痉挛、愤怒和狂喜的状态，也可能表现为生命过程的
轻松、平静的乐趣；可能表现为生命力的激发和创造的紧张和消除过程，
也可能表现为感情的被压抑、被摧残以及要求补偿的方式等。当然，这是
一个复杂的问题。在这里，我们所关心的不再是艺术家创作中对生活表象
的处理，而是在特殊语境中形成的某种特定的心理行为模式。除去可能存
在的遗传因素不谈，早期经验对于艺术家整个一生的情绪状态都会产生这
样或那样的影响，尤其对于艺术创作的目的和构成起到重要作用。

从一些艺术家传记材料中可以看出，艺术家早期经验中某种焦虑、抑
郁、挫折、自鄙等，会直接影响着他们对生活的感受、认知和反应，并且

---

① 高尔基：《在人间》，人民文学出版社，1977 年，第 206—207 页。

在一定程度上确定他们进行思维的心理模式。一些艺术家在早期经验中自我实现的欲望未能实现，会一直在心灵深处潜藏下来，在一定的条件下通过成年的梦想表现出来，继续寻求原先失去的自我，来满足自己由来已久的心理期望。例如对一些艺术家表现为抑郁性或激愤性的艺术个性，如果我们单纯从现实环境的外源去解释，往往难以得到比较完满的回答，还需要从内源性方面去考察它们，特别是在艺术家早期经验方面去探询。一般来说，在这方面，艺术家个性形成的内源现象更为引人注目，如果说艺术家的气质个性与环境现实有密切关系，那么起码也是现实环境压力与潜在的早期经验中心理倾向相互作用的结果。

现代作家郁达夫及其创作在这方面便能提供例证。在这位作家的全部作品中，抑郁性的孤独者和零余者占据中心位置。郁达夫在创造这种形象的过程中，明显地体现出一种抑郁性的心理模式，例如在感情方面过分的自怨自艾，在自己欲望无法实现的时候就内投于自身，不仅怨恨自己的感情，而且发展为自我申斥，自我愤恨和自我虐待，对客观生活的认知也常常出现用自我贬低和自我责备的图式去解释和推断，从某一个琐细事物出发得出一个很大的结论等。这样，他笔下的主人公也时常被一种极端主观化的氛围包围着。《沉沦》中的主人公就沉浸在一种忧郁的心理状态中，总是疑心别人说他的坏话，他期待得到女学生的爱，但同时会对自己感到愤怒，为了表达这种愤怒，他甚至采取极端方式去戕害自己。

郁达夫这种创作个性的形成无法和他早期经验的独特性分离开来。从他的自传中能够看出，一种忧郁的气质和思维方式在其幼小时候就形成了。据他自己说，他儿时所经验的最初的感觉，便是饥饿，他不足岁就因营养不良得了肠胃病，经常发热甚至痉挛；三岁父亲死后，郁达夫就感受到了社会对他们孤儿寡妇的虐待，尝到了贫穷遭人冷眼的滋味，逐渐形成了忧郁、多疑的性格。从他在自传中记叙的一件记忆犹新的事中，我们就已经能够感受到郁达夫整个人格倾向的形成。他在县立学堂读书的时候，因成绩斐然而跳级，有一次他看到有钱家的孩子穿皮鞋很神气，就硬要他母亲为他也买一双。当时他母亲已没有余钱，只好带着他到鞋店去赊，可走了一家又一家，店家一听赊欠就板起了面孔，接下来的情景是这样的：

　　……到了最后那一家隆兴里，惨遭拒绝赊欠的一瞬间，母亲非但涨红了脸，我看见她的眼睛，也有点红起来了。不得已只好默默地旋转了身，走出了店；我也并无言语，跟在她的后面走回家来。到了家里，她先撷着鼻涕，上楼去了半天；后来终于带了一大包衣服，走下楼来了，我晓得她是将从后门走出，上当铺去以衣服抵押现钱的；这时候，我心酸极了，哭着喊着，赶上了后门边把她拖住，就绝命地叫说："娘，娘！您别去罢！我不要了，我不要皮鞋穿了！那些店家！那些可恶的店家！"

　　我拖住了她跪向了地下，她也呜呜地放声哭了起来。两人的对泣，惊动了四邻，大家都认为是我得罪了母亲，走拢来相劝。我越听越觉得悲哀，母亲也越哭越是厉害，结果还是我重赔了不是，由间壁的大伯伯带走，走上了他们的家里。①

　　对一个十一二岁的孩子来说，这种被剥夺的心理体验不仅深深留在了郁达夫的记忆中，而且直接影响了他的性格形成。正如郁达夫自己说的："自从这一次的风波以后，我非但皮鞋不着，就是衣服用具，都不想用新的了。拼命地读书，拼命地和同学中的贫苦者相往来，对有钱的人，经商的人仇视等，也是从这时候而起的。"② 所以，在郁达夫的早期经验中，我们已经看到了心理基本倾向的萌生，为了保卫自我的自尊心，他拼命地在消除和压抑自己的欲望，甚至采用过度的自我约束来回避自己的欲望要求。

　　这种人格倾向明显表现在郁达夫的生活中，支配着他对事业、爱情、家庭的态度，也一直贯穿在他的艺术创作活动中，决定着他表现自我和表现生活的特殊美学方式。和其他一些现代作家相比，郁达夫的创作显示出了自己独特的艺术选择，在张扬、崇尚个性的过程中，他总是以相反的情

① 郁达夫：《书塾与学堂——自传之三》，《人间世》1935 年 19 期。
② 郁达夫：《书塾与学堂——自传之三》，《人间世》1935 年 19 期。

景，即个性的被侮辱、被损害、被丧失为对象，甚至以过度的自我伤害作为报复社会的手段，他喜欢把赤裸裸的自我抛出来，以自虐来换取心理上的快感，以艺术上极端的浪漫和大胆来补偿被过度压抑和束缚的内在需求。

由此可见，艺术家早期经验对艺术创作具有根本性影响。从艺术家整个心理建构来说，也许这里才是一个真正的"密室"，藏匿着支配艺术家创作的一些神秘的感觉印象和情感怪物。随着岁月的流逝，它们也许被积压到了更黑暗的意识深处，一般的人不再去理会它们，但是在艺术创作过程中，它们一部分复活了，直接参与到了创作之中，还有相当一部分在黑暗中间接地支配着艺术思维活动的进行。当我们尽情欣赏在艺术创作台前表演的丰富多彩的节目时，假如还想追究它背后的秘密，最好到艺术家早期经验的"密室"中去探寻一番，我们挖掘得越深、越细，也就会发现与其创作更多、更神秘的内在关联。

当然，这种内在关联的样式多种多样，有的也许比较明显，有的也许比较隐蔽。在时间的流逝中，艺术家早期经验中各个因素的作用也并非一成不变的，有的因素会因环境的变迁，通过艺术家本人的学习被强化，有的则会被弱化，尽管它们对于艺术创作的影响不可能完全消失，但可能发生变异和变形。我们对于这种变异和变形的研究才刚刚开始。在探索艺术思维活动秘密的过程中，我们深入到早期经验之中，有时需要深入到艺术家潜意识和无意识的深处，甚至需要追究到艺术家婴儿和胎儿时期的生活情景，在他的知觉和意识刚刚开始萌芽和苏醒的状态中，追索对今后艺术创作发生影响的心理记忆的蛛丝马迹。在这里我们或者会意识到，一个艺术家进行创作的全部准备工作，是从他生命萌芽时期就已经开始了的，因此要整体地把握他的创作过程，必须研究他整个心灵过程的发展变化。

附录一

对一个原始的文艺心理学模式的美学探讨

——略论老庄哲学中的心理学美学思想

在坚持生活是一切艺术作品产生的根本源泉的基础上，把艺术创作过程同时理解为一个心理学美学过程并加以探讨，似乎是近几年才引起普遍注意的。无疑这是我们文艺理论研究中新的开拓和进步，在这个刚刚被开垦的园地里，尚有许多等待我们去探索和发现的秘密。然而，也许正是在这种新的探索中，我们才意识到，对于创作主体的心理王国，我们的祖先并不陌生。在我国源远流长的古典美学和文论中，很早就注意到了艺术创作过程中心理学和美学的特征问题，有许多很精辟的论述。

《老子》（又称《道德经》）和《庄子》（又称《南华经》）就是例证。其论述中不仅有一些观点同近代某些心理学美学研究成果不谋而合，而且有一些独特的发现，为这些成果提供了有力的佐证，使人们能够看到在文艺理论发展中古今浑然一体的本来面目，能够使我们从历史的疑问中摸索出一条走向未来的道路。

当然，要真正从《老子》和《庄子》中得到有益于现在和将来的东西并不容易。这二者似乎是厌世的唯心论者对于创作心理的分析，不仅采用的是一种原始的比喻的方法，毫无科学范畴的限定和依据，因此造成哲学、美学和心理学彼此相混淆的情景，而且是同他们消极虚无的现实观紧紧纠缠在一起。在老庄论述之中，表面弥漫着唯心主义的迷雾，但内部常常隐匿了一些真正的有益的艺术见解。但是，正确的思想方法论是具有"化腐朽为神奇"能力的，它将引导我们入污泥而不染，从古代粗糙的良莠不齐的遗产中，分离出珍贵的东西。我们相信，尽管老庄的思想曾经在历史上被千百次研究过、肯定过，然而真正能够发现其永恒历史价值的，将是建立在马克思主义的科学分析之上的。正如黑格尔哲学的真正价值，不是由他的门徒们，而是由他的批判者马克思发现的一样。

老庄的思想基本是内向的，把思维重心主要放置在人的主观方面。也许正因为如此，他们的美学思想和主观唯心主义具有血缘关系，同时决定了其美学思想更多地表现在艺术创作主体方面，确切地说，更注重于对艺术创作的主观心理过程的分析。他们都不约而同地把艺术创作整个过程的研究只界定在主观意识范围内。而这个范围首先表现在文艺创作心理方面。显然，当他们越来越把艺术归结于"心"的范围进行研究的时候，就越沉浸到一种具体的美学经验情境中，从而越是能从抽象的唯心主义哲学中脱离出来，在今天看，也是越来越严格地划定了具体的艺术心理学和美学的相对客观的范畴。在《老子》和《庄子》中有许多关于这方面的论述，尤其是在《庄子》的寓言中，有很多文字直接而且形象地表达了文艺创作的心理学过程。《庄子·达生》中的"梓庆削木为鐻"就是内涵很深的一例：

梓庆削木为鐻，鐻成，见者惊犹鬼神。鲁侯见而问焉，曰："子何术以为焉？"对曰："臣，工人，何术之有！虽然，有一焉。臣将为鐻，未尝敢以耗气也，必齐以静心，齐三日，而不敢怀庆赏爵禄；齐五日，不敢怀非誉巧拙；齐七日，辄然忘吾有四肢形体也。当是时也，无公朝，其巧专而外滑消，然后入山林，观天性，形躯至矣，然后成见鐻，然后加手焉，不然则已。则以天合天，器之所以凝神者，其是与！"

可以说，这里庄子用寓言形式制作了一个原始文艺创作心理学的模式，其中包含了丰富的内容。作为对一个完整的艺术作品创作过程的理解，这个模式反映了创作心理的几个经验特征：第一，文艺创作良好的心理状态应该是"齐以静心"，建立一种稳定的思维情势，这就要排除情绪上的不稳定和感情上的大起大落。一般来说，创作实际上是在一种强烈的感情波动之后进行的，是痛定思痛之结果。第二，"齐以静心"的目的是排除杂念，聚精会神，沉浸到一种忘我的对象化的艺术境界中。可见庄子早就注意到了思维活动中的层次问题，把文艺创作看作是排除其他层次的思维内容，确定某一特定层次心理活动的过程，从而达到忘情忘己的地步，把自己同艺术对象融合在一起，神与物游。第三，在艺术创作中，还包括对心灵形象的外在物质形态和方式的美学选择，从而达到内在形象内容与外在的物质形式尽可能的完美一致，这就是"入山林，观天性"的过程。在这个过程中，作者把形象内涵寄托于特定的艺术外在的物质形式，并使这个物质形式完满确切地体现自己，由此达到"形躯至矣，然后成见镶"的理想结果。这是心灵形象物化为外在艺术作品的心理过程。而"然后成见镶"，不过是这种心理过程的结果实现而已。至此，庄子在这个原始的创作心理学模式中，悄然揭开了艺术创作主体活动的秘密。

显然，在这古老的寓言中隐藏着这么多心理学美学的秘密是令人惊奇的。我们之所以说它们是隐藏着的，是因为并没有用科学的抽象形式表现出来，它们中的很多秘密是在近代心理学研究过程中才被发现的。就在19世纪初，很多浪漫主义艺术家还天真地把热情视为创作之神，认为单纯的热情是万无一失的创作法宝。在他们看来，人的心理意识是一个浑然一体的无边无涯的世界，想象在这个世界中的尽情奔驰就是诗的产生过程。甚至还这样认为："思想是一片肥沃的处女地，上面的庄稼可以自由地生长，可以说，要听其自然，不要分门别类、排列整齐，像勒·诺特的古典花园里的花丛一样，或者修辞学专著里的词汇一样。"[①] 而只是到了20世纪初，随着心理学科学的发展，人的心理世界的秘密才被逐渐揭示出来。在人们

---

① 雨果：《〈短曲与民谣集〉序》，外国文学研究资料丛刊编委会《欧美古典作家论现实主义和浪漫主义》（二），中国社会科学出版社，1981年，第121页。

的意识中，它不再是一个杂乱无章的混沌世界，而成为一个有序的多层次的结构。人的任何一种正常的思维活动都不是包罗万象的，而是建立在特定的心理层次上的，具有自己独特的心理活动轨道，艺术创作也不例外。莎士比亚把诗人的想象看作是同情人和疯子的想象一样的说法，在人们面前开始表现出其天真幼稚的一面。当然，当人们善意地嘲笑莎士比亚的时候，常常忘却了古代的庄子很早就发现了这个秘密。在古人的智慧面前，现代人也许常常会感到惊奇和羞惭，但这并不影响我们接受古人的馈赠。我曾记得，古苏格兰人曾经用一组简单的石头建筑，表达了一个天文学的秘密，这个秘密到了近代，才被完全解开。①

　　毫无疑问，作为一个心理学美学模式，这个古老寓言还处在原始阶段。并不属于科学范畴定性的结果，而仅仅表现为一种美学经验范畴。这也许不能全都归结于庄子的缺憾，在那个客观经验还没有分门别类、形成各自不同的学科范围的时代，思想产品往往缺乏明确的科学定性和界定，因此使得哲学家、美学家、艺术家、历史学家的界线混淆不清。这种情况显然是和当时一定的思维方式联系在一起的，由于缺乏明确的客观研究对象的界定，古人很多重要的思想发现只能停留在原始经验的直观形式上，而不能从个别推广到一般，形成科学的逻辑体系。这种情形当然也给后人带来了研究的困难性。其实，至今我们在很多方面都还在延续着古人的思维方式。因为我们在研究任何一个古人的学说之前，还缺乏一种对主观经验范围的鉴别。因为我们相信，尽管古人在学说中没有研究对象范围的明确界定，但在其主观经验形式中已经决定了这种对象的方向，前者是主观范畴问题，后者则是具体存在的客观范畴。因此，古人的论述，常常给后

---

① 这里所指的是曾引起天文学家极大兴趣的苏格兰卧石圈。据科学家测定，它们建于公元前 1800 年左右。这些卧石圈构成一个紧密组合的石建筑，它们有相似的构造法，都有作为观测线的同类水平卧石。美国的 Aubrey Burl（莱斯特大学和赫尔高等学院的考古学讲师）对此曾在论文《苏格兰的卧石圈》中做了较为详细的介绍［见《科学》（Scientific American）1982 年第 4 期］。但他认为"这些巨石遗迹像许多其他遗迹一样，曾被看作古代天文台。似乎很清楚，虽然它们按天文学原理排列，但其作用纯粹是宗教仪式性的。"

人一种纷乱的、互相矛盾的印象，后人在没有对它进行客观对象鉴别之前，就已经分别把它推到了哲学、美学，甚至政治学、经济学的舞台上去了，而且常常得到截然不同的评价。哲学上的形而上学摇身一变为艺术上的唯物论，美学上的辩证法会受到哲学上唯心主义的待遇。对于庄子学说同样如此。尽管庄子非常偏重于人的主观意识方面，但根据所依据的客观经验的方向，我很想把它当作一种美学经验来看待。如果需要判断庄子究竟是一个哲学家还是美学家的话，我更倾向于说他是一个美学家。我总是忐忑不安，今天我们对于古人学说缺乏科学客观经验范畴的判断，并随各种研究角度的不同，冠之以哲学家、历史学家、美学家并给予唯心主义或者唯物主义的定性，这对于古人或者是对于后人来说，都将是一个历史的错误。

建立这个有趣艺术创作心理模式的功绩，当然不能全部归功于庄子，至少不能排除老子的作用。作为思想继承人，庄子的学说具有老子的血缘。虽然很多人已经指出老子和庄子在哲学思想方面有很大差异性，但是在美学思想上却有明显的继承关系。老子思想是一种理想的审美心理状态，老子指出要"专气致柔，能如婴儿乎"，做到"致虚极，守静笃""复归于无极"。为此，老子不仅提出要"去甚、去奢、去泰"，而且要"塞其兑，闭其门，挫其锐，解其纷，和其光，同其尘"，摆脱现实社会的侵扰，走向终身不勤、忘世忘我的境界。在老子看来，真正的幸福境界在社会现实关系中无法达到，必须彻底摆脱各种现实关系的纠缠，摈弃一切功利和欲望的打算。于是老子醉心于这种境界："众人皆有余，而我独若遗，我愚人之心也哉，沌沌兮，俗人昭昭，我独昏昏；俗人察察，我独闷闷；澹兮，其若海，飂兮，若无止。众人皆有以，而我独顽似鄙，我独异于人，而贵食母。"（《道德经》第十二章）这种境界确实如痴如醉，只有在艺术中才能得到。老子认为只有这样才能领略美的本质，成为超脱现实的圣人和至人。他对人们审美状态进行严格的限制，拒绝了一切客观内容的先导作用，以至于使这种状态失去了特殊的内容而陷入虚无的缥缈境界。

　　然而，老子之所以醉心于这种虚无的缥缈境界，是以独特的美学理想为基础，具有特定的艺术内容。从某种程度来说，这种美学境界并不脱离自然生活，而是由对于自然的特殊观照形式决定的。从老子"道可道，非常道；名可名，非常名。无名，天地之始，有名，万物之母"的思想来看，老子的"道"就是脱胎于自然的，依据一种原始混沌为一的自然观，自然是以一种无可认知的力量出现的。"有物混成，先天地生，寂兮寥兮，独立而不改，周行而不殆，可以为天地母，吾不知其名，字之曰道"，和《山海经》所说的自然天地没什么两样。《山海经》云："地之所载，六合之间；四海之内，照之以日月，经之以星辰，纪之以四时，要之以太岁。神灵所生，其物异形，或夭或寿，唯圣人能通其道。"自然是浑沦为一的，正如《列子》所说的："浑沦者，言万物相浑沦而未相离也，视之不见，听之不闻，循之不得。"（《天瑞第一》）这种原始的自然观决定了老子的美学观。他虽然把自然的客观规律看作是超越于一般日常现实生活之外的一种存在，是不可知、不可言的，是一种"无状之状，无物之象"，但它却是可感的，而且只能是可感的。他认为不可跨越的距离，是自然本身和它外在表象形式、人的审美感受和具体的外在形式之间的差距，并且强调了无限和有限之间的不和谐的绝对性。正因为如此，老子提出了"大方无隅，大器晚成，大音希声，大象无形"的美学思想。这种"大方""大音""大象"自然是在具体客观形态中无法存在的，于是老子就把它交给了一种主观的心理世界，想在这里寻找这无隅的"大方"世界，正如他所说的："道之为物，惟恍惟惚。惚兮恍兮，其中有象；恍兮惚兮，其中有物；窈兮冥兮，其中有精。其精甚真，其中有信。"这里，老子表现出了真正的艺术家气质，思维中物象飞扬，景精意真，在艺术王国里如痴如醉。

　　但是，尽管老子所建立的这套美学程式看起来似乎是自始完满的，首尾相贯的，却无法掩饰它原始的认知。老子对自然世界原始的理解，拘泥于一种原始的狭隘眼光，没有真实地分辨出客观与主观两个不同的范畴，并且对于人的不同知觉形式与客观自然所建立的永恒联系视而不见和缺乏理解。法国学者列维－布留尔（1857—1939）在其《原始思维》（1910）一书中指出："我们社会的迷信的人，常常还有信教的人，都相信两个实在体系，两个实体世界，一个是可见、可触、服从一些必然的运动定律的实在体系，另一个是不可见、不可触的（精神）的实在体系。后一个体系以一种神秘的氛围包围着前一个体系。然而，原始人们的思维看不见这样两个彼此关联的，或多或少互相渗透的不同的世界。对它来说，只存在一个世界。如同任何作用一样，任何实在都是神秘的，因而任何知觉也是神秘的。"老子就近似于这样一个原始迷信的人，他还找不到这两个世界真正彼此相通和相互区别之处，而对于那个不可见、不可触的"精神"世界过于迷恋，开始走向远离那个可见的、可触的实在世界的道路。这极大地限制了老子在美学心理学上的发现，使他的美学成为片面的单一方向上发展的产物。固然，老子在整体的自然体系中意识到了个别事物的局限性，在一定程度上揭示出了个别永远不等同于一般这个真理，因此提出了"道之出口，淡似无味"的辩证观点。然而他没有看到一般正是在个别中体现自己这个辩证法的另一方面。他的艺术辩证法因此只能成为一条腿的辩证法，重心永远放在主观思想的一边。正因为如此，才在美学上最后导致了否定具体艺术存在的虚无主义，所谓"五色令人目盲，五音令人耳聋，五味令人口爽"，正是他独腿辩证法发展的必然结果。

这里，人们也许能够发现，老子的美学思想同西方柏拉图的美学思想有很多相似之处。他们对于具体的审美现实所采取的最终的否定态度，很多人都已经注意到了。然而更使人感兴趣的是，柏拉图几乎和老子一样，非常注重艺术创作主体的心理状态，也有过对于艺术创作心理学的重要发现。柏拉图对一般的美和具体个别的美之间的天然区别过于敏感，并且片面延伸了这种区别，没有看到个别的美的存在与一般美的统一关系。或者说，正是因为没有看到这种统一关系，他才最终把一般和个别割裂开来，否定了美的客观存在。但是，当他一旦摆脱对于这种抽象关系的议论，返回到具体的美学经验中，就会显得神思飞扬。尤其是柏拉图对于诗人灵感的看法，透露出了和老子相似的美学思想。柏拉图是这样说的："科里班特巫师们在舞蹈时，心理都受了一种迷狂支配；抒情诗人在作诗时也是如此。他们一旦受到音乐和韵节力量的支配，就感到酒神的狂欢，由于这种心灵的影响，他们正如酒神的女信徒们受酒神凭附，可以从河水中汲取乳蜜，这是她们在神志清醒时所不能做的事。抒情诗人的心灵也正像这样，他们自己也说他们像酿蜜，飞到诗神的园地里，从流蜜的泉源吸取精英，来酿成他们的诗歌。他们这番话是不错的，因为诗人是一种轻飘的长着羽翼的神明的东西，不得到灵感，不失去平常理智而陷入迷狂，就没有能力创造，就不能作诗或代神说话。"① 不管柏拉图的表达方式和老子有什么不同，细心的读者都不难发现，他所说的诗人创作灵感和"迷狂"状态是联系在一起的，而这种"迷狂"同老子的"沌沌兮""昏昏兮"的惚恍境界有类似的含义。艺术家必须排除外界的干扰，聚精会神，沉浸在某种与物同游、与道同在、与神一体的艺术境界之中。这是一种形成艺术创作的特殊的心理情势。只是柏拉图和老子用不同的方式表达了它。

我以为，老子与柏拉图相比，也许更少哲学的意味，更倾向于艺术化的境界。他曾经多次推崇过"婴儿"的思维状态，他对艺术的理解也多少带着一些人类孩提时代的意味。尽管不免有些幼稚和偏执，但仍然具有永久的美学魅力，正如马克思曾赞扬过的希腊神话一样，人类在童年时期的艺术能够给人们以永久的艺术享受，而对这种创造艺术的童年心理，同样极其宝贵。

显然，作为老子的思想继承者的庄子，对老子这种文艺心理学思想心领神会，而且，庄子比老子更具有艺术气质和丰采，更偏重于对艺术创作心理的注意和感受。在神思飞扬、汪洋四溢的《庄子》中，庄子不仅很好地继承了老子的美学思想，而且在具体审美经验的阐述中发展了它，使其血肉丰满，更加熠熠有神。

庄子很欣赏老子"致虚极""守静笃"的心理境界说，提倡"心斋"和"坐忘"。所谓"心斋"，他说："若一志，无听之以耳而听之以心，无

---

① 柏拉图：《文艺对话集》，朱光潜译，人民文学出版社，1983年，第8页。

听之以心而听之以气。听止于耳，心止于符。气也者，虚而待物者也。唯道集虚。虚者，心斋也。"（《人间世》）他还说："堕肢体，黜聪明，离形去知，同于大通，此谓坐忘。"（《大宗师》）这几乎有点以后文论中出现的"禅道"的味道。在庄子那里，这种"心斋"和"坐忘"的境界更多地具有艺术色彩，它所企及的是人在主观思想方面的自由，谋求人在经验世界中的广阔天地。

尤其可贵的是，庄子对于创作心理中内在形象孕育的解释比老子更为具体，具有更丰富的内容，也许大多是来自自己体验过的创作心理，所以感受和理解就显得格外真切。对于完满的艺术创作心理状态，庄子不仅把"忘我"作为必要的心理条件，而且认为其和艺术对象难解难分地纠合在一起。对此，庄子曾用一个巧妙的比喻，来表达一种真实的创作心理体验：

> 昔者庄周梦为胡蝶，栩栩然胡蝶也，自喻适志与！不知周也。俄然觉，则蘧蘧然周也。不知周之梦为胡蝶与，胡蝶之梦为周与？周与胡蝶则必有分矣，此之谓物化。（《庄子·齐物论》）

这则笑话般的寓言流传了几千年，很多人以此来戏笑庄子糊涂，也有些人认为其说明庄子的唯心主义思想之深，但很少有人把它看作是一种创作心境的体验，注意到其中包含着的一种难得的文艺创作心理学的发现。这里"物化"的概念，表明的是创作主体对象化的思维过程。艺术家由于完全沉浸在自己的艺术对象之中，与之喜，与之怨，把自己的感情全部交付于对象，以至于物我混为一体，很难把它们分开。只有中止了这种创作思维，艺术家才能回归到原来的思想状态，"俄然觉，则蘧蘧然周也"。而物我相融的情景依然余音缭绕，不绝于心，具有不可言传的艺术意味。庄子用一个梦境来比喻这种心境，是非常适宜的。作为一个艺术家，庄子兴许也经历过福楼拜写包法利夫人之死时，口中似乎感觉到了像砒霜的味道一样的相似的艺术境界。在他描写大鹏鸟"抟扶摇羊角而上者九万里，绝云气，负青天"的腾飞时，多少忘却了当时社会纷乱争斗的割据局面。

当然，庄子不可能从根本上摆脱那个时代的局限。在自然观上，庄子甚至没有走出老子所规划的那种原始状态的迷宫。在庄子的眼中，大自然依然维持混沌为一的不可知的面目。他认为，"物已死生方圆，莫知其根也，扁然而万物自古以固存。六合为巨，未离其内；秋毫为小，待之成体；天下莫不沉浮，终身不故；阴阳四时运行，各得其序；惛然若亡而存；油然不形而神"，自然之道是一种莫可名状的神秘力量，"其来无迹，其往无崖，无门无房，四达之皇皇也"。（《知北游》）于是，自然从它具体形态中被抽象出来了，成为一种形而上的力量，这时，庄子也就失去了认知和驾驭自然的能动力量和艺术魄力，成为一个畏缩不前的人，从而感到困惑和虚无，"听之不闻其声，视之不见其形，充满天地，苞囊六极，汝欲听之而无接焉。"（《庄子·天运》）顺着老子走过的艺术抽象的盘旋路径，庄周有时同样迷失在自己所设计的不可探测的迷宫里，他的议论距离具体的审美经验越远，就越是偏向于艺术的虚无主义境地。他在《天道》中说："故视而可见者，形与色也；听而可闻者，名与声也。悲夫，世人以形色名声为足以得彼之情！夫形色名声果不足以得彼之情，则知者不言，言者不知，而世岂识之哉？"为了得到这种不可言传的"道"，他走上了"灭文章、散五采"的否定具体艺术的道路，这时候，庄子的理论不仅显得苍白无力，而且有点荒唐了。他同老子一样，在哲学上从自我肯定最后走向了自我否定。

但是，庄子在哲学上的自我矛盾并不能掩饰在美学和文艺心理学上的出色建树。正如恩格斯对黑格尔的评价一样，黑格尔在整体观念上歪曲和颠倒了现实世界的真实关系，却在某些现象的把握上显示出了天才和正确性。庄子尽管作为一个哲学家并不高明，但在艺术上却是一个富有创造性的天才。他的思想一旦集中到具体的美学经验上，就会或多或少地摆脱了哲学抽象的虚无主义的纠缠，显示出令人惊叹的丰富内容，表现出一个富有生气的庄周来。

实际上，在文艺创作的整个心理过程阐述中，老子仅仅走了一半就停止了，他也许充分理解了艺术形象在心灵中的主观意象和它的心理氛围，但是并没有让这种意象走出来，转换为具体的艺术现实，因为他并不信任具体的艺术手段的美学功能，惧怕这种心灵意象在现实具体形态中的丧失。于是他在主观通向客观的边缘上站定了，他的心理学美学的历程也由此告终，可庄子则没有停留在这里，而是继续走完了老子没有走完的一半路程。如果说，在整体的哲学观上，庄子和老子一样，背离了具体的客观存在，在绝对真理范畴内是虚无的，那么在具体的文艺心理学美学方面，则是"出自蓝而胜于蓝"，比老子更加前进了一步，丰富了心理学美学的内容。

在这方面，庄子让主观的艺术意象走上了通向客观具体现实的道路，把创作过程理解为艺术主体的"物化"和艺术对象的心灵化的统一过程，不仅孕育形象，而且要使这种心灵形象通过一定的艺术手段，在具体形态中实现。因此，庄子不仅一般地表述了文艺创作的心理特征，而且顾及了艺术技巧在创作中的地位，把完美的技巧看作是实现美学理想的重要条件。他认为，完美的技巧是和创作过程混为一体的，它不应该成为艺术家在创作中有意追求的因素，相反，它应该融合在构思和创作中，无法被单独分离出来。因为最好的技巧是无技巧的境界。在《达生》篇中，庄子通过"津人操舟若神"说明"善游者数能，忘水也"，高超的艺术是忘却形式的。在《田子方》篇中，庄子用"列御寇为伯昏无人射"的寓言，形象地说明了这一点：

列御寇为伯昏无人射，引之盈贯，措杯水其肘上，发之，适矢复沓，方矢复寓。当是时，犹象人也。伯昏无人曰："是射之射，非不射之射也。尝与汝登高山，履危石，临百仞之渊，若能射乎？"于是无人遂登高山，履危石，临百仞之渊，背逡巡，足二分垂在外。揖御寇而进之。御寇伏地，汗流至踵。伯昏无人曰："夫至人者，上窥青天，下潜黄泉，挥斥八极，神气不变。今汝怵然有恂目之志，尔于中也殆矣夫！"

御寇之所以不能算善射，在于他"是射之射"，还没有达到"不射之射"的境界。所谓"是射之射"存在着为技巧而技巧的倾向，还没有达到技巧上炉火纯青的地步。而伯昏无人在"登高山，履危石，临百仞之渊，背逡巡，足二分垂在外"的情况下，仍能控弦自若，才是真正的善射。这时候才能真正达到"用志不分"的艺术境界。

我们看到，在阐述具体艺术创造心境的时候，庄子已经从纯主观境界走了出来，注意到了经验世界的客观来源——人的实践活动对艺术创作的巨大作用。这显然不自觉地表现出对老子唯心主义哲学思想的反叛。我们反而应该看到，在老庄学说中存在着的自相矛盾的情形。他们的美学思想同其哲学观念处于相互依存而又相互对立中，我们在把握它们之间的联系时要十分小心，不能忽视它们之间的矛盾和差异。"佝偻者承蜩"是庄子一个有名的寓言。佝偻者所言的"道"，其实就是他"用志不分，乃凝于神"的前提——这是实践经验积累的结果。从"失者锱铢"到"犹掇之也"，不仅是技巧的成熟过程，也是技巧融于内容的过程。在《养生主》"庖丁解牛"中，庄子实际上是把成熟的技巧同熟悉的艺术对象联系在一起理解的。庖丁解牛能够达到"神遇而不以目视，官知止而神欲行"的地步，是他长期实践的结果。因此，他能够掌握具体事物的细微之处，依乎天理，完成特殊的"解牛"过程。这里，艺术创作的心理过程和艺术技巧的运用过程是一致的，都是形成统一的创作过程。

我们现在再来看"梓庆削木为镰"这个原始的文艺心理学模式时，或许就能够领悟更多的美学内涵。我们的美学探讨也由此延伸到了一个更为广阔的领域。不管怎么说，这个模式单独看来是缺乏客观现实依据的，并没有揭示出经验世界与客观世界的恒常联系，而且把客观对象的艺术处理（表现在运用技巧的制作过程）简化到了无以存在的地步。也许对庄子来说，这是理想化标准的文艺创作心理模式，正是为了符合这种理想境界，达到整齐划一，庄子裁剪和忽视了艺术创作思维活动中一些必不可少的环节。幸好，这些环节能够在庄子的其他叙述中或多或少地得到补偿。虽然在庄子的整个思想中，这些环节的连线是断断续续的，不断被一些抽象的观念所切断，但是我们可以抛开这些走向虚无主义的哲学观念，用科学的辩证法思想重新把它们联系起来。因此，对这个原始心理学模式的美学探讨也将是对老庄整个思想学说的重新识别。

　　毫无疑问，老庄的美学思想是极其丰富的，它对中国古代艺术传统产生了深远的影响。老庄有关文艺心理学的建树，深刻影响了中国古典文论的发展，形成了古典文论中固有的重神思和意象，重艺术感受的特色，文论中传统的"文气说""神韵说""禅道""妙语"无不带有老庄思想的印记。因此，在前人研究的基础上，深入研究老庄的心理学美学思想，对于深刻理解我们民族艺术传统，建立我国独特的文艺理论体系，是十分有益的。

附录二

"心动说"——中国古代心理美学
思想的重要源流

一

　　如果认真追寻中国古代文论一些基本思想的渊源的话，就很容易发现"心"的重要地位。在对于文艺的起源、形成和功用的解释方面，古人一向对"心"非常重视，视之为一切文艺创作发轫的起点和内在动因，这在先秦时期就已形成一种比较系统和固定的看法。我们这里所说的"心动说"就是对这种看法比较概括的一种提法。

　　不难发现，在对于文艺的起源、创作的发动等一系列艺术问题上，在先秦时期古人有很多精辟的发现和论语，而这些发现和论语往往是和人的心理活动联系在一起。例如：

　　子曰："兴于诗，立于礼，成于乐。"

——《论语·泰伯》

　　凡音之起，由人心生也，人心之动，物使之然也。感于物而动，故形于声。声相应，故生变；变成方，谓之音。比音而乐之，及干戚羽旄，谓之乐也。

——《乐记·乐本篇》

君子以钟鼓道志，以琴瑟乐心。

——《荀子·乐论》

诗言志，歌永言。

——《尚书》

哀有哭泣，乐有歌舞，喜有施舍，怒有战斗。

——《左传·昭公二十五年》

凡音者，产乎人心者也，感于心则荡乎音，音成于外而化乎内。

——《吕氏春秋·季夏纪》

对于文艺的这种看法，在先秦时期虽然散见于各家学说之中，但是如果联系起来看的话，就不能说是一种个别的、无足轻重的思想。从某种意义上来说，这些看法一方面说明中国古代学者很早就注意到了从人的心理角度去解释文艺现象，另一方面也表现了中国文艺美学思想的一种独特的思维，从一开始就重视于人内在的主体性和文艺的心理内容。

从"心"的角度去探索和解释文艺现象，给中国古典美学带来了一种浓厚的心理色彩。例如在对于艺术（音乐）起源的解释中，《吕氏春秋·季夏纪》分别讲述了四个故事，都带着浓厚的情感色彩。其中一个讲到：

夏后氏孔甲田于东阳萯山。天大风，晦盲，孔甲迷惑，入于民室。主人方乳，或曰："后来，是良日也，之子是必大吉。"或曰："不胜也，之子是必有殃。"后乃取其子以归，曰："以为余子，谁敢殃之？"子长成人，幕动坼橑，斧斫斩其足，遂为守门者。孔甲曰："呜呼！有疾，命矣夫！"乃作为"破斧"之歌，实始为东音。

由此可见，古人把"东音"的创始看作是对命运的一种悲叹，发自于一种对生活的切身感受和体验。在《吕氏春秋》中，除了对"东音"起始的解释外，对"南音""西音""北音"起源的解释也都着重于人的内在心理，比如"南音"源于涂山氏之女令其妾候大禹之事；"西音"的起源讲的是周公怀念故地的故事;"北音"始作于二佚女对"燕燕往飞"的惋叹之情。也许正是因为如此,《吕氏春秋》的作者得出了下面的结论:"凡音者,产乎人心者也,感于心则荡乎音,音成于外而化乎内。"《季夏纪》谓"乐之有情,譬之若肌肤形体之有情性也","失乐之情,其乐不乐",这些也都是根据艺术与人心理世界的变化、期待、欲求之间的密切联系而言的。

这种从人的心理角度去理解和阐述艺术起源的看法,在先秦、两汉时期已趋于一种比较系统完整的理论。在音乐方面的重要论著是《乐记》,它从不同角度阐述了音乐与人的心理的关系,把"人心之感于物"看作是音乐之"本",这是一种很重要的看法。围绕着"心动"这个中心,《乐记》谈到了情感与音调的关系,音乐与欲求的关系,音乐与礼仪的关系,坚持把人心之动和音乐形式、功能统一起来。后来,在《毛诗序》中,古人在把以往各家有关艺术方面的论述加以归纳和系统化的过程中,更加突出了艺术的心理渊源关系,形成了更为系统的论述,指出:"诗者,志之所之也,在心为志,发言为诗。情动于中而形于言,言之不足,故嗟叹之;嗟叹之不足,故永歌之;永歌之不足,不知手之舞之,足之蹈之也。"——这可以说是"心动说"一种成熟的看法了。这种看法和《淮南子》中所说的"今夫《雅》《颂》之声,皆发于词,本于情",司马迁《史记》中所言"《诗》三百篇,大抵贤圣发愤之所为作也",王充所谓的"文由胸中而出,心以文为表"等思想有一致的渊源关系。显然,用一种整体的、系统的观点来考察中国古代文艺美学思想,就会发现"心动说"是其一个重要支承点,显示了中国古代文艺美学思想的一个重要特点。

二

这种发现使我们的思路不得不延伸到古人对人主体心理结构的探讨,可以说,后者是一个更深、更宽厚的层次。古人重视文艺与人心理的渊源关系不是偶然的，它有一种意识背景和文化渊源，这种背景和文化渊源就是对人主体心理意识的重视和发现，中国古代文艺美学思想产生于这种独特的文化意识气氛中，不可能不带上浓厚的心理色彩。所谓"心动说"，一方面表现了古人对文学创作过程的发现，另一方面也凝结着古人认识人、探索人和理解人的结晶，后者的丰富发现不仅引导、推动和影响了前者，而且也构成了前者深刻而又隽永的魅力。因此要真正把握和理解"心动学"的心理美学内涵，就不得不注意到古人对人心理的一些重要看法。

这些看法也许会触动人们对于中国古代文化的某些成见。有一种看法认为，中国古代文论向来是重教化，重道德的，而对人的主体和心理不重视，形成了"文以载道"的传统。但这种说法并不是很精确的。从中国古代文论产生发展的渊源来说，其主体性是十分突出的，明显地，人心、人的精神世界占据着相当重要的地位。在先秦各派学说中，人心及其相关的精神现象，不仅被看作是艺术之本，而且也是有关治国富民、济世安民议论中不可忽视的一个因素。而文论只是顺应和根据自身的文化特点和规律，更执着长久地坚持和发展了这一因素，形成了自己独特的文艺学说。当然，这并不排斥某些政治家、道德家把这一因素用于自己的目的。这就形成了同一范畴在不同的历史条件和时期内，其内涵和功能的变异。中国古代文化中很多观念和范畴都经历过这种变异，比如"文以载道"中的"道"就是明显的一例。在先秦时期，"道"是一个带有浓厚神秘色彩的混沌的概念，不能把它完全归之于客观范畴，它更明显地体现为一种"存在"，既表现于自然宇宙之间，也存在于人心之中。但是到了近代，似乎已成了一种政治说教的代名词。由此可见考察中国古代文艺美学思想，需要一种系统的整体性把握，不能拘泥于一时一地的看法。

至今，很多人已注意到了中国古代文化中丰富的心理学思想，其中不少是光辉无比和灿烂如新的，有待我们去发掘和研究。在先秦时期，所谓"心"已不是一个空洞的、浅薄的概念，而是一个具有丰富内涵的范畴，其中包含对人心理世界多方面的发现。当时，人们虽然还未能意识到大脑在心理思维中的作用，虽然对心的认识还不精确，但是，"心"已经作为一种心理世界场所和实体而出现，它在各种典籍中，以各种各样的方式出现，来反映和表现人的某种心理和思维活动，比如心化、心正、心音、心计、心成、心法、心马、心术、心气、心游、心乐、心齐等，以致后来有关"心"的内容已成为一门专门的学问，比如后来就出现了心经、心学之类的专著。

事实上，在先秦时期，古人对心理世界的认识是多方面的，比如孔子在《论语》中注重于"思""志""自省"，是与他教育实践有关的，他认为"性相近也，习相远也"，所以强调后天的学习和自我修养的作用。孟子则由此进一步提出了"心之官则思"的观念，并且试图从人的心理根源上为自己的政治思想提供依据。他对人心有专门的探讨，提出"尽其心者，知其性也，知其性，则知天矣。存其心，养其性，所以事天也"（《孟子·尽心上》），而仁义礼智都存于人心之中，认为"恻隐之心，仁之端也；羞恶之心，义之端也；辞让之心，礼之端也；是非之心，智之端也。人之有四端也，犹其有四体也"，显示了孟子思考问题的侧重点。与孔子、孟子相较，春秋另一位思想家管仲对人的心理活动有更深入的探讨，在《管子》的《心术上》《心术下》《白心》《内业》等篇章中，都有一些专门的探讨和论述。例如他指出：

心之在体，君之位也；九窍之有职，官之分也，心处其道，九窍循理。

——《管子·心术上第三十六》

心也者，智之舍也。

——《管子·心术上第三十六》

心之中又有心，意以先言，意然后形，形然后思，思然后知。凡心之形，过知失生，是故内聚以为原。泉之不竭，表里遂通，泉之不涸，四支坚固。

——《管子·心术下第三十七》

凡心之刑，自充自盈，自生自成。其所以失之，必以忧乐喜怒欲利。

——《管子·内业第四十九》

我心治，官乃治，我心安，官乃安。治之者心也，安之者心也，心以藏心，心之中又有心焉，彼心之心，音以先言，音然后形，形然后言，言然后使。

——《管子·内业第四十九》

在管仲看来，心是人灵魂和精神活动的场所，它有自己的独立性和规律，源源不断地进行感受思考和运动，而且，心又不是那么单纯的，其中还包括形、欲、情、理、智等因素的活动，具有多层次的内容。这些看法本身就很珍贵。

当然，以上这些古代心理学资料，还没有和文艺挂起钩来，但是作为一种古代文艺美学思想的背景意识，无疑能够帮助我们理解"心动说"的真实内涵。从整体的意识联系来看，先秦时期有关人心理活动的论述和论争，不仅影响了文艺观念，而且是有关文艺理论中的焦点之一。比如孟子和告子之间进行的人性恶善问题的争论，直接涉及了对人的欲望的评价问题。而这个问题是中国古代文艺美学思想中的一个难题。从《老子》《庄子》《左传》《尚书》《国语》《墨子》《乐记》等诸家有关文艺论述中都可以发现，文艺和欲望的关系，是古人无法回避且又无法解决的一个问题，一方面他们无法割断文艺与欲望的密切关系，深入讨论了它们之间的关系；另一方面又不能完全肯定人对于欲望的迷恋和追求。由此形成了古代中国美学思想中的两难境地，也许正是由于这种进退维谷、矛盾冲突的境地，古人在这方面花了很大力气，创造了丰富的心理美学思想。对文艺与人的情欲之间的关系的探讨，是先秦时期文艺心理美学思想的重要内容，有关成果影响了后来中国古代文学理论发展的方向。

这里，我们也许不得不提到荀子的心理学思想，作为孟子"性善论"思想的对立面，荀子认为人性本身是恶的，而这种恶的根源是欲望的恶性膨胀，但是，就对人的认识而言，荀子提出"性恶论"并非对人本身的一种贬损，而是基于一种对人性的发现。我们可以看到，在荀子为我们揭示的心理世界里，心、性、情、欲是互相结合、密切关联的，所谓"性者，天之就也；情者，性之质也；欲者，情之应也"（《荀子·正名篇》），各种因素共同构筑了一个整体，荀子虽然反对孟子的性善论，但对孟子"口之于味也，有同嗜焉"的观点并不反对，并且引而申之，在更深的层次上——欲望——形成了"人情之所欲也"的思想。于是，荀子不但把人的本性和欲望、欲望和感官紧密结合了起来，而且对人的欲望、感情、情感和思维之间的关系进行了分析，所谓"性之好恶喜怒哀乐谓之情。情然而心为之择谓之虑"（《荀子·正名篇》），就是对这种连带关系的一种阐述。联系到他的《乐论》中所说的"夫乐者，乐也，人情之所不能免也"，不难看出他对于艺术与人的心理活动关系理解的意识背景。同时，荀子对于人的心理活动独特性和运动状态的阐述也是很有见地的，下引自《解蔽篇》：

　　心者，形之君也，而神明之主也；出令而无所受令；自禁也，自使也，自夺也，自取也；自行也，自止也。故口可劫而使墨云，形可劫而使诎申，心不可劫而使易意，是之则受，非之则辞。故曰：心容，其择也无禁，心自见；其物也杂博，其情之至也不贰。

　　在这里，荀子所揭示的心理世界是有独立意志的，能够排除外界的干扰，不以外在的干扰意志为转移，而进行自我选择、自我运转和自我表现。当我们读到他所说的"故人心譬如槃水，正错而勿动，则湛浊在下而清明在上，则足以见须眉而察理矣。微风过之，湛浊动乎下，清明乱于上，则不可以得大形之正也"（《解蔽篇》）时，除去其教化色彩，则会很自然地联想到现代心理学家对人的意识和潜意识的分析，显然，在荀子的观察中，人的心理世界已呈现出一个多层次的意识结构。

　　由此可见，在先秦时期古人文论十分重视"心"的作用，把"心动"作为文艺创作的契机，它牵涉了古人对人自身，对人的心理意识和行为的重视和探究。在这个过程中，两者实际上是互相映照，相辅相成的，古人对于文艺的探讨自然涉及了人的心理世界，而对人心理世界的认识又反过来促进了"心动说"的产生，并且使其具有了丰富的人文和美学内涵。

三

显然，作为一种心理美学思想，"心动说"的含义是复杂的，在先秦诸子中很难以某一家思想为基准，里面甚至包含着一些歧义，不同派别的思想家出于不同的政治目的，对艺术关系的取舍有很大不同。虽然如此，由于整体的文化意识背景的制约，"心动说"依然保持和显示了自己某些同一的内容和特色，给后人留下了许多值得细细咀嚼和回味的思想，也留下了许多至今仍需要探讨和填补的文艺心理美学空白。

首先，"心动说"肯定了人心理活动在文艺活动中的独立地位，它是作为一个根本因素存在的。这种看法在老庄思想中就有所表现，老子鼓吹去私寡欲，但是强调的是精神的自然存在，庄子所崇尚的逍遥游，实际上是人的精神和灵魂之游，去私节欲，只是为了达到"以神遇而不以目视，官知止而神欲行"的境界。荀子不仅赞同"君子以钟鼓道志，以琴瑟乐心"的看法，而且重视人的心境对文艺活动的影响，指出"心忧恐，则口衔刍豢而不知其味，耳听钟鼓而不知其声"（《正名》）。这种思想在《乐记》和《吕氏春秋》中也有进一步的发挥。《乐记》认为"诗，言其志也；歌，咏其志也；舞，动其容也，三者本于心，然后乐器从之"，并进一步指出"是故情深而文明，气感而化神，和顺积中，而英华发外，唯乐不可以为伪"。所谓"唯乐不可以为伪"的思想，强调了人心理的真诚和真实，和庄子所言的"真者，精诚之至也；不精不诚，不能动人"的思想有关联。以上所谈，虽然挂一漏万，但也能说明先秦时期古人论文艺是重人的心理和精神的，无论是说"诗言志，歌永言"，还是讲"辞达而已矣"和"知言养气"，基本上是以人的主体心理为出发点的。

在这方面，值得注意的是，古人在讲文艺与人心理活动关系的时候，特别重视情和欲的作用。情和欲在艺术活动中的作用，构成了先秦心理学中的核心问题。尽管从先秦典籍中看，各家学说是纷繁的，而且宗经、尊道和循礼思想已相当浓厚，但是对当时讨论问题的思路进行一番分析，则会发现一条潜在的路径，纠缠于情欲与文艺之间难解难分的关系之中。我个人认为，在先秦文艺思想中，所谓宗经、尊道、循礼以及"中和之美"文艺观念的产生，都和这个问题有直接关系，换句话说，前者在某种意义上来说是在为后者寻求一个二全的思想出路，把文艺从某种心理困境中解脱出来。对此，有以下几点作为理由：1. 在先秦时期，许多思想家尽管对文艺的态度不同，但是都承认艺术活动与人的某种感官享受相关，而进深一步，这些感官享受是人欲的表现。老子所谓的"五色令人目盲，五音令人耳聋，五味令人口爽"是出于"节欲"而否定艺术活动的，由此也可推想，在物质生活不是很丰富的条件下，古人有关艺术价值的争论由来已久，而老子思想只是从反面证明了，古人是肯定文艺和人的感官享受与人的欲望有直接关系的。2. 在这方面，有关情欲与文艺关系的争论一直持续着，老庄之外，孟子与告子，墨子与荀子等都一直围绕着这个问题做文章，而韩非子、管子、孔子、商鞅、吕氏等也都没有回避这个问题，都想摆脱有关情欲的困扰，有的甚至不惜用否定艺术来作为代价。3. 基于这种情况，先秦有关宗经、尊道、循礼的文艺思想，大多都有某种"中和"色彩，在文艺和情欲之间采取了比较变通的方式，一方面肯定文艺与人的感官享受、情欲之间的必然关系，另一方面又主张节制，去私寡欲，去迎合道、经或礼的思想，而这些道、经、礼的思想又是实现对欲望节制的精神寄托，从而完成了一种精神平衡过程。由此可以说，在先秦时期，"心动说"包含着一种心理冲突，即感性和理性，潜意识与有意识，行为与规范，期待与满足的矛盾，古人为了给艺术的主体精神开辟出路，不得不寻求各种感通的路径。

除此之外，还应指出的是，作为一种心理美学思想，"心动说"并不排斥客观生活对艺术创作的作用，反而是把它作为一种前提和条件来认识的，所谓"心动"往往是"感于物"的产物，所以《乐记》中说"人心之动，物使之然，感于物而动，故形于声"，后来《淮南子》、《毛诗》、陆机的《文赋》、刘勰的《文心雕龙》等都继承和发挥了这种思想。就先秦时期来说，"心动"与"感物"的密切关系并非一种单纯的反映论，而是具有丰富的心理美学内涵。其一是说明古人首先从感性和感官享受入手理解艺术的。《左传》中有关五行与五味、五色、五声相关的记述，孔子讲"兴于诗"，孟子言"目之于色也，有同美焉"，讲"缘天官"，《国语》曰"夫乐不过以听耳，而美不过以观目"等，都很看重直观和感性的认识。其二，古人十分重视人与自然声像的互相感应和交流，重视情景交融。例如孔子就非常赞同春天之际，和几个友人到大自然中游乐歌咏的情趣。再如孔子、孟子、荀子、庄子等都谈及过"观水"的乐趣或者启发，孟子认为"观水有术，必观其澜"，荀子认为"君子见大水必观焉"，庄子讲"观于大海，乃知尔丑"，都和一种情景交融的生命体验连在一起。由此可说，山水之观同时也是情动于中的一种外化形式，实际上为后来产生的"天人感应"思想做了基础准备。其三，人心感于物而动，不仅受外在事物和情景的影响，而且人的主观心境也能"浸入"到对象中去，影响艺术活动的效果，所以《乐记》中讲"人心之动，物使之然"，同时又强调哀心、乐心、喜心、怒心、敬心、爱心的区别，它们都是感物而动，而心动的内容极不相同。这也和后来《淮南子》中所表达的思想"夫载哀者闻歌声而泣，载乐者见哭者而笑。哀可乐者，笑可哀者，载使然也"是一致的。

以上所言，虽然还是一些皮相之谈，但足以说明"心动说"的内容是很丰富的，它把文艺和人内在的心理欲望挂起钩来，涉及了许多有关艺术创作和观赏的美学问题。同时，这也把人的主体摆在了一个无法回避的重要位置上，不仅谈艺术活动不能回避，谈治国，谈礼义道德也不能不谈人和人心状态。当然，在这种情况下，当对艺术和对人的探讨紧紧纠缠在一起的时候，也不可避免地进入广泛的社会生活领域，和政治、道德、礼义，甚至农战联系起来，由此也形成了文艺思想复杂的格局。

四

这种复杂格局不仅表现在先秦思想百家争鸣的语境中，还表现在文艺思想犬牙交错、散布于各种学说之中的状态，这固然能够帮助后人开拓思想，但同时又给后人把握先秦时期文艺思想带来了困难。很多表面的、派生的思想反而会遮蔽其本原的思想。后一点，随时间推移似乎变得越来越明显。但是，尽管如此，拨开一些迷雾之后，我们就能看到，"心动说"对中国古典文论体系的形成，对后来各种心理学美学思想的发展都发生了很大的影响，以至于我们在谈到一些重要的理论范畴时，都不能不提到它，比如说缘情论、想象论、灵感论、才情论、风骨论等，都和"心动说"有某种亲缘关系。就这种联系而言，如果把中国古典文论看作是一个巨大的网络结构的话，"心动说"无疑是其间系结最多的一个环扣。

不仅如此，"心动说"也是形成中国古典文艺理论独特形貌的重要因素。从早期文艺思想发展的渊源来说，西方文论与中国古典文论相比，对于文艺创作心理根源的强调就显得淡薄一些。这从柏拉图文艺思想中是可以看得出来的。当然，平心而论，作为西方文艺理论的开山之祖，柏拉图和亚里士多德并非没有注意和探讨过人的心理活动。比如柏拉图曾专门探讨过人的智慧、情欲、理式等问题。但是当探讨艺术创作的缘起问题时，他们则趋向了"模仿说"。柏拉图讲的是模仿主观意识中的理论或理式，它来自前世的回忆或神的附依，是在一种迷狂状态中实现的。这种学说虽然带着浓厚的心理色彩，但是对于人心理本原意义是忽视甚至排斥的，其根源依然是人的一种模仿，只不过模仿的对象和方式是内在的而已。所以，在这一点上，其弟子更加明确地提出了艺术创作中的"模仿说"，同时把模仿的内在对象搬到了光天化日的外在世界，认为模仿的对象是事件、行动和生活。在《诗学》中，亚里士多德认为，诗的起源是关于人模仿的本能，其次是音调感和节奏感，实际上是强调人艺术创作的能力和潜质，对其情感和欲望方面的自然要求并不在意。显然，这种"模仿"的学说对于西方文艺理论的发展产生了重大影响。

中国的"心动说"和西方的"模仿说"差别是很大的。这种差别的缘起原因很多，但有一点是很明显的，古代西方人和中国人考察文艺的角度不同。柏拉图主要是面对职业文人发表议论，强调外在的效果；而中国文人是立足于人的需要发表议论，强调的是内在的快感。所以延流下来，西方文化重于技艺、修辞、情节和人物表现，而中国文论则重于修养、心性、言志抒情，侧重于对人的主体心境的探讨。

这就形成了古代中国文论独特的流变过程，比如中国很早就出现了《文赋》那样论述艺术创作过程的专论。这篇专论不仅对艺术思维过程的一些特点过程分析得十分细致，而且浸透着主体对艺术创作过程的体验和欢欣之情。在这里，论者和其论述的对象之间远没有那么漫长的距离感和陌生感，这正是中国古典文论迷人的地方。我们可以看到，在中国古典文论中，创作心理确实成为一种被直观、感悟和玩味的过程，成为一个轴心，外在的言辞、技巧、体裁都是依附它而存在的。这也使得艺术创作的另一种功能得到了肯定，即在比较严酷的社会条件下，艺术创作过程本身成了作家个性存活的场所，人们可以通过艺术活动感受和体验属于个人的各种情感活动。

就此来说，"心动说"其实也为中国古典文学接受外来文化思想准备了条件。比如佛教文化的传入，之所以能够那么迅速地浸透到文学艺术之中，并产生了神奇效果，也是和与中国艺术思想内在契合分不开的。如果查一下有关"心"的词条会发现，很多词都与佛教有关。中国古典文学中的精品，例如王维的诗、关汉卿的戏剧、曹雪芹的小说等都与佛教文化的浸透分不开，这无疑得益于他们先前的传统文学修养。总而言之，"心动说"在中国古典文学创作中，已形成了一种传统，一种潜质，深刻影响了文学理论的创作和发展。关于这一点，至今我们还能在当代文学理论和创作中听到它的回声。

附录三

中国古代文论中的文艺心理学

一

作为中国历史文化遗产的一部分，中国古代文艺理论（包括书论、画论、乐论等）的宝库隐藏着丰富的东方艺术的秘密，其文化价值不仅是属于历史的，而且是属于现在和将来的。但是，这种价值的实现并非自然呈现，而是伴随着人们对中国古代文艺理论不断的开掘和发现逐渐显现的。毋庸置疑，这种新的开掘和发现也是有条件的，其依赖于一个开放的文化环境，能够不断接受和学习一切世界现代艺术的理论创造，并不断进行古今对话和交流。在这个过程中，古代文艺理论中一些过去被忽略或者"遗忘"的方面往往会给探索者提供一个新天地。

在这里，中国古代文艺理论中有关心理学美学的论述就是一例，它的光彩照人和丰富程度不仅会使每一个刚刚涉足此处的人惊叹无比（笔者就是其中一位），同时也使我们为在这方面挖掘不够、重视不足及由此产生的浅陋见解而感到惭愧。过去，我们对于古代文艺理论的研究，大都集中于对艺术外在规律的论述，诸如艺术对生活的反映、艺术的社会功能、艺术的时代内容等，而较少注意到古代文艺理论对艺术创作主体的论述，以至于形成一种肤浅的看法，认为中国古代文艺理论只重文学的外在规律，而并不重视对内部规律的探讨。这显然是一种极不完全的看法。

固然，在中国古代文艺理论中，很重要的一部分是从客观生活、从社会教化方面讨论文艺问题的，但是这仅仅是一部分或者一方面，另外一部分也绝不应忽视。中国文化特殊的历史形态特点，造就了中国古代艺术创作具有"内向性"的品格，非常注重于修心养性的自我认识和构建，形成了其艺术创作重性情、重情韵的特点。作为对于艺术创作的理性探讨，中国古代文艺理论也十分重视对艺术家主体心理的探讨，带有浓厚的心理学美学色彩。而中国古代文论中文艺心理学论述就是其中重要的、极其迷人的一部分。

当然，这里首先应该说明的是，从某种意义上来说，文艺心理学是随着近代科学发展才出现的一门文学理论新学科。但是这并不意味着对于文艺心理的探讨在近代才开始出现，同时也并不意味着这门新学科的出现和文艺理论的生发没有这样或那样古今中外的传承关系。

应该说，在中国古代文艺理论中，有很大一部分把创作主体的心理活动作为探讨的对象，并且着重从心理方面来阐释文艺的起源、发展，以及对于主题、题材、情节、结构等问题进行分析研究，探讨了在创作和欣赏过程中的种种心理状态和特点，积累了丰富的文艺心理方面的宝贵经验和资料。这些文艺心理学的论述，一方面作为历史环节出现，即为现代科学的文艺心理学的出现奠定了基础；另一方面则是以直接的主体性面貌呈现，即以某种原始文艺心理学论说，构成了今天现代的文艺心理学的一部分，其本身有深奥的秘密，有待我们去挖掘和探讨。

二

如果对中国古代文艺理论中的文艺心理学进行一番梳理，首先引起我们注意的也许是对文艺创作心理动机的认识。其实，在阐释文艺创作产生和发展的理论起点上，中国古代文艺理论就注重于对作者主体心理的定位，把"心"及情、志等作为艺术创作缘起的直接对象。譬如，《尚书》中就有"诗言志，歌永言"的说法，基本出发点是创作主体的心理动机。

唐代的孔颖达正是从这个意义上指出："诗者，人志意之所适也。虽有所适，犹未发口，蕴藏在心，谓之为志。发见于言，乃名为诗。言作诗者，所以舒心志愤懑，而卒成于歌咏。故《虞书》谓之'诗言志'也。包管万感，其名曰心；感物而动，乃呼为志。志之所适，外物感焉。言悦豫之志则和乐兴而颂声作，忧愁之志则哀伤起而怨刺生。《艺文志》云'哀乐之情感，歌咏之声发'，此之谓也。"①

可见，古人是从物我交感中探索创作心理动机的，必然注重于"心"的状态和内容。《左传·昭公二十五年》中所言及的"民有好、恶、喜、怒、哀、乐，生于六气"，"哀有哭泣，乐有歌舞，喜有施舍，怒有战斗"；《国语·周语下》中的"夫耳目，心之枢机也"；孟子的"目之于色也，有同美焉。至于心，独无所同然乎"和"浩然之气"之说等，都是从心理学角度来探讨文艺美学的。在此基础上，古代文论中的"言志""缘情""性情""神韵""性灵""风骨"等各种说法，从创作主体出发，从某一角度来概括和阐述创作的心理美学内涵。甚至连最正统的"兴、观、群、怨"说，也带着浓厚的心理色彩。清人王夫之就曾经从主观感情的角度论述了"兴、观、群、怨"之间的整体联系，称其为"四情"。与此相比，西方古典文论更注重于外在事物的形体作用，有的理论家也注意到了心灵的作用，但是喜欢赋予艺术一种抽象的理念形式，例如赫拉克利特的"和谐"说，柏拉图的"理念"说等。

由此，从创作主体的"心"出发，中国古代文人对于创作心理动机的探讨非常具体和深入。例如，他们很早就把人的欲望和创作动机联系在一起，注意到在艺术活动中的移情和主观外射现象。后者是近代西方美学中才被确立起来的审美范畴。

例如，荀子就非常注重情欲在心理感受中的作用，指出："性者，天

---

① 孔颖达：《诗大序正义》，郭绍虞《中国历代文论选》（第一册），上海古籍出版社，2001年，第5—6页。

之就也；情者，性之质也；欲者，情之应也。"他认为"目好之五色，耳好之五声"是自然的。在中国最早音乐理论专著《乐记》之中，古人不仅注意到主观和客观的交感现象，"乐者，音之所由生也，其本在人心之感于物也"，而且指出了不同心理状态对艺术创作的互相影响，"是故其哀心感者，其声噍以杀；其乐心感者，其声啴以缓；其喜心感者，其声发以散；其怒心感者，其声粗以厉；其敬心感者，其声直以廉；其爱心感者，其声和以柔。六者，非性也，感于物而后动。"① 在《吕氏春秋》有关音乐的论述中，古人还对于心理欲望与情绪，以及它们对于艺术活动的支配关系，进行了考察。在这个基础上，古代文艺理论对于艺术活动中的心理倾向、情绪差别、审美兴趣等一系列文艺心理学问题，通过直观、领悟、反省等方式，进行了深刻分析和论述。刘勰的《文心雕龙》、钟嵘的《诗品》等论著在这方面都给后人留下了精辟见解。

在这里，我想以嵇康的《声无哀乐论》为例，说明中国古代文艺理论中一些论述是如何与近代西方美学理论发生了奇妙的共鸣，并体现出理论先声之势的。在这篇论文中，嵇康实际上强调了主观情感的外射作用，和德国心理学家、美学家立普斯（1851—1914）提出的"移情说"有异曲同工之妙。后者认为艺术欣赏的对象意义并不由对象决定，而是由于主体的"自我"移置到了对象之中。嵇康则认为："夫哀心藏于苦心内，遇和声而后发；和声无象，而哀心有主。夫以有主之哀心，因乎无象之和声，其所觉悟，唯哀而已。"嵇康早在公元二百多年时，就对艺术中单纯的物质形式采取了彻底的怀疑态度。继董仲舒此前讲"天人感应"，"内视反听"，"物之以类动"之后，嵇康也认为琴声感人、触类而长，对于艺术活动中的心理认同现象有很具体的认识。

与以上论述有密切关系的是，中国古代文艺理论的另一个重要特点，就是着重从艺术家心理，尤其是感情方面去评价艺术家及其创作。不同的心理感受和感情成为古代学者分析艺术活动具体特征乃至价值判断的重要

---

① 《礼记·乐记》，郭绍虞《中国历代文论选》（第一册），上海古籍出版社，2001年，第61页。

内容。从庄子的"不精不诚，不能动人"，到黄宗羲（1610—1695）的"情者，可以贯金石、动鬼神"，中国古代文论在这方面有丰富的论述。其中使我们惊叹不已的是，中国古代学者很早就把痛苦和挫折看作是文艺创作的内在动力。《诗经》中就有"心之忧矣，我歌且谣""君子作歌，维以告哀"的说法。汉代司马迁根据自己的亲身体验——"所以隐忍苟活，幽于粪土之中而不辞者，恨私心有所不尽，鄙陋没世，而文采不表于后也。"——触类而长，对于由挫折和苦闷所形成的创作内在动力进行了具体阐述，指出："夫《诗》《书》隐约者，欲遂其志之思也。昔西伯拘羑里，演《周易》；孔子厄陈、蔡，作《春秋》；屈原放逐，著《离骚》；左丘失明，厥有《国语》；孙子膑脚，而论兵法；不韦迁蜀，世传《吕览》；韩非囚秦，《说难》《孤愤》；《诗》三百篇，大抵贤圣发愤之所为作也。此人皆意有所郁结，不得通其道也，故述往事，思来者。"①（《史记·太史公自序》）

　　司马迁对于屈原及其作品的评价，基本上是从心理分析出发的，得出"屈平之作《离骚》，盖以怨生"的结论。这种观点后来得到了发展。至唐代，韩愈（768—824）提出"不平而鸣"的论断，明末清初贺贻孙则认为艺术家总是由于不平才进行创作，主张诗歌要"以哭为歌"，郑板桥则有"文章以沉着痛快为最"的说法。也许正是由于中国古代文论中已有相类似的文艺心理学准备，至近现代，一些学者、艺术家，如王国维、鲁迅等，才能够很自然地与外国叔本华、尼采、厨川白村等人的文艺思想发生共鸣，并接受他们文艺心理学思想的影响。

三

　　以上所说，虽然极其简略，但可以看出，中国古代文艺理论对于艺术

---

① 司马迁：《史记》，郭绍虞《中国历代文论选》（第一册），上海古籍出版社，2001年，第78—79页。

创作心理动机已有许多精辟论述。这些论述虽然不免因为缺乏现代科学依据而显得原始朴素，但能够给予我们以很大启发。与此同时，古代文艺理论中这种对艺术创作主体心理的重视，还表现在对于创作心境的考察和阐释上。古人对艺术思维的心理状态，对艺术思维中的时空意识，主客观之间多种多样的联系，自我在创作中的多重意义等诸多重要的文艺心理学问题，都有丰富的论述。

这也许是因为中国古代文论在源头上就十分重视艺术主体性。《毛诗序》曰："情动于中而形于言，言之不足，故嗟叹之，嗟叹之不足，故咏歌之，咏歌之不足，不知手之舞之，足之蹈之也。"实际上把艺术创作的主体意义和本体意义融为一体，重视艺术起始过程中的创作主体心境的作用。

不过，在中国古代文艺理论中，首先把创作心境当作一个独立的对象范畴来描述的是庄子。从表面上来看，庄子要求人们到达无为、无欲和无知的状态，但这是对于人之外在客观现实而言的，是为了超越现实的诉求和障碍，实现其在精神思维和心理方面的充分自由状态。从某种意义上来说，庄子所追求的是一种艺术创作心境的自由和专注，以摆脱和超越客观物质条件的纠缠和限制。就此来说，庄子赋予老子"致虚静"思想十分丰富的心理美学内容，以很多具体事例说明和阐释了艺术创作最佳状态的心理特征，诸如"齐以静心""用志不分，乃凝于神""神与物游"等。

例如《达生篇》中"梓庆削木为鐻"就是一个很好的例子。在这个寓言中，庄子告诉人们，最佳的创作心境首先要"齐以静心"，忘掉世间功名利禄，甚至忘掉自己，然后要选择艺术对象，把自己投入对象之中，这样才能达到"以天合天"的艺术境界。除此之外，庄子对艺术创作心境的模糊性、抽象化等问题也有一些精到的论述。

无疑，庄子的心理学美学思想深刻影响了中国文论的发展。中国古代文人对于创作心境表现出了明显兴趣，涉及了心理体验、直觉、专注、静观、内视、外化等许多问题。例如《淮南子》中曾这样形容创作的精神状态："夫工匠之为连鐖、运开，阴闭、眩错，入于冥冥之眇，神调之极，游乎心手众虚之间，而莫与物为际者……。"而王羲之《书论》有："……凝神静思，预想字形大小、偃仰、平直、振动，令筋脉相连，意在笔前，然后作字。"（《王右军题卫夫人笔阵图后》）；程颢、程颐在创作中讲"静观"二字，"万物静观皆自得，四时佳兴与人同。道通天地有形外，思入风云变态中"；苏轼所讲的"游于物之外"而不能"游于物之内"，也是着重于阐释创作心理状态的，他还指出："欲令诗语妙，无厌空且静。静故了群动，空故纳万境。"这些论述都从不同方面说明了艺术创作必须是一个聚精会神的心理过程，在一定程度上必须与客观现实隔绝，沉浸于独特的艺术境界之中。

　　实际上，对于创作心境的探究不仅是古代文艺理论中一项重要的内容，亦成为古代艺术家创作的一种美学追求，即通过艺术思维和创作体验来发现和表现自我。从庄子的"齐以静心"到王国维的"境界说"，从《礼记》"喜怒哀乐之未发谓之中，发而皆中节谓之和"到严羽的"禅道妙悟"、李贽的"童心说"等，古人对创作心境有许多妙论，他们不仅出自对创作实践的沉思妙悟，极其生动具体，而且在很多方面触及和印证了现代文艺心理学的一些发现。

　　例如廖燕（1644—1705）论及绘画创作心境时有：

　　予尝闭目坐忘，嗒然若丧，斯时我尚不知其为我，何况于物？迨意念既萌，则舍我而逐于物，或为鼠肝，或为虫臂，其形状又安可胜穷也耶？传称赵子昂善画马，一日倦而寝，其妻窗隙窥之，偃仰鼾呼，俨然一马也。妻惧。醒以告。子昂因而改画大士像。未几，复窥之。则慈悲庄严，又俨然一大士。非子昂能为大士也，意在而形固之矣。

　　　　　　　　　　　　　　　　　——《二十七松堂集·意园图序》

　　这是一种很有意思的叙述，其出自自省和取类，是对创作心境的传神妙写。在这里，从"闭目坐忘"到"偃仰鼾呼"，一条通幽小径或许能够把我们引导到梦幻之中去。也许在排除一些错觉杂念之后，赵子昂妻"窗隙窥之"的正是赵子昂陷入迷狂的创作状态，神与物游，犹如梦境。而可以于此相互映照的是郭熙的心得，创作乃是出自"……林泉之志，烟霞之侣，梦寐在焉，耳目断绝。今得妙手，郁然出之，不下堂筵，坐穷泉壑；猿声鸟啼，依约在耳；山光水色，混漾夺目。"（《画论丛刊·林泉高致集》）

显然，中国古人论文艺很早就涉及了梦境和幻觉，并由此构成了古代文艺心理学中宝贵的一部分。用梦境和幻觉来呈现创作心境，较早地要追溯到庄子。"庄周梦蝶"就是一个绝妙的例子，对此很多人仅仅从哲学观去分析它，很少从心理美学的角度来考察。实际上"庄周梦蝶"和"观鱼""解牛""承蜩""能水"等有共同的意趣，就是一种忘乎自我的艺术状态。这种意趣在中国古代文艺理论中得到了多方面的阐述。《淮南子·齐俗训》中所谓"阴闭眩错，入于冥冥之眇，神调之极，游乎心手众虚之间"；蔡邕《书论》"先默坐静思，随意所适，言不出口，气不盈息，沉密神采，如对至尊"；陆机《文赋》有"及其六情底滞，志往神留，兀若枯木，豁若涸流；揽营魂以探赜，顿精爽而自求。理翳翳而愈伏，思轧轧其若抽"；符载（生卒年未详）论画"意冥玄化，而物在灵府"等，都会带人进入一种神秘的梦幻境界。而宋代大家苏轼受道家思想影响，重视艺术创作的内部规律，也曾多次谈到过创作与梦境的关系。

其一例为《书李伯时山庄图后》：

或曰：龙眠居士作《山庄图》，使后来入山者信足而行，自得道路，如见所梦，如悟前世；见山中泉石草木，不问而知其名；遇山中渔樵隐逸，不名而识其人。此岂强记不忘者乎？曰：非也。画日者常疑饼，非忘日也。醉中不以鼻饮，梦中不以趾捉，天机之所合，不强而自记也。居山之在山也，不留于一物，故其神与万物交，其智与百工通。

这种"如见所梦"的感觉，实际上是对一种艺术心境的描绘，而"天机之所合，不强而自记"，正是一种长期酝酿的"神与万物交"的结果。

提及梦境，汤显祖（1550—1616）的心理美学思想甚至比"作家的白日梦"更富于真诚的魅力。这位"临川四梦"作者把"梦"看作是艺术创作的中心环节，"因情成梦，因梦成戏""曲度尽传春梦景"，不仅把感情与梦境相联结，而且从理想与现实相交接的角度出发，把创作视为一种心理宣泄，并由此得以心理平衡的过程。显然，汤显祖的心理美学思想出自自己的创作实践，很多论述与现代心理学思想不谋而合，具有很高的文艺美学价值。

当然，就文论史来说，这不是偶然的。除了汤显祖个人的天才条件之外，与其所拥有和承接的中国文学传统滋养不无关系。其实，宋代以来，随着中国艺术和美学思想的发展，对于创作主体的认识和探讨也进入了一个新的层次，心境问题普遍受到人们的重视。其中郝经（1223—1275）提出的"内游"说和方回（1227—约1306）写的《心境记》就非常引人注目。后者专门论及了创作中心与境的关系，看到了艺术创作主体在意境形成中的重要作用，提出"境存乎心，治其境莫如治其心"的观点。前者实际上是把创作看成是一个独特的心理过程，虽有偏颇，但就其所探讨的对象意义上来说，是有独特意义的。

郝经的所谓"内游"实际上指的是人的思考、联想、想象的心理世界之游，其所游的对象主要是人的精神领域。这种在心理世界的内游，显示出了自我追寻、选择、再造的美学特征。如果把郝经的"内游"和庄子的《逍遥游》对照来看的话，则可以看出，二者都在追求心灵上的自由，但郝经之说明确了心理历程的独特地位。人的心理思维活动是一个相对自给自足的过程，自身在不断流动，具有自己相对独立的时间与空间形态。

也许谈及心理时空，人们不免首先要想到西方近代一些哲学家、心理学家的名字，例如柏格森、威廉·詹姆士等人，因为他们的学说不仅影响了对艺术创作心理活动的探索，而且促进了文艺心理学的生发。可惜，就当下有关文艺心理学的研究来说，中国古代文论中有关心理时空观念的论述，还没有被重视。例如，庄子作《逍遥游》就打破了恒定的时空观念，根据不同主体的构成来确定时间与空间的意义。

在艺术创作中，中国古人注重于从感情和心象意义上理解时空，以超越客观世界的实在性，例如陆机《文赋》说，创作"恢万里而无阂，通亿载而为津"就是如此。中国古代书论、画论中，很多论述都是从主观与客观关系中探讨时空关系的，注重于神遇妙想而非"滞于规矩之方圆""阂于一途之逼促"。南北朝时宗炳（375—443）论画就指出，艺术家要学会如何以"瞳子之小"去观察"昆仑山之大"，继而在创作中达到"竖划三寸，当千仞之高；横墨数尺，体百里之迥"的境界。实际上，中国画论中的"经营位置""传移模写"，中国文论中的虚实、奇正，书法中的平正、险绝等，都是从艺术创作心理角度来探讨和把握时空关系的，其中有许多值得我们继续开掘的东西。

再如中国画论中对"空白"的探讨，就具有独特的心理美学意义。中国绘画中的所谓"空白"是作为意象的美学空间出现的。明代李日华在《六研斋笔记》中提出创作中要有"灵空"境界。清代华琳曾对画中之白进行了理论分析，指出"画中之白，即画中之画，亦即画外之画也"，"且于通幅之留空白处，尤当审慎。有势当宽阔者窄狭之，则气促而拘；有势当窄狭者宽阔之，则气懈而散。务使通体之空白毋迫促，毋散漫，毋过零星，毋过寂寥，毋复排牙，则通体之空白，亦即通体之龙脉矣。"（《南宗抉秘》）可见，中国古代文艺理论中关于时空意识的论述，涉及艺术创作中很多心理因素，很多方面至今仍然是只能意会不能言传，或者只能感受而难于阐释的。这也许还有待现代心理学新的理论发现，为我们提供进行理性分析的思路和依据。

四

当然，中国古代文艺心理学在向我们显示出其独特价值时，也同时设置了需要进一步探讨的种种难题。在文艺理论中，价值和难题是相得益彰的，它们是一个整体。就此来说，古人并不会给后人留下任何偷懒的机会。一方面，中国古代文艺心理学，并没有为人们提供多少现成的理论答案和结论，而大多是某种感悟性的、点染性的和隐喻性的呈现和展示；另一方面，古人很少对创作过程进行所谓专业性、学科性的界定和探讨，更遑论理论体系的严密性，而总是和对具体艺术对象、形式、技巧、语言形式的探讨纠合在一起，其心理美学意味粘连和依附于创作过程的每一个环节上。可以说，"思风发于胸臆，言泉流于唇齿"，中国古代文艺心理学最光彩照人的一部分，就是对于整个创作过程动态的描述。

中国古代文论对于创作过程的探寻情有独钟，其中隐含着对艺术本原意义的痴迷与探究。在这个过程中，强调艺术活动中主体所获得的心理快感，继而把艺术创作看作是一种主体意识的欲求，是一个重要的出发点。在古人看来，人们从艺术中所得到的快感和满足，并不取决于创作活动的结果及其外在形式，而来自主体心理的体验过程，也就是说，艺术价值是一种内在感受和感觉，并不受限于具体的艺术形式，写诗作画固然是艺术，而种花植草、高歌长啸、射箭承蜩等，照样也能体验到艺术快感，获得美的满足和体验。

所以，在《庄子》中，庖丁解牛能"以神遇而不以目视，官知止而神欲行"，之后"提刀而立，为之四顾，为之踌躇满志"；《乐记·乐化篇》说"乐也者，动于内者也"，把手舞足蹈看作是表达心志的方式；荀子亦云"君子以钟鼓道志，以琴瑟乐心"，"故乐行而志清，礼修而行成，耳目聪明，血气和平，移风易俗，天下皆宁，美善相乐"（《乐论》）等。在古人看来，艺术活动在很大程度上是一种自我修养、自我娱乐，达到自我心理上平衡、和谐乃至完美境界的行为方式。

这种主体心理满足就构成了创作过程中每一个美学环节的内在意义。东晋卫夫人（272—349）所作《笔阵图》，讲用笔的种种技巧，但用意深处却是主体的心理意态。刘勰谈艺术表现上的"隐秀"，其依据是"夫心术之动远矣"，因此"朔风动秋草，边马有归心，气寒而事伤，此羁旅之怨曲也"，自成一番景象。梁武帝萧衍（464—549）论书法运笔讲"适眼合心"，以意论笔；刘知几（661—721）在《模拟》中谈"心貌"关系；

唐张怀瓘谈书法能够"含情万里，标拔志气，黼藻精灵"，应"书则一字已见其心"等，都从不同方面揭示了创作过程中的心理美学意义。

在创作过程中，不同的情绪色彩构成作家风格的内核因素，显示出不同的意境。在这方面，分析作品艺术特色，其心理效应也占有突出的位置。如明代唐志契论画中讲"藏"字，清代金圣叹、毛宗岗分别评点《水浒》《三国演义》等，都是从心理效应出发的。毛宗岗认为《三国演义》写得巧、幻、奇、妙，虽注意到"古事所传"的真实基础，但立论根据乃是叙事所产生的心理效果。如他认为的"读书之乐，不大惊则不大喜，不大疑则不大快，不大急则不大慰"，所指的就是心理落差在艺术创作中的效应。在中国古代文艺理论中，艺术创作中追求的意象、境界、情节、声势皆和主体的心理体验过程连在一起，凝结着艺术家主体对生活，对艺术形式的心理感受和理解。

这种心理体验贯穿于整个创作过程。先秦《周易·系辞下》讲八卦制作过程就有言曰："仰则观象于天，俯则观法于地，观鸟兽之文与地之宜，近取诸身，远取诸物，于是始作八卦，以通神明之德，以类万物之情。"先有观，后有取，观之有意，取之有物，立象以尽意，道出了艺术创作活动的整个过程。在这个过程中，情感与物象的结合，情感与艺术符号的统一，构成了中国古代文艺理论中独特的美学范式，例如司空图（837—908）所列举的雄浑、冲淡、纤秾等二十四则，基本上尽出于对审美体验和意象的考察。

对于整个创作心理过程的考察，中国书论、画论、琴论之中更有着丰富的论述。由于琴、书、画艺术形式在中国更带有空灵性质，使这些论述一方面更远离社会现实的制约，较少带有社会功利色彩；另一方面则富于主体心绪意态的表现。从审美心理层次来说，更突出表达了自给自足自得的心理倾向，我们从飘逸、冲淡、取势等意境和情致中，能够发现或者感受到创作主体感悟、体味、神会的心理印记。所谓"手挥五弦，目送飞鸿""得意忘形""逸笔草草""弹虽在指声在意，听不以耳而以心""妙在笔画之外""文要得神气"等。实际上已经形成一个特定的阐释艺术活动的心理氛围或者心理场，使文论阐释的重心迁移到主体心理美学方面。

在这个基础上，中国琴、书、画理论中对于创作心理过程的论述，也十分丰富。例如唐代张怀瓘从"因象以瞳眬，眇不知其变化，范围无体，应会无方"的若有似有的瞳眬状态开始，直到"考冲漠以立形，齐万殊而一贯"的形象确立，然后是"流芳液于笔端"的书写，形象展演了创作心理的整个过程。在他看来，创造过程是有一个由模糊到清晰的意象探索过程的，艺术家并非一下子就能够把握住自己所要表达的东西，往往要经历"玩迹探情，循由察变，运思无已，不知其然"的阶段，这时候，艺术家必须在自己的经验世界中反复探求，"瑰宝盈瞩，坐启东山之府；明珠曜掌，顿倾南海之资"，然而尽管如此，如果艺术家感到还未能全部表达自己的感情，仍会"心存目想，欲罢不能"，继续探索，直到"技由心付，暗以目成"才心满意足。

值得一提的是，张怀瓘在谈及创作思维"钝滞"时，把形象的本体建构和意象生成紧密相连。他认为，如果没有寻得确定的艺术语言及表达方式，也就不可能生成完美的意象。张怀瓘本人就是书法家，他对创作心理过程的考察，凝结着其自身创作的心理体验，所以所呈现的艺术创作过程显得更加生气灌注，栩栩如生。

就现代心理学发展来说，已有很多人意识到，一种创造性过程，并不是在掌握了完全的经验资料基础上开始的，也不是具有完全确立的目标的，往往包含着一种朦胧的"预测性"，有一种不明确的要求预先存在。在中国古代画论中也不乏相类似的论述。宋代苏轼工诗善书，在前人基础上提出"画竹必先得成竹于胸"的"心识"观点。清"扬州八怪"之一的郑板桥根据创作实践，描绘了从"眼中之竹""胸中之竹"到"手中之竹"的创作心理的动态过程。

可以说，郑板桥所说的"眼中之竹"，是艺术创作的感性触发点，是由特定的审美对象引发的；"胸中之竹"则是经过艺术家心灵意识的浸透，是意象的建构过程；"手中之竹"则是艺术表现的对象化过程，它通过具体的艺术方式凝固下来。这三者虽是浑然一体，但有着各自特点，郑板桥生动地展示了艺术创作过程的动态变化轨迹。

当然，上面所举只是管中窥豹，在中国古代文艺理论中，对创作过程的动态描述极其丰富。因为从整个中国艺术传统来说，创作过程本身已构成了古代艺术家一种心理快感。古代文人津津乐道于此，既是一种理论上的探讨，也是创作上的反省，其中还隐含着一种回味、体验而悠然自得的意味，所以其本身就充满艺术想象和审美意象。这也表明了中国古代文艺理论的一大特色，这就是以一种诗化或艺术化的论述方式来对艺术创作过程进行阐释。

这尤其表现在对形象思维和灵感思维过程的论述中。这些论述历来都受到人们的青睐，因为它们不仅本身就堪称文论中的美文，而且也是引导人们走进文艺创作心理迷宫的通幽小径。王文生、曹顺庆、陆晓光诸先生对此都有卓越的见识，有过精到的评价。

例如晋陆机《文赋》对于创作过程的叙述，就散发着独特的魅力：

> 其始也，皆收视反听，耽思傍讯，精骛八极，心游万仞。其致也，情瞳昽而弥鲜，物昭晰而互进，倾群言之沥液，漱六艺之芳润，浮天渊以安流，濯下泉而潜浸。于是沉辞怫悦，若游鱼衔钩，而出重渊之深，浮藻联翩，若翰鸟缨缴，而坠曾云之峻。收百世之阙文，采千载之遗韵。谢朝华于已披，启夕秀于未振，观古今于须臾，抚四海于一瞬。

这段话曾引起过无数文艺研究者的兴趣，且被无数次地引用过。但是我们从文艺心理学角度重新予以分析，就会发现更多的奥秘。这段论述不仅涉及了自由联想和艺术想象的一般过程，而且展现了灵感思维的特征。例如陆机明确谈到了主体意识世界不仅有"天渊"，而且还有"下泉"，有表层意识和深层意识之分。艺术家必须沉潜于深层意识之中，发现和开拓未知世界，使心理突破时空的限制，达到形象思维的某种极致。

当然，陆机《文赋》的贡献远不止于此，但应该特别提及的是，《文赋》是一篇探讨艺术创作过程的专题文章，至少表明对于艺术创作心理的研究，当时已经成为一个独特领域。陆机的论述拓宽了中国古代文艺心理学研究的道路，对中国文论的影响颇为深远。之后，刘勰在前人探索的基础上，形成了比较系统的心理美学思想。在创作论中，刘勰从很多方面对创作过程进行了动态分析，揭示了艺术思维活动复杂的运动轨迹及特点，解释了艺术品及艺术家特殊风格的动态生成过程，以及艺术创作各个环节上的构思和呈现。

从文艺心理学角度来说，《神思》堪称创作论的首篇，是决定整个创作论的心理美学基点。在《神思》篇中，刘勰把自由联想、贵在虚静、神与物游合成一个动态过程，并提出了思维中"关键"和"枢机"的问题，认为创作思维是内在的探索追寻过程，有时会"或理在方寸而求之域表"，有时会"或义在咫尺而思隔山河"。而不同作家的创作状态和心理触发点也是不相同的，例如"相如含笔而腐毫，扬雄辍翰而惊梦，桓谭疾感于苦思，王充气竭于思虑"① 等，依据具体不同的作家创作情景，对于创作心理进行了细致分析。

因为看重创作的"动态"和"过程"，刘勰对创作心理的分析和解释，不止于定性，而是扩展到了对心理活动的能量和动量考察。例如《定势》篇就是一例。定势在刘勰的创作论中，不是作为一种静态的概念，而是作为一种思维运动的趋势出现的。刘勰把创作过程中的情感、形式、言辞等诸种因素合为一体，论述了心理思维定势的动态特征。不仅提出"所习不同，所务各异，言势殊也"，而且指出定势是贯穿于整个创作过程中的，"形生势成，始末相承，湍回似规，矢激如绳"。因此，在中国古代文论中，定势的概念一直表达着艺术思维中的一种动量，是和具体的艺术发展情势连在一起的。

从以上简单的叙述和分析可以看到，中国古代文艺理论中对创作心理过程的论述极其丰富。涉及了艺术思维活动中的自由联想、想象，对经验世界的选择和整理，意象的取类和综合等很多问题，是古代文艺心理学中

---

① 王运熙、周峰：《文心雕龙译注》，上海古籍出版社，1998 年，第 247 页。

精彩的一部分。

五

如果说艺术创作过程是创作主体内在创造力的发挥和实现，那么对于艺术创作过程的探讨必须涉及对创作主体个性心理特征的探讨。这也许是文艺心理学中不可分割的一个方面。在中国古代文论中，古代文人不仅对于艺术创作的心理过程进行理解和表述，对思维自身性质和过程进行探索，而且显露出一种对于艺术才能和其他与艺术思维有关的个人特性的浓厚兴趣，这就使得对于创作主体条件和个性心理的论述同样成为古代文艺心理美学中不可忽视的一部分。

这毫不奇怪，中国古代文艺理论一向是把文品和人品，把创作主体的品性和才学看作是艺术创作中的重要因素。例如《左传》论乐言必君子，"德至矣哉"；《尚书》论以乐教人，要求"直而温，宽而栗，刚而无虐，简而无傲"；孔子讲"文质彬彬，然后君子"；孟子谈"我善养吾浩然之气"；庄子谈"圣人之心"，至人之境；《乐记》称"惟君子为能知乐"等，都从不同角度涉及了对创作主体的要求。在《礼记·乐记》中，古人把创作和情性连在一起，谓"是故先王本之情性，稽之度数，制之礼义，合生气之和，道五常之行，使之阳而不散，阴而不密，刚气不怒，柔气不慑，回畅交于中而发作于外，皆安其位而不相夺也"。这些构成了古人对创作主体特性的关注，是这方面更深入、系统探究的先声。

当然，在魏晋南北朝之前，中国古文论对创作主体个性品性的研讨是比较零乱的，其中许多好的见解也是散见于行文的字里行间，还未构成独立的论题。例如《礼记》中提出的"诚在其中，志见于外"；《淮南子》之中认为人能"分黑白，视丑美"是赖于神气所致，善歌者由于"愤于志""中有本主"等都是这样。其中汉代刘向以玉喻人，谈到君子应该比德、比智、比义、比勇、比仁、比情，是很有意思的（见《杂言》）；王充在《论衡·超奇篇》中论及了作家主体条件和修养问题，很值得我们在这里特别提出。他认为对一个作家的内在品质来说，"才智"和"实诚"是非常重要的。王充认为"才智"不仅是"好学，博闻强记""博览多闻"，而且是能"通"者，能够"精思著文连结篇章"。虽然以上所述不可能充分展示魏晋之前古文论中的有关论述，但是我们希望能由此提供重要的一瞥，由此看到艺术创造性思维主体特性这一论题逐渐扩大深化研究的过程。

不过，就其心理学科学起源来说，对于创造性思维及其主体素质的研究，西方是十九世纪下半叶开始的。美国 J. R. 查普林和 T. S. 克拉威克合著的《心理学的体系和理论》给我们提供了关于这方面的信息资料。此书告诉我们，十九世纪下半叶，弗兰西斯·高尔顿（1822—1911），这位英国的大科学家、达尔文的表弟发表了一系列关于天才和创造性的现已成为经典的研究成果。他认为天才往往在家族中世代相传。当然，与此项工作具有的开拓性意义相比，这种观点在多大程度上属于真理或者谬误并不十分重要。问题是关于这方面的探讨已成为当今心理学一个重要方面，其成果也是丰富的。

至于这种探讨在艺术创造性思维以及主体能力方面，也有很多突破和发现，虽然当时在文艺创作这一独特领域，还没有看到令人满意的成果。著名心理学家巴甫洛夫曾经根据自己的研究提出，人的神经活动可分为"思维型""艺术型"和介于两者之间的"中间型"，但还没有对艺术创作主体进行更具体、更深入的考察。美国一位心理学家通过测试，对一些作家的智力特征和人格特征进行了分析，并揭示出两类最高级范畴，其中一类显出有高度的理智能力，珍视理智和认知方面的问题，重视自己的独立和自主；语言流畅，能很好地表达思想；享受美感，审美反应灵敏。我在这里并不想对这位现代心理学家的成果进行评价，但愿意以此作为一个参照，帮助我们整理和分析中国古代文艺理论中有关创作主体能力和人格特征的论述。

在中国古代文论中，对于创作主体能力构成的探讨，因曹丕《典论·

论文》的出现而具风采。曹丕对作家的个性、气质问题非常重视，并用气之清浊来说明作品风格与作家个性气质的亲缘关系。他所说的"文以气为主"已经包括了作家的才智因素，其中具有"箕山之志""善于辞赋""体气高妙"等内容，对后人产生了很深影响。

在古人对创造性思维及其能力构成的论述中，最引人注目的是对"才"的注重。"才"成为进行文艺创作的必要条件，也成为对于作家作品进行艺术评价的价值判断标准和依据。对于古代文论中的"才性"说，陆晓光先生曾专门著文进行过评述。应该说，围绕着作家的"才"，古人有过多种多样的论述，但是至今我们都没有获得一种较为明确和完整的理解，仍然需要我们进行大量的分析和整理工作。

从古代文艺理论对"才"的论述中可以看出，"才"是基于对艺术家创造能力和才华的一种评价，它虽然会因人而异，"才有庸俊"，有峻立与隐秀，奇丽与闲谈，有浅疏、大小之分，显示出艺术家运用联想、调动思维，产生形象和完成作品的智慧和能力。它存在先天禀赋上的差异因素，更重要的是后天的造就。

刘勰所著《文心雕龙·才略》是以"才"为基础来衡量评价作家作品的专论，更详尽地说明了"才"的内涵。从《才略》可以看出，刘勰把作家表达自己思想感情的能力看得很重，同时重视作家具有较高的理智能力，这样能够做到情理和辞采并茂。刘勰认为，才性大小还在于作家是否具有构思谋篇，思维敏捷的能力。除此之外，其还重视创新的能力，具有不落俗套的思维和构思能力。

实际上，刘勰以"才"为核心来评价作家的创造才能，已经触及了创造个性的一些问题。"才"构成了中国古代创造心理学中的一个重要环节。自刘勰之后，古人论及艺术创造才能和个性的文章中，总是把"才"放在首位，对"才"的造就、识别及在创作中的意义都非常重视。例如王世贞（1526—1590）讲才、思、格、调，就认为"才生思，思生调，调生格。思即才之用，调即思之境，格即调之界。"（《艺苑卮言》）；清人袁枚（1716—1798）主张创新，重视创作主体的建构，认为"作诗如作史也，才、学、识三者宜兼，而才为尤先。造化无才不能造万物，古圣无才不能制器尚象，诗人无才不能役典籍、运心灵，才之不可已也如是夫！然而自古清才多、奇才少"（《小仓山房文集》），都是极重才情的。

古人对于艺术创造才能和创造个性主体构成的论述，并不止于"才"，也并不是仅仅停留在个别因素和特征上的，而是自魏晋以来逐渐趋于一种比较系统和全面的论述。例如明人李贽在前人论述的基础上把识、才、胆看作是艺术创造才能应具有的素质，同时还把识放在显要的位置，认为"才与胆皆因识见而后充者也"。显然，李贽的学说有充分的现实针对性，意在打破禁锢，冲破传统文化的束缚。如他所说："空有其才而无其胆，则有所怯而不敢；空有其胆而无其才，则不过冥行妄作之人耳。盖才胆实由识而济，故天下唯识为难。有其识，则虽四五分才与胆，皆可建立而成事也。然天下又有因才而生胆者，有因胆而发才者，又未可以一概论。然则识也、才也、胆也，非但学道为然，举凡出世处世，治国治家，以至于平治天下，总不能舍此矣，故曰：智者不惑，仁者不忧，通者不惧。智即识，仁即才，勇即胆。"从而他得出结论："若出词为经，落笔惊人，我有二十分识，二十分才，二十分胆。"（《杂述》）

李贽把识、才、胆看作互相联系的创造个性特征，表明了古代文艺理论对创造主体构成已有比较系统的把握。这显然是古人对创作主体特征长期予以重视，进行观察、反省、总结的结果。这里所说的"识"，实际上指的是创造主体在长期积累的审美经验基础上形成的审美判断能力，表现为作家在理智和认识生活与艺术方面的预见性、敏锐性。正如刘勰所说的"凡操千曲而后晓声，观千剑而后识器"（《知音》）；张怀瓘"深识书者，惟观神彩，不见字形"；苏轼言物"常形之失，人皆知之；常理之不当，虽晓画者有不知"（《净因院画记》）；黄庭坚云"学书要须胸中有道义"（《书缯卷后》）；朱熹所言"须先识得古今体制，雅俗乡背"而后为诗；严羽"夫学诗者以识为主，入门须正，立志须高"等，都是前人所论综合起来的"识"。所谓"胆"，亦是刘勰所言的"趋时必果，乘机无怯"（《通变》）；苏轼的"出新意于法度之中，寄妙理于豪放之外"（《书吴道子画后》）；黄庭坚的"随人作计终后人，自成一家始逼真"（《题乐毅论后》）；严羽的"所谓不涉理路，不落言筌者，上也"（《沧浪诗话》）；元好问的"纵横正有凌云志，俯仰随人亦可怜"等，都是前人所论"文当求新鲜"，敢于冲破常规的"胆"。

如果说李贽论述还兼于政治哲学方面，未突出文艺创作的独特性，那么公安派中袁中道（1570—1623）则从艺术家创作具体实践中总结出了艺术家创造个性特征。其《妙高山法寺碑》中有：

> 先生与石篑诸公商证，日益玄奥。先生之资近狂，故以承当胜，石篑之资近狷，故以严密胜。两人递相取益，而间发为诗文，俱从灵源中溢出，别开手眼，了不与世匠相似。总之发源既异，而其别于人者有五：上下千古，不作逐块观场之见，脱肤见骨，遗迹得神，此其识别也；天生妙姿，不镂而工，不饰而文。如天孙织锦，园客抽丝，此其才别也；上至经史百家，入眼注心，无不冥会，旁及玉简金叠，皆采其菁华，任意驱使，此其学别也；随其意之所欲言，以求自适，而毁誉是非，一切不问，怒鬼嗔人，开天辟地，此其胆别也；远性逸情，潇潇洒洒，别有一种异致，若山光水色，可见而不可即，此其趣别也。有此五者，然后唾雾皆具三昧，岂与逐逐文字者较工拙哉！

袁中道所言的"发源既异"，显然是从创造的个性构成方面探索文学创作的，指出了优秀作家在识、才、学、胆、趣方面的优势。若作一番简单分析的话，其意为：1. 艺术家应对历史和生活有敏锐的见解和判断力，能得其精粹，不拘于一石之见；2. 具有天赋才资和艺术表现才能；3. 有丰富的知识经验基础，不仅能够入眼注心，化为自己的东西，而且有运用知识、转移经验的能力；4. 敢于创新、冒险，开辟新领域；5. 具有特殊的审美感受力和审美趣味。

这里我想举周昌忠编译的《创造心理学》（中国青年出版社 1983 年版）为例。书中对创造个性的特点的论述归于下列几条：一是勇敢；二是甘愿冒险；三是富有幽默感；四是独立性强；五是有恒心；六是一丝不苟。如果我们能够结合西方心理学家在这方面的研究，进行一些比较性的评价，那就不难看出，中国古代文艺理论中对于创造性思维及创作个性特征的研究有突出成就，并且具有自己得天独厚的视点。

这种视点首先表现在重视艺术创作的特殊规律和特殊需要上。换句话说，古代文艺理论中对创作主体条件和特征的论述，大都是从创作实践中悟出来的，密切结合艺术创作，具有特定的内容。无论是王充的"实诚"和"才智"，刘勰的"才略"，王夫之的"才情"，袁中道所言"识""才""学""胆""趣"，叶燮所说的"才""胆""识""力"，他们对于艺术家特殊心理素质的认识，都基于艺术创作的具体实践。因此所谈及的创造心理及个性特征、较少带有"泛化"倾向，更富于艺术心理学的特殊色彩。其次，古人比较强调创作主体各种心理素质之间的相互联系。例如叶燮认为"大凡人无才则心思不出，无胆则笔墨畏缩，无识则不能取舍，无力则不能自成一家"。他还说："大约才、识、胆、力，四者交相为济，苟一有所歉，则不可登作者之坛。"（《原诗》）实际上，在叶燮之前，很多人即使没有系统地指出创造个性的心理素质，但是在某一角度的论述中已包含着对创作主体的整体认识。例如曹丕所讲的"气"，刘勰所谈的"才略"等，都是如此，他们所涉及的内容在后人论述中得到了延伸和充实。

也许正是这个缘故，古代文艺理论中对创造个性特征和构成的论述显示出了独特的价值，其中很多方面涉及了艺术家主体细密和神秘的心理领域。例如"妙悟"就是一例。在古代文艺理论中，它不仅表达一种思维境界，同时也表达艺术家的一种思维能力，"欲得妙于笔，当得妙于心""诗道亦在妙悟"。"妙悟"实际上涉及了思维过程中感应、直觉、知性、灵感等问题，表现了一种不同于一般理性和逻辑推断把握事物的心理能力，即使在现代心理学高度发展的今天，仍然是值得深入探讨的。明人董其昌则云："妙悟只在题目腔子里，思之思之，思之不已，鬼神将通之。到此将通时，才唤解悟。了解时，只用信手拈来，头头是道，自是文中有神，动人心窍。"（《评文》）借助于现代心理科学的成就，认真总结中国古代文艺理论中的心理美学论述，能够使我们更快地解开创造心理的奥秘。

综上所述，我们主要是从艺术创作的心理动机，艺术创作的心境和状态，艺术创作过程和艺术创造的个性特征等四个方面简述了中国古代文艺心理美学的内容。显然，这是一次过于匆忙，而且浅陋的检阅。我们走马观花，一路尽管目不暇接，但依然只能在挂一漏万的情况下进行检择，况且我们所择定的几条思路也有自己的局限性，也会限制我们的视野，难免有所错失。同时，在这里所做的对古代文艺理论中文艺心理学的专题探讨，在很大程度上得益于老一辈学者及同仁们的研究成果，尤其是朱光潜、钱锺书、郭绍虞、刘大杰、王文生等先生在这方面已有开路之功，本文在资料方面也并未超过前人整理的范围。

但是，虽然如此，我们仍然有所收获。这种收获在很大程度上并不取决于对这一课题论述的完善程度，而在于我们能够意识到中国古代文艺理论在文艺心理学方面有极其丰富的内容，在于能够使我们放开眼界，开拓中国古代文艺理论研究中的一个新的天地。从这里着眼，虽然我们所做的工作是微不足道的，但只要沿此前行，会获得更大的成就。

我们相信，在前进过程中，我们已经消除或正在消除一些偏见和局限。这些偏见和局限使我们在古代文论研究中忽视了一些内容，而对另外一部分内容虽然给予重视但陷入了单一的解释之中。应该说，消除偏见能改变我们研究的思维方式，开拓我们的研究视野。

比如在评价古代文艺理论时，一种极为简单的方法，就是找出唯物主义和唯心主义的归属，而这种属性在很大程度上取决于是否谈到了生活对艺术的决定作用。也许正因为如此，古代文艺理论中许多对创作心理的论述，被搁置到了次要的，或不引人注目的地方，而即便是对一些创作论方面的论述，也只注意到其客观的、对象的意义，而较少关注其主体和心理色彩，在研究中亦有买椟还珠的现象。长此以往，人也会遗忘古人把创作心理和创作主体作为具体论述的对象。

显然，这种简单化的思维模式本身是非科学的，也是非唯物主义的。因为它用一种抽象观念遮蔽了古人对于具体现象的探索和论述，用既定的概念范畴代替了对古代学说的归类。

很明显，尽管现在世界上，从哲学上讲，存在着唯物主义和唯心主义两种思想体系，但是并不是每一个中国古代文艺理论家都拥有自己的体系，或者说他们的学说已形成了某种体系。他们常常是从某个角度来谈论问题的。正如体系中的概念和非体系中的概念有巨大差异一样，古文论中的一些观念、范畴，往往有自己的特定含义。由于历史生活中的种种原因，我们更应该体谅古人，并非一个作家讲"妙悟"，谈"性灵"，就意味着他否认或反对生活对创作的作用；并非一个作家重"心境"就说他看不到客观生活是创作的基础，如此等等，我们放弃一些观念的教条，会在古代文艺理论研究中得到更多的珍宝。而要放弃一些教条，放弃偏见，需要做大量具体细致的分析工作。

也许困难正是在这里。应该说，艺术创作过程由一系列环节构成，几乎和人生的全部内容发生着这样或那样的联系，由此也就构成了文艺理论各种不同学科的基础。不同的人对于某一环节、某一种联系感兴趣，抒写己见，自成一家，形成了不同的研究方向和领域。但是，在文学理论中，这种学科、研究方向与领域的划分是随着历史发展逐渐确立下来的。在中国古代文论中也是如此，古人对于不同的论述对象的把握和论述是建立在微观基础上的，并没有在宏观意识上形成自觉。因此，各种不同的学科在表象上是混沌一片的，并没有形成具体的分野。

这种情形令后人研究中一些形而上学、庸俗的观念有机可乘，使其以自己的各种观念的需要来释解和曲解古代学说。实际上，现已保持下来的古代文艺理论，绝大部分不是心里妄想和臆造出来的，而总是建立在特定的对象领域之中，并对具体对象有所认识和发现的。而中国文艺理论的特点，又是非常重视创作主体和欣赏主体心理中深层和微观的现象，更增加了后人分析和分辨的困难性。因此，消除偏见的过程，也是对古代文艺理论进行具体科学分析的过程，首先应该理解古人要阐述的具体现象和对象是什么，然后在原始材料的基础上进行分析整理，从而确立我们研究的课题。假如我们具备了这样的基础，那么我们对于确立中国古代文艺心理学的轮廓会怀有更充分的信心。古文艺理论中很多过去被认为是"唯心主义"的论述，我们一旦掌握了科学的具体分析方法对其进行分析，将会化腐朽为神奇，闪烁出夺目的智慧光彩。例如对《易经》《老子》《庄子》的研究已经向人们显示出了这一点。在这个过程中，我们将在古代文艺理论中看到现代文艺理论各个学科最初的胚胎及其发展、演变、形成过程，同时通过现代文艺理论的科学观念来发现古代文艺理论中更深刻的秘密。这二者都是毫无止境的。

因此，我们要清理过去的过失，消除偏见，是为了能够在毫无心理障碍的情况下，更完整地批判接受和研究古代文艺理论遗产。我们在避免过去的悲剧，这就是简单地把这部分遗产"一分为二"，半壁世界将被冷落甚至被遗忘。在此我们重新提起中国古代文艺理论中对创作主体以及文艺心理学的重要贡献，在一定程度上是从历史之中索回这半壁世界的记忆。同时，使我们感到欣慰的是，虽然对于古代文艺理论中文艺心理学的研究刚刚开始，但是我们已经能够初步了解古人在这方面论述的丰富性，了解中国古代心理美学思想的特征和轮廓。

显然，纵观古代文艺理论有关心理美学的思想，其理论特色之一就是重主观和客观生活的互相感应，显示出对物我交会、神形一致、手笔相接、情景交融的整体性探讨。刘勰所言"春秋代序，阴阳惨舒，物色之动，心亦摇焉"（《物色》），继往开来，构成了古人论文的一条共同思想线索。由于这个原因，中国古人对文艺心理的探讨，并不只是局限于艺术思维的内容上，而且浸透和扩展到了艺术表现方面。于是，中国古代文艺心理美学实际上包括两个相互联系的方面，一方面是外在的自然和客观生活现象，通过艺术家的感官、直觉、思考、加工而实现的"内化"过程；另一方面则是艺术家的情思、感受凝结为形象，发自笔端指尖的"外化"过程。前者是客观对象的主观化，后者是艺术家主观情思的客观化，两者构成了一个整体。因此，从整体上来看，中国古代文艺心理学并未那么远离生活实际，而是始终和生活实践、物质基础相互联系的，由此古代心理学也获得了广阔的领域，直接涉及了许多艺术问题。

　　中国古代文艺心理学另一个重要的特色是重视艺术创作心理的动态过程。可以说，中国古代文艺心理学内容是不断流动着的学问，它不像西方文学理论那么重视静态的定性分析，重视总结出普遍的规律，而是重视过程的运动变化，并以把握、捕捉和理解这一过程中的某一瞬间的真实而见功力。也许正是由于这个原因，古代文艺理论中有关文艺心理学的论述多半是感悟性的，而不是分析性的。古人对于审美感受、创作过程的动态阐释，同样体现出一种动态的美感享受。

　　当然，就此而言，这既造就了中国古代文艺心理学突出的优点，同时也造就了它的缺陷和不足。在当时的思想条件下，这二者也许是相辅相成的。但是，重于描叙而浅于分析论述，随着时代的发展，它的弱点日益显露出来，在某种程度上迟滞了理论的发展。例如在古代文艺心理美学中，对于形象思维过程的描述，始于陆机、刘勰，而后人基本沿于前人习惯，工于描叙，历经数百年，在理论上的进展是不大的。这也正是我们今天应大力加强的工作。从某种意义上来说，古人对于创作心理动态过程的描述，已为我们积累了丰富的经验和资料，而使之显示出理论上的远见卓识，需要借助于一番艰苦的理性分析和结晶过程。

　　这也许和中国古人理论思维的独特方式有关。应该说，在中国古代心理学论述的全部特色中，最引人注目的是原生化特色。在对艺术创作的考察中，中国古人重视体验和自省过程，其理论见解也多出自对艺术实践的感悟和自省过程。这种方式的最大优点就在于能够在最大程度上避免先入为主，追求从整体上掌握艺术创作的过程，而不是只局限于理性思维的基础上。因此，中国古代文艺心理学论述之所以重于描叙，在很大程度上是为了把握和再现艺术创作和审美心理的原始状态，其在一定程度上不仅再现了艺术心理活动中表层和理性的内容，而且触及一些深层意识的运动，具有丰富的内容。例如叶燮所说的"必有不可言之理，不可述之事，遇之于默会意象之表"，"言中之言，而口不能言；口能言之，而意又不可解"（《原诗》），大约就是这个意思。由此他还说："惟不可名言之理，不可施见之事，不可径达之情，则幽渺以为理，想象以为事，惝恍以为情，方为理至、事至、情至之语。"正是由于这种原生化特色，中国古代文艺理论中形成了一系列独特的心理美学范畴，例如"神韵""妙悟""气""风骨""虚静"等，如果用简单的"客观""主观""形式""内容"等因素来分析它们，就会陷入尴尬的境地，因为它们所表达的是某种整体的、混沌的境界，情、理、义等因素是共体存在的，拿郑板桥的话来说，"吾之作画，总需一块元气团结而成。"（《郑板桥集》）"一块元气"，乃是一种整体构成。中国古代文艺心理学中这种原生化倾向，不仅使这些论述更接近于艺术创造心理的真谛，具有原生美的魅力，而且使当今建立在科学分析基础上的理论方法受到了严峻挑战，启示人们去探讨和把握更高级的思维方式。

由此说来，我们认真整理和分析中国古代文艺理论中文艺心理学论述，使之发扬光大，不仅是对过去优秀文化遗产的继承，而且是立足于现在，并向未来投去探索的眼光。我们滤去一些历史表象的遮蔽，将揭示出中国古代文艺理论中主体意识的深层内核，复兴中国民族文化的优秀成分。我们相信，一个民族要真正走向现代化精神境界，文艺复兴是一个必不可少的历史环节。

（原载《古代文学理论研究丛刊第十五辑》，上海古籍出版社，1991年10月出版）

本书的部分参考文献

［1］钱谷融、鲁枢元主编：《文学心理学教程》，华东师范大学出版社，1987年。

［2］朱光潜：《文艺心理学》，《朱光潜美学文集》（第一卷），上海文艺出版社，1982年。

［3］宗白华：《美学散步》，上海人民出版社，1981年。

［4］金开诚：《文艺心理学论稿》，北京大学出版社，1982年。

［5］李泽厚：《美的历程》，文物出版社，1981年。

［6］鲁枢元：《创作心理研究》，黄河文艺出版社，1985年。

［7］鲁枢元：《文艺心理阐释》，上海文艺出版社，1989年。

［8］滕守尧：《审美心理描述》，中国社会科学出版社，1985年。

［9］劳承万：《审美中介论》，上海文艺出版社，1986年。

［10］陆一帆：《文艺心理学》，江苏人民出版社，1988年。

［11］朱狄：《艺术的起源》，中国社会科学出版社，1982年。

［12］福建师大中文系资料室：《文艺心理学资料》，福建师大中文系资料室，1985年。

［13］杜·舒尔茨：《现代心理学史》，沈德灿译，人民教育出版社，1981年。

［14］厨川白村： 《苦闷的象征》，鲁迅译，人民文学出版社，1973年。

［15］弗洛伊德：《梦的解析》，赖万其等译，中国民间文艺出版社，1986年。

［16］弗兰克·戈布尔：《第三思潮：马斯洛心理学》，吕明等译，上海译文出版社，1987年。

［17］柏西·布克：《音乐家心理学》，金士铭译，人民音乐出版社，1982年。

［18］鲁道夫·阿恩海姆：《艺术与视知觉》，滕守尧等译，中国社会科学出版社，1984年。

［19］卡尔文·斯·霍尔等：《弗洛伊德心理学与西方文学》，包华富等译，湖南文艺出版社，1986年。

［20］K.T. 斯托曼：《情绪心理学》，张燕云译，辽宁人民出版社，1986年。

［21］外国文学研究资料丛刊编辑委员会：《外国理论家作家论形象思维》，中国社会科学出版社，1979年。

［22］外国文学研究资料丛刊编辑委员会：《欧美古典作家论现实主义和浪漫主义》（一、二），中国社会科学出版社，1981年。

［23］海明威：《海明威论创作》，董衡巽编，三联出版社，1985年。

［24］刘保瑞：《美国作家论文学》，三联出版社，1984年。

［25］达·芬奇：《芬奇论绘画》，戴勉编译，人民美术出版社，1979年。

［26］宇清、信德：《外国名作家谈写作》，北京出版社，1980年。

［27］刘扳盛：《法国文学名家》，黑龙江人民出版社，1983年。

［28］巴金：《巴金论创作》，上海文艺出版社，1983年。

［29］郭沫若：《郭沫若论创作》，上海文艺出版社，1983年。

［30］彭华生、钱光培：《新时期作家谈创作》，人民文学出版社，1983年。

［31］马尚瑞：《北京作家谈创作》，北京十月文艺出版社，1985年。

［32］老舍：《老舍创作与生活自述》，人民文学出版社，1987 年。

［33］王西彦等：《我的第一个作品》，浙江人民出版社，1984 年。

［34］谭得伶：《高尔基及其创作》，北京出版社，1982 年。

［35］安·屠尔科夫：《安·巴·契诃夫和他的时代》，朱逸森译，中国社会科学出版社，1984 年。

［36］罗兰特·潘罗斯：《毕加索的生平与创作》，周国珍等译，人民美术出版社，1986 年。

［37］托马斯：《外国名作家传》，黄鹏译，陕西人民出版社，1983 年。

［38］斯·茨威格：《罗曼·罗曼传》，姜其煌等译，湖南人民出版社，1984 年。

［39］库尔格·辛格：《海明威传》，周国珍译，浙大文艺出版社，1983 年。

［40］李健吾：《福楼拜评传》，湖南人民出版社，1980 年。

［41］鲍戈斯洛夫斯基：《屠格涅夫传》，曹世文译，湖南人民出版社，1983 年。

［42］伊·佐洛图斯基：《果戈理传》，刘伦振等译，天津人民出版社，1982 年。

［43］艾尔默·莫德：《托尔斯泰传》（第一、二卷），宋蜀碧等译，北京十月文艺出版社，1984 年。

［44］伊万肖娃：《狄更斯评传》，蔡文显等译，广东人民出版社，1983 年。

［45］歌德：《歌德自传——诗与真》（共二册），刘思慕译，人民文学出版社，1983 年。

［46］曾华鹏、范伯群：《郁达夫评传》，百花文艺出版社，1983 年。

后 记

在西方文艺理论中，文艺心理学早已不算时髦，但是对于中国文艺理论界来说，至今还算是一门新学科。历史造成的这种情景，注定了我这一辈文化人要做许多"亡羊补牢"的工作，以补救我们学术发展中一些失落、欠缺的环节。

我只希望这本书能在这方面具有一点意义。值得回忆的是，这本书的问世凝结着许多人对我的期望和支持。20世纪80年代初，我是在导师钱谷融先生引导和启发下投入文艺心理学研究的。徐中玉先生、鲁枢元先生、周介人先生、黄育海先生、胡永年先生、王兵先生等都曾给予过我指导和鼓励。另外，这本书对我个人来说还具有特殊意义，因为这是在我所在学校的出版社出版的。自1985年以来，我在暨南大学生活、工作了六年，这本书一方面算是向学校各位同仁的一个汇报，另一方面也算是我人生道路上的一个标记。确实，六年来我虽然经受了种种挫折，甚至背负着某种"黑料"，但是我仍然得到过许多令人难以忘怀的支持。学校的张德昌先生、刘玥先生、云冠平先生、柯木火先生、李文初先生、洪柏昭先生、詹伯慧先生、卢菁光先生等，都曾经对我给予过精神上的鼓励。他们都是我过去素不相识的人，我相信，他们的这种鼓励并不只是对我个人的，而更多地是出自对中国文化和学术事业的责任感。

这里，还要感谢饶芃子先生为本书作序。在暨大工作六年，饶先生是与我的工作和学习关系最为紧密的人。对于我来说，几乎一切值得回味的事都与饶先生有关。

另外，当这本书与读者见面时，还有两点应该说明：

一、因为我在学校开设了"文艺心理学"选修课，这本书亦当作基本教材，所以本书后面所列的"部分参考文献"，基本上限于暨大图书馆所有的，是为了便于学生参考阅读。

二、本书附录中的一篇中国古典文艺心理学的文章，与我最近科研项目"中国古典文艺心理学探索"有关，意在引起人们对中国古典文艺心理学的注意。

最后，特别感谢出版社贾非先生为本书出版所做的极大努力。

殷国明

1991 年 8 月 25 日